お茶と探偵⑯

アジアン・ティーは上海の館で

ローラ・チャイルズ　東野さやか 訳

Ming Tea Murder

by Laura Childs

コージーブックス

MING TEA MURDER
by
Laura Childs

This edition published by arrangement with
The Berkley Publishing Group,
a imprint of Penguin Publishing Group,
a division of Penguin Random House LLC
through Tuttle-Mori Agency,Inc.,Tokyo

挿画／後藤貴志

アジアン・ティーは上海の館で

謝辞

いつものみんな——サム、トム、アマンダ、トロイ、ボブ、ジェニー、ダン、それから、デザイン、広報、コピーライティング、書店やギフトショップへの営業を担当してくれたバークレー・プライムクライムの関係者全員——に心からの感謝を。また、インディゴ・ティーショップの仲間が繰り広げる冒険の数々を楽しみ、執筆の支えになってくださっているお茶好き、ティーショップのオーナー、書店員、図書館員、書評家、雑誌のライター、ウェブサイト、ラジオ局、ブロガーのみなさんにも心の底から感謝の気持ちを捧げます。

そして、大切な読者のみなさんへ。セオドシア、ドレイトン、ヘイリー、アール・グレイ、その他、風変わりなチャールストンの面々の活躍に、サプライズをちょっぴりプラスしたミステリをこれからもたくさんたくさん書きつづけると約束します。

主要登場人物

セオドシア・ブラウニング……インディゴ・ティーショップのオーナー
ドレイトン・コナリー……同店のティー・ブレンダー
ヘイリー・パーカー……同店のシェフ兼パティシエ
アール・グレイ……セオドシアの愛犬
マックス・スコフィールド……ギブズ美術館の広報部長。セオドシアの恋人
エリオット・カーン……同美術館の館長
パーシー・ケイパーズ……同美術館のアジア美術専門学芸員
エドガー・ウェブスター……同美術館の理事。会社経営者
シャーロット・ウェブスター……エドガーの妻。ガーデンクラブの会長。社交界の華
セシリー・コンラッド……エドガーの元不倫相手
ロジャー・グリーヴズ……エドガーの会社の共同経営者
ドリー・グリーヴズ……ロジャーの妻
ハーラン・デューク……美術商
バート・ティドウェル……刑事

1

太鼓が打ち鳴らされ、二胡——中国のバイオリン——の甘い調べが空気を震わせるなか、赤と金色の巨大なドラゴンが大きな頭を振りながら、サウス・カロライナ州チャールストンにあるギブズ美術館の円形広間全体を使って龍舞を披露する。十八世紀の中国でつくられた茶館の復元を記念したオープニングイベントとあって、セレブ中のセレブがこのおめでたい場に大挙して駆けつけていた。

ブラックタイ着用のフォーマルなイベントはセオドシア・ブラウニングにとって心から楽しめる場ではないけれど、招待されて断るのは無理というもの。それも、ハンサムでセクシーなボーイフレンドがこの美術館の広報部長となればなおさらだ。というわけでこうして音楽に拍手を送り、巨大なドラゴンが口を大きくあけ、昂奮した観客の頭上で歯をかちかち鳴らす様子に陶然と見入っていた。

たしかに見応え充分なイベントだわ、とセオドシアは思う。中国の赤いちょうちん、竹林、気品あふれる蘭の花、それに小さな盆景によって、大理石でできた寒々とした円形広間は異国情緒たっぷりのアジア庭園に変身していた。それに料理もある。サービングテーブルには海老団子、甘いチャーシューを包んだチャーシューまん、チキンサテー、ぱりぱりの春巻など、食欲をそそる軽食が並んでいる。どれも本当においしそう。

もちろん、目玉は、上海で購入後に解体され、ここで一から復元された中国の茶館だ。青いタイル、異国風のとんがり屋根、磨きあげられたイトスギの壁、皇帝とその后妃のためにあつらえたような、細かな彫刻をほどこした白檀《びゃくだん》の衝立《ついたて》。

「早くなかを見てみたいわ」セオドシアは、感慨深そうにあたりを見まわしているマックスに訴えた。

「やったよ」マックスは言った。「これだけの成功をおさめたなんて、自分でも信じられない」その声からは、自分の広報活動が生んだ結果に驚いている様子がうかがえた。

「ええ、やったわね」セオドシアは言った。「だって、こんな豪華なイベントを楽しむ機会を、みすみす逃す人なんかいないもの」

セオドシアはティールーム全体を明るくできるほどの笑みを浮かべた――いつもやっていることだ。なにしろ、ここからほど近いチャーチ・ストリートにあるインディゴ・ティーショップのオーナーなのだから。だけど今夜は四六時中ににこにこしていたせいで、顔にひびが入りそうだった。マックスにくっついてあっちにこっちに飛びまわり、チャールストンの旧家の人たち――その大半は多額の寄付をし、芸術品ともいえる茶館の移設を喜んでいた――との親睦につとめているせいだ。

でも、セオドシアは夜中になるのをいまかいまかと待っていた。

魔女がもっとも活動的になると言われる深夜になったら、シンデレラのように大急ぎで抜け出すつもりでいる。きつい黒のサテンのハイヒールを脱ぎ捨て、カボチャの馬車――実際には古ぼけた六年落ちの愛車ジープだけれど――に飛び乗り、愛犬アール・グレイが待つ居心地のいいわが家に帰るのだ。

マックスがまたなにか言ったので、セオドシアはあわてて頭を振り、無理に笑みをこしらえて彼のほうに顔を近づけた。「なあに?」

「あと何人か役員にあいさつしなきゃいけないんだ。かまわないかな?」

「ええ」セオドシアは言った。

「写真ボックスをのぞいてきたら?」マックスはうながした。「ぼくは気前のいい資金提供者のひとり、エドガー・ウェブスターと話をしてるからさ」彼はそこでにっこりと笑った。「自分の写真を撮っておいでよ」

来場者へのサービスとして、マックスは館長を説得して写真ボックスを設営していた。彼の予想どおり、ボックスの前には常に列ができ、大勢の人が出入りしていた。モノクロ写真しか撮れないとはいえ、自分の姿を写真にとどめるのを楽しんでいるようだ。

「そうするわ」セオドシアは言った。「おもしろそう」人混みをかき分けて進む途中、小さな鏡に自分が映っているのに気がついた。いつもの癖で足をとめた。

顔のまわりで鳶《とび》色の髪が大きくふくらみ、青い目が期待するようにきらきら輝いているのは本当にわたし? 三十代なかばにしては、そう悪くもないわね。

頬の高いところにチークをうっすら入れ、マスカラをほんのちょっぴりつけているだけ。だけど、自信たっぷりな物腰、人の心を惹きつけずにはいられない笑顔、南部美人らしい色白の肌のせいか、イギリスの美しい絵——たとえば、ジョン・コンスタブルの作品など——に描かれる高貴な女性と言ってもとおりそうだ。

「今夜のきみはいちだんと美しい」うしろで声がした。

振り返ると、親友でありお茶の師でもあるドレイトンが、にこにことほほえんでいた。

「それにちょっとお茶目でもある」ドレイトンはつづけた。

セオドシアは頬をゆるめ、無造作に手を振った。「ちょっとドレスダウンしすぎたかも」

今夜着ているのはシンプルな黒いカクテルドレスで、腕にはカラフルなビーズのブレスレットをいくつもつけ、足もとはハイヒールで決めてみたが、ほかの女性はみんなディオールかオスカー・デ・ラ・レンタの最新ファッションで豪華に着飾っている。

「なにを言うかと思えば。黒一色のシンプルなワンピースはどんな場にもぴったりマッチするではないか」ドレイトンは六十すぎで背が高く、とてもおしゃれだ。今夜は白いものの交じった髪をうしろになでつけ、細身のタキシードにトレードマークの蝶ネクタイを締めている。セオドシアが好む遊び心のあるボーホー・ファッションに眉をひそめるほどの、がちがちの保守派なのだ。

「女の人たちが着けているジュエリーを見た？」セオドシアは訊いた。「こそ泥が手を叩いて喜びそう」

ドレイトンの濃い眉が一対の弧のようにくいっとあがった。「頼むから、せっかくの場で犯罪を連想させることは言わないでくれたまえ。もののたとえだとしても」

「わかった。じゃあ、あなたの盆景を褒めるわ。だって、あれのおかげでアジアらしい感じがぐっと増してるんだもの」

盆景とは簡単に言えば中国の盆栽で、剪定《せんてい》したり針金をかけたりして、苔《こけ》に覆われた小さな陶器の鉢に生えているように見せるものだ。風になびく姿にする吹き流しとミニチュアの森をつくるのが上手なドレイトンは、美術館に十鉢以上も貸し出していた。そのほとんどは幹がねじれ、女性の小指の爪よりも小さい葉っぱをつけている。

「見事だろう？　アキニレを植えたものはとくに」ドレイトンは冷静と謙遜《けんそん》を旨としているが、お世辞は喜んで受け入れる。

「茶館には入ってみた？」セオドシアは言った。まわりから押されはじめ、ふたりは一歩うしろにさがらなくてはならなかった。

「すばらしいのひとことだった」ドレイトンは昂奮したように言った。「ドラゴンの演《だ》し物がおこなわれているあいだに見学したのだがね」彼はそこで言葉を切り、頬をゆるめた。「きみもいますぐ行って、なかを見てくるといい。きっと気に入るはずだ」

「そのつもり。でもその前に写真ボックスを見てくるって、マックスに約束しちゃったの」あたりを見まわすと、マックスは壁に背中をつけ、真っ赤な顔をした男性と話していた。あれがエドガー・ウェブスターという名の役員だろう。ふたりともかなり機嫌が悪そうだ。

「写真ボックスだと?」ドレイトンは吐き捨てるように言った。どうやらお気に召さないらしい。「なんだって最近はあんな機械に入って写真を撮ったりするんだね? そして間が抜けた写真を一枚一枚投稿するんだか……ええと」ドレイトンは顔をしかめた。「インターネットとやらに」

「そんなこと言わないで」セオドシアは下手《した て》に出て言った。「そこまでひどいものじゃないわ」

「わたしはただ、写真ボックスがこういうイベントにふさわしいとは思えないだけだ」

「でも、楽しいんだからいいじゃない。みんな喜んでるもの」

「だからわたしはみんなとはちがうのだよ」ドレイトンは機械嫌いを自任し、スマートフォン、DVD、CDに不信感を抱いている。なにしろ、昔ながらのレコードを愛しているくらいだ。

「でも、あなたはいまのままで最高だわ」セオドシアは力強く言った。もう一度、あたりを見まわしたところ、マックスもウェブスターもいなくなっていた。

「おやおや」人混みに目をこらしていたドレイトンの穏やかな表情が、突如として怯えたものに変わった。

「どうかした?」そう言ったとたん、小柄なブロンド女性がピンヒールをカツカツいわせながら早足で近づいてくるのが目に入った。

「彼女の相手はきみにまかせる」ドレイトンはそう言うと、そそくさとその場をあとにした。

「すっごく楽しんでるようじゃない？」シャーロット・ウェブスターが甘ったるい声をかけてきた。彼女は滑るようにしてセオドシアの前でとまると、チェシャ猫のようににんまり笑い、持っていたシャンパングラスの中身をあやうくこぼしかけた。シャーロットはブロード・ストリート・ガーデンクラブの代表をつとめる陽気な社交界の華であり、セオドシアのインディゴ・ティーショップにもときおり来てくれるお客のひとりであり、エドガー・ウェブスターの妻でもある。

「こういう夜は気持ちが華やぐわ」セオドシアはここでもどうにか笑顔をこしらえた。名の知れた実業家であり慈善家でもあるシャーロットの夫が、茶館の移設のために多額の寄付をしてくれたのだから、奥さんにも愛想よくするしかなかった。

「いま、パーシー・ケイパーズさんとおしゃべりしたんだけどね」シャーロットは肉づきのいい手でネックレスの位置を直した。きらきら輝くダイヤモンドをつなげたもので、まんなかに大きなイエローダイヤモンドがあしらわれている。「ほら、ここの美術館に所属してる、アジア美術専門の学芸員よ」

セオドシアはうなずいた。ケイパーズとは何度か会ったことがある。

「とにかく、そのケイパーズさんから、すてきな茶館の移設にまつわる苦労話をたっぷりうかがったわ。船で太平洋を移送したことや税関の手続きに立ち会ったこと、パーツをいくつかなくしちゃったことなんかをね。ところで、あの茶館には金属の釘は一本も使われてないんですって。ご存じだった？　何十本という木釘でとめてあるんですって」

「ええ、その話なら聞いてる」

「どうかしてると思わない？」シャーロットは言った。「木の釘だなんて」

「二百年前の中国では、それが一般的な建築法だったんだと思うわ」

「二百年前？　あれってそんなに古いものなの？」シャーロットはそこでシャンパンをすばやくあおった。「ふうん、寄付したお金に見合うものであってほしいものだわね」そう言うと甲高い声で笑い、セオドシアの腕を軽く叩いて立ち去った。

シャーロットもかなり変わった人だわ、とセオドシアはひとりつぶやいた。そしてすぐに、否定的なことを言うのはよくないと反省し、茶館の資金提供者に名をつらねるほど地域に貢献しているウェブスター夫妻は本当にりっぱだとあらためて思った。

セオドシアは料理のテーブルの近くを通りしな、黒い上下のウェイターから小ぶりの春巻きをひとつもらった。べつのウェイターからはシャンパンのグラスをひとつ取った。それをちびちび飲みながらまわりの人をながめていると、全員がフォーマルに着飾っているのをあらためて感じた。もちろん、招待客の多くは役員か寄付をした人たちで、ここからほど近い歴史地区に住む友人か隣人ばかりだ。レイヴネル家のひとりがクレイトン家とティスデイル家の誰かと熱心に話しこんでいる。ピンクニーさんがあきらかにテキサスの出とわかる、かなり耳障りな声の大きな男性と話していた。

突然、太鼓の音がまた騒々しく鳴り響き、セオドシアは何事かとばかりに振り返った。なんだ、また龍舞が始まるのね。中国のドラゴンが頭を左右に振り、ひげを上下に揺らししながら人混みのなかをくねくねまわりはじめた。

以前、サンフランシスコのチャイナタウンでグラント・ストリートを行きつ戻りつしてはティーショップをのぞき、めずらしい銘柄やブレンドを探していたときに、ドラゴンのパレードを見たことがある。でも、こんな間近でじっくり見ると、おもしろさは格別だ。まわりの人たちが醸《かも》す熱気から察するに、みんなも同じように思っているらしい。

さも感心したように見つめる客をかき分けながら、セオドシアはじりじりと写真ボックスに近づいた。せっかくだから、なかに入って一枚撮ってみよう。べつにモデル気分に浸りたいわけじゃないけど、マックスを喜ばせたい。今夜のイベントの成功を祝し、記念品がわりにプレゼントしよう。

葉の生い茂った竹を植えた大きな青磁の壺をまわりこみ、どっしりした木の柱に吊られた中国の赤いちょうちんの前を大急ぎで走り抜けた。円形広間から少し奥まった、写真ボックスが置いてある一角に来ると、あたりはいくらか暗く、ひっそりしていた。

いい感じ。

セオドシアは狛犬の石像をまわりこみ、写真ボックスがあるほうに進んだ。太鼓が荒々しく打ち鳴らされ、二胡が甲高く、もの悲しい旋律を奏でている。残りのシャンパンを飲みほすと、紫檀の小さなテーブルにグラスを置いて、写真ボックスのほうを向いた。

使用中かしら。誰も使っていなかったら、さっと撮影する?

「もしもし?」セオドシアは声をかけ、つやのあるあざやかな黄色の外壁を軽くノックした。

いきなりなかに入って、人の写真をだめにしたくはない。そんなのは失礼すぎる。

「どなたかいますか?」もう一度声をかけた。

答えがないので、セオドシアは一歩進んだ。ぺらぺらの黒いカーテンをあける直前、ストラップのついた黒いピンヒールのつま先が、床に広がったねばねばしたものを踏んだ。

「いやあね、もう」セオドシアは不満の声を洩らした。はしゃぎすぎたお客がなにかをこぼしたせいで、お気に入りの靴がだめになるなんてごめんこうむりたい。

セオドシアはソースか、肉まんの皮のかけらか、こぼれたシャンパンがあるものと思いながら、下に目をやった。きょうのオープニングイベントはずいぶんとやかましいパーティになっちゃったわね。

しかし見えたのは、黒っぽい色をした小さな水たまりだった。

飲み物をこぼしたのかしら?

ちがう。シャンパンかお茶なら、もっと透きとおっているはずだもの。

足を引っこめ、もう一度床に目を向け、さっきよりもじっくり時間をかけて調べるうち、心臓がどきどきしはじめた。さらにはちょっとしたジルバまで踊り出した。床に広がった液体の正体はさておき、どす黒くてねばねばしているのだけはたしかだからだ。

まさかそんなはずは……。ひょっとして、そのまさか?

セオドシアは口から心臓が飛び出しそうになりながらも、おそるおそる手をのばし、カーテンをゆっくりあけた。すると……なにも見えなかった。

写真ボックスのなかは真っ暗だった。電気が消えていた。

それもまた妙だった。どういうこと？

カーテンをもう少し大きくあけた。

すると見えた。大柄な男性が小さな木の椅子に力なくすわり、額が正面パネルにぴったりくっつくほど上体を曲げている。目を閉じていて、酔いつぶれているように見える。

「すみません」セオドシアは声をかけた。「もしもし？」口のなかはからからで、呼吸が浅く速くなっていた。「大丈夫ですか？」少し待った。「お手伝いが必要ですか？」

返事はなかった。

セオドシアはうしろを振り返り、美術館の警備員でも、職員でも、とにかく手を貸してくれそうな人はいないかと探した。

しかし、みんな彼女のほうに背中を向けていた。演奏家が無我夢中で楽器を鳴らし、ドラゴンが威勢のいい舞いを披露するのを見物しながら声援を送り、手を叩いているのだ。

セオドシアは男性の首のわきにおそるおそる触れてみた。脈を打っているはずの場所に。

指は……なにも感じなかった。それどころか、体が冷たかった。生きている兆候がまったくなかった。

頭ががんがんいいはじめ、うなじの産毛が逆立つような気味の悪さをおぼえた。

嘘でしょ……どうか嘘であってほしい。

やがてボックス内の暗闇に目が慣れ、なにがあったかゆっくりわかりはじめると、犯罪の証拠だとはっきりわかるものが見えた。指先が男性の首に触れているあたりのちょっと上、赤黒くてねばついた液体が耳からしたたり落ちていた。

血かしら？　たぶん、そう。

セオドシアは手を引っこめ、できるだけ急いで写真ボックスを離れた。それから、あらんかぎりの声で叫んだ。その声はしだいに音量を増し、二胡の躍動感あふれる甲高い音色と混じり合った。

2

感心するしかなかった。ううん、感心しちゃいけないのかもしれない。さっきまで寄り集まっていた裕福でセンスのいい人たちが、沈みかけた船から逃げ出すネズミのように、ものの数分でほうぼうに散らばっていった。

残忍で衝動的な殺人と思われる事件に関わりたい人なんている？

そんな人は、まずいないはず。リッチでおしゃれなお客にとって、死はあまりにいまわしく、好ましからざる出来事なのだから。

そういうわけで、制服警官と救急隊員の一行が美術館に駆けつけ、舞い踊るドラゴンが追い払われ、呆然とした楽隊が静かにさせられたとき、セオドシアのほかに残っているのは美術館関係者数人だけになっていた。誰もが口々に説明し、わかるかぎりの情報を提供しようとした。

「なんでこんなことに？」マックスは大声で言うと、わけがわからないというように額に手をやった。長身で黒髪、きれいに日焼けしているマックスだが、このときは幽霊のように真っ青だった。

角刈りにした灰色の髪、きまじめな表情、D・ヒックスという名札をつけた制服警官がさっそく仕切りはじめた。「起こったことはしかたありません。とにかく先に進みましょう。いまいちばん知りたいのはですね、この人が誰かです」そう言って真っ暗な写真ボックスをのぞきこみ、被害者に目をこらした。

「わかりません」セオドシアは言った。「はっきりとはわからないんです。顔を見ていないので。見つけたときはすでに、上半身が前に倒れていました。いまと同じように」

「被害者に手を触れたりしてませんね？」ヒックスは訊いた。

セオドシアは顔をゆがめた。「それが、少しだけさわりました」

「具体的に教えてください」

セオドシアは肩をすぼめた。「すみません。人差し指で首に触れました」

「息があるか確認したんですね？」

「はい。そうするのが賢明だと思ったんです。責任ある行動だと」

「で、息はありました？」

「いいえ。少なくとも息があるようには思えませんでした」セオドシアは緊張し、受け答えがしどろもどろになっている気がしてしょうがなかった。本当はもっと役にたつことを言わなくてはいけないのに。「もう息をしていないのはたしかでした」

「それについては疑う余地はないようだね」マックスが言った。

「さてと、肝心の疑問がまだ解消されていません」ヒックスは言った。「被害者は誰なんです？」ストレッチャーをがらがら押しながら駆けこんできた救急隊員ふたりも、いまは端っこに立って呆然と様子を見守っている。異常きわまりない状況のなか、誰もが好奇心をかき立てられていた。

ドレイトンはセオドシアのうしろで、事態がじわじわと見世物に変わっていくのを傍観していたが、意を決して片手をあげた。「わたしがお役にたてるかもしれません」

「ほう？」ヒックスは言った。普段はかなりおおらかな性格のようだが、今夜は顎《あご》をぐっと引いていて、目からは意気込みが伝わってくる。「この男性が誰かわかると？」

ドレイトンはうなずいた。「この気の毒な紳士はおそらく……」

「エドガー！」部屋のなかほどから耳をつんざくような声があがった。鉄の車輪が金属のレールにこすれるような声はしだいに大きくなり、やがてかすれて甲高い泣き声に変わった。

「そこにいるのは、わたしのエドガー？」

シャーロット・ウェブスターはセオドシアがいるほうに向かってふらふらと歩きはじめた。もつれる足で小走りする姿は、まるでいきりたったゾンビのようだ。ブロンドの髪は逆立ち、真っ赤な口紅は手のほどこしようがないほど崩れ、ぽっちゃりした顔にはあきらかな苦悩の色が浮かんでいる。

小さな人垣が無言で道をあけ、彼女はつんのめるようにして写真ボックスに近づいた。足をとめ、なかをのぞき、「うぐ」というような声を洩らした。そのまま力なくすわりこみそうになったので、ドレイトンが手を差し出して支えてやらなくてはならなかった。

「まちがいありませんか？」ヒックスが訊いた。

「あなたのご主人ですか？」

けれどもシャーロットはすぐには答えなかった。

片手で顔を激しくあおいだ。「エドガーの姿がどこにも見えないものだから、不安になって」頬を涙が川のように流れはじめた。「そしたらこんな……」射すような痛みが走ったのか、片手で胸を押さえる。それからごくりと唾をのみこみ、死んだ男性を指差した。

「ええ、たしかに主人よ」彼女は高く震える声で言った。「わたしたち……」彼女は、これ以上つづけられないとばかりに首を振った。

「ゆっくりでいいんですよ」ヒックスが声をかけた。

「実は……」シャーロットは口をひらいた。「おかしな話だけど、ここへ来る前、エドガーのタキシードのことで、ちょっと言い合ったの。主人はアルマーニを着たがったけど、わたしはブリオーニのほうが断然いいわよと言って」シャーロットは唇をわななかせ、写真ボックスのなかで厚切り肉のように倒れこんでいる男性を震える指でしめした。「あれはエドガーのブリオーニよ。どこから見てもすぐにわかるもの」

「まあ、そんな」セオドシアは言った。

「エドガー・ウェブスターだって？」マックスが言った。「ついさっき、彼と話したばかりなのに」

「あの、わたし……」シャーロットはもごもごと何か言ったかと思うと、白目を剝《む》いた。膝ががくがくしはじめ、力が入らなくなった。怯えたように見守っている十人以上もの野次馬の前で、シャーロットはジャガイモ袋のように大理石の床にばったり倒れた。スタイリッシュな赤いシルクのドレスというジャガイモ袋だったけど。

ドレイトンとアジア美術専門学芸員のパーシー・ケイパーズが、即座に助けに駆け寄った。ふたりは協力してシャーロットを立たせ、おいおい泣きながらよろよろ歩く彼女を近くのベンチまで連れていった。

「まあ、日頃、お目にかかるような光景じゃありませんからな」ぶっきらぼうな声がした。

セオドシアは、ずいぶんと意地悪で無神経な発言をした相手をたしなめようと振り返った。そこにはバート・ティドウェル刑事のまじろぎもしない黒い目が待ちかまえていた。

「あら」セオドシアは言った。バート・ティドウェル刑事はチャールストン警察の殺人課を率いている。熊かと思うほどの巨漢で、鉄砲の弾のような奇妙な形の頭と大きな手をしている。頭脳明晰で抜け目がなく、仕事ひと筋に生きている人だから、あなどってはいけない相手だ。

「おや」刑事も言い返した。ふたりはこれまで何度となく顔を合わせていた。ふだんはインディゴ・ティーショップで、また、セオドシアが奇妙な殺人事件に巻きこまれたときにも。

ティドウェル刑事は片手を前にのばすと、面倒くさそうな顔で追い払う仕種をした。

「移動をお願いします」近くにいる全員に対してそう命じた。「どうか、うしろにさがって。わたしの犯行現場がみなさんのＤＮＡで荒らされてしまいますので」

「あんたの犯行現場？」そう言ったのはヒックスだった。彼は両手を腰にあてていた。「それはちがうんじゃないですか」突然、縄張り争いが始まった。
　刑事は身をすくませるような一瞥《いちべつ》を相手に投げた。「ここからはわたしが引き継がせても
らう。だが、いい仕事ぶりだったよ、ヒックス巡査。大勢の客がわれ先にと逃げ出すのを、
ものの見事にふせいでくれるとは」
「そのことだけど」セオドシアはまた割りこんだ。「その人のせいじゃないの。あの人を見
つけたときに……」そう言って写真ボックスのなかを指差した。
「エドガー・ウェブスターだよ」マックスが言った。
「とにかくその人がなかでぐったりしてるのを見たとたん、悲鳴をあげちゃって。そしたら
楽隊が演奏を中断して、それで……だから、その……」そこで、少なくとも十組の目が好奇
心をつのらせながらじっと見つめているのに気づき、思わず口をつぐんだ。「みんな……お
客さんは全員ということだけど……びっくりして逃げちゃったの」
「わかりやすい説明ですな」刑事は言った。「たいへん役にたちました」
「そんなばかにしたような言い方をしなくてもいいでしょ」少し落ち着きを取り戻したセオ
ドシアは、さっきほどしどろもどろではなくなった。「あのときはびっくりして悲鳴をあげ
たけど、そのせいでみんながパニックに陥ったんじゃないかと反省してるんだから」
ティドウェル刑事はあたりを見まわした。「ここの責任者はどなたですかな？　わたしを
べつにしてという意味ですが」
「おそらくわたしでしょう」エリオット・カーン館長が一歩前に踏み出し、片手を差し出し

た。エルメネジルド・ゼニアのパワースーツで粋に決めている。頭は周囲に灰色の髪がぱらぱら残っているだけ。わし鼻がでんと鎮座しているせいで、どこか貴族のような雰囲気がある。何世紀か昔に生まれていれば、メディチ家の一員として辣腕《らつわん》をふるっていたかもしれない。

「今夜、ここを訪れていた全員のリストをお持ちだと思いますが？」刑事は言った。

「ええ」カーンは答えた。「あります」なんとか役にたとうと、やけにあせっているように見える。

「でしたら、あとで拝見します」大柄な人の例に洩れず、刑事もスポーツコートの下にベストを着るのが好きだ。今夜着ているベストの小さな貝ボタンは、あらゆる物理の法則に抵抗し、いまにもはじけ飛びそうなのをぎりぎりのところで持ちこたえていた。

「ぼくもなにかお手伝いしましょうか？」マックスが声をかけたが、ティドウェル刑事もエリオット・カーンも取り合わなかった。

「あらためて言いますが、みなさん」刑事はぞっとするほど低い声を出した。「道をあけていただくようお願いします」さらに何人かがそろそろとうしろにさがり、やきもきした様子の救急隊員がストレッチャーをゆっくりと前に出した。

「いや、いかん」刑事は大きな手をあげて制した。「まだそいつに乗せるのは早い。鑑識チームが到着するまで待つんだ。死因が確定的でないため、連中に仕事をしてもらって、できるかぎりの情報を集める必要がある」

刑事の態度が横柄とも紳士的とも取れるものに変わったのをセオドシアは察した。いつものことだ。さがっていろという指示を無視し、じりじりと近づいた。

「死因はなんなの？」セオドシアは訊いた。すでに知ってはいたが、捜査関係者の口から直接聞きたかった。

「公式見解が知りたいのなら」刑事はそっけなく言った。「アポを取って、チャールストン郡の監察医に話を聞いていただくしかないですな」

「そう。だったら非公式な見解を聞かせて。あなたは経験が豊富なんだもの。そのあなたが見て、死因はなんだと思う？」シャーロット・ウェブスターを横目で見ると、まだベンチにすわったまま、前屈みになって顔を両手で覆っている。

ティドウェル刑事は冷ややかな笑みを、捜査に関しては自分が優位に立っているといわんばかりの笑みを浮かべた。それから死んだ男性を手でしめした。「ほら、あそこ……血が出ているのが見えますかな？　ほとんど黒といってもいいほど濃い色の血が、わたしたちの被害者の顔の側面を伝い落ちています」

「ええ」そこまで具体的に描写してくれなくてもいいのに。

「オフレコですが、わたしたちの被害者の右耳に細くて先の尖ったものが挿入されたと思われます」

わたしたちの被害者じゃないわ、とセオドシアは心のなかで言い返した。刑事さんの被害者でしょうに。

「なんてひどいことを」ドレイトンの顔から血の気が完全に失われた。

セオドシアはぞっとしながらも、好奇心に目を輝かせた。

「その先の尖ったものが脳にまで？」

「そう思われます」ティドウェル刑事は答えた。「たくみに挿入すれば、ほぼ確実に脳に損傷をあたえられます」

「たくみにって」セオドシアは顔をしかめた。「身近で起こった残忍な殺人事件を描写するにしては、妙な表現ね。あなたの言い方だと、優雅な感じすらしてくるわ」

ティドウェル刑事は口の両端をわずかにあげ、背をそらせた。「いやいや、ミス・ブラウニング、優雅という言葉は、この殺人事件をあざやかに解決した場合にこそ使うべきものです」

セオドシアは、うやうやしい態度とぶっきらぼうな態度が同居している、短気で頑固な元FBI捜査官であるティドウェル刑事をじっと見つめた。「でも……」そこで口をつぐみ、ちょっと考えてから、やはり言うだけは言っておこうと決めた。「でも犯人は……殺人犯は……今夜、この会場にいたお客のひとりのはず。外からひょいと入ってきた部外者ではありえない」

「すばらしい推理ですな、ミス・ブラウニング」刑事は言った。「わたしも同感です」

「せっかくのイベントがとんでもないことになってしまった」マックスがつぶやいた。

セオドシアは死んだ男性から目をあげ、気品あふれる中国の茶館を見やった。タイマーで赤い照明がぱっとつき、広々とした中央展示室を照らした。茶館はあざやかな赤い光を受けて揺らめき、周囲はすべて、もっと濃い赤に染まっている。

セオドシアは、急に冷たい風が吹きつけてきたように、体をぶるっと震わせた。殺意を胸に秘めた犯人が、わたしたちのあいだを素知らぬ顔で歩いていたなんて。

その人物はいったい誰？

3

セオドシアとドレイトンはブラウン・ベティ型のティーポットが置かれた小さな木のテーブルについていた。骨灰磁器《ボーン・チャイナ》のティーカップには淹れたてのアッサム・ティーがなみなみと注がれている。テーブルの近くには、インディゴ・ティーショップの若きシェフにしてすご腕パティシエのヘイリーが立っている。開店まであと三十分しかないのに、三人はまだ昨夜の不幸な出来事をぼんやりと思い返していた。

セオドシアは気つけのお茶を口に含んだ。「あんなことになって、マックスは少し責任を感じてるみたい」

「ばかばかしい」ドレイトンが言った。いつものツイードのジャケットに糊《のり》のきいたワイシャツと赤い蝶ネクタイで決めた彼は、とても堂々として見える。「マックスは殺人事件にまったく無関係ではないか」

「写真ボックスを置くのは彼のアイデアだったんだって」ヘイリーが言った。彼女は二十代前半、まっすぐなブロンドの髪に華奢な体つきをしている。Tシャツにたっぷりしたミドル丈のスカートというファッションがお気に入りだが、そんなたおやかな外見とは裏腹に、実

際のヘイリーは筋金入りのやかまし屋だ。だから、厨房の仕切りも軍事作戦並み。いまは、クリームスコーン、リンゴのマフィン、クランベリーとナッツのブレッドを焼いているところだが、それぞれきちんと時間をはかっている。ランチメニューの材料はすでに下ごしらえがすみ、納品の時間に遅れた配達員はこってりと油を絞られた。

「とにかく」セオドシアは言った。「マックスはすっかり元気をなくしちゃってるの」

「それはわたしたちも同じだよ」ドレイトンが言った。「せっかく遠い中国から美しい茶館を移設したというのに、お披露目のパーティがぶち壊しになってしまい、本当に残念だ」

「ぶち壊しになったのはパーティだけじゃないでしょ」ヘイリーが言った。「みんなの人生もよ」

ドレイトンは唇をすぼめた。「いや、もちろん、それはどうでもいいと思っているわけでは……」

「ちゃんとわかってるわ」セオドシアは言った。彼女はこのメンバーの仲裁役として、いつも即座にその場をおさめたり、なにかを提案したりしている。もちろん、彼女自身がカッカしていない場合にかぎられるけれど。ドレイトンがいつも言うように、女の怒りよりも恐ろしいものはないのだ。

けれども、けさのセオドシアは物思いに沈んでいた。エドガー・ウェブスターが殺害されたのはどう考えても妙だ。実業家のウェブスターは美術館の理事をつとめ、コミュニティーでの評判も上々だった。しかも、茶館というお宝の移設に際しては中心となって活動するなど、芸術を愛好する人たちのために尽力していた。

それに腑《ふ》に落ちないのは、エドガー・ウェブスターと妻のシャーロットの交友関係には、とりたてて問題がない点だ。きのうのお客はチャールストンに古くから住む資産家か、あらたに台頭してきた業界の著名人が大半だったとはいえ、基本的にみな礼儀をわきまえていた。ひとりをのぞいて。でも、そのひとりとはいったい誰？　伝統的な気品にあふれるチャールストンではあるが、底のほうには貪欲と怒りと憎しみが、わずかなりとも渦巻いている。しかし、セオドシアが見聞きした範囲では、和気藹々《わきあいあい》としたなごやかな雰囲気だった。誰もが中国茶やフランス産のシャンパンを飲み、おいしい飲茶《ヤムチャ》をつまんでいた。そしてたがいに背中を叩き合っては、茶館の購入資金を寄付するという形で地域に貢献した自分たちを自画自賛していた。

でも、そのうちのひとりが殺意を胸に秘めていた。

セオドシアは頭を振った。さっぱりわけがわからない。知り合いや信頼する人ばかりのはずの美術館にいても安全でないなら、いったいどうすればいいの？

ドレイトンが椅子を引き、不意に立ちあがった。「店の準備をしなくてはいかんな」腕にはめたアンティークのパテックフィリップの腕時計に視線を落とし、いまの自分の言葉を強調するようにうなずいた。「うむ、いいかげん動きはじめなくては」

「あたしのほうはもう準備オーケーだよ」ヘイリーはどんなときでも冷静なのが自慢だ。

「そうだろうと思っていた」ドレイトンはかすかにほほえみながら言った。ヘイリーが頑固なまでに時間に正確で、きちんと計画をたてないと気がすまない性格なのを、彼は口には出さないものの ありがたいと思っている。他人のいいところをちゃんと評価できる人なのだ。

「ドレイトンの言うとおりね」セオドシアも腰をあげた。「きょうは金曜日だから、忙しくなるだろうし」

「金曜日はいつも忙しいからな」ドレイトンはあたふたと白いリネンのクロスを広げ、テーブルにかけはじめた。「今週の仕事もきょうで終わりとなれば、みんな少しサボりたくなるのだろう」

「ゆったりする、でしょ」セオドシアは言った。「サボるのとはちがうわ」

彼女はドレイトンのあとをくっついて歩きながら、カップとソーサーの隣に小皿を並べているところだった。みずからチャールストンの骨董店やガレージセールをまわって買い求めたシエリーの花柄、エインズリー、スポードなどをわざと柄のちがうもの同士で組み合わせていく。

「それこそインディゴ・ティーショップが目指すものでしょう？　ゆったりできる場所を提供するのが」ティーショップは仕事に疲れたお客につかの間の安らぎの場を提供するものという考えが、セオドシアは気に入っている。

石造りの暖炉、使いこまれたヒッコリー材のテーブル、鉛枠の窓をそなえたインディゴ・ティーショップは、ぬくぬくとした居心地のいい雰囲気を醸している。秋になったので、木釘でとめた木の床はこの時期恒例の紅茶色に塗り替えたし、ハイボーイ型のチェストにはキャンドル、ティータオル、ポットカバー、アンティークの銀器がこれでもかと並んでいる。壁には乾燥させたブドウの蔓《つる》でつくったリースの新作を飾ってあるし、一緒にかかっているアンティークの版画も、やはり売り物だ。

テーブルセッティングが終わって、キャンドルに火が灯り、ヴィヴァルディのメロディがステレオから小さく流れると、インディゴ・ティーショップは英国とヴィクトリア朝がほどよくミックスされた魅力にあふれはじめた。

「ポットのお茶は台湾産の特級包種《パオチョン》茶にしようと思う」ドレイトンが発表した。彼が忙しく手を動かしている入り口近くのカウンターには床から天井までの棚があって、そこには世界でもめずらしいお茶の数々が缶に入って並んでいる。優雅な香りを持つニルギリから麦芽のような風味のアッサム、さらにはコクのある烏龍《ウーロン》茶までなんでも揃っている。

「いいわね」セオドシアは言った。エドガー・ウェブスターが亡くなったせいか、気持ちを浮き立たせてくれるものがほしかった。

ドレイトンは慎重な手つきで茶葉を量り取り、そこに少し余分に茶葉を足した。「ポットのためのひとつまみだよ」と説明する。

「そうするとおいしくなるのよね」ヘイリーの焼き菓子とドレイトンが勧めるお茶の相乗効果で、インディゴ・ティーショップはいつもすてきな香りに満ちている。

「おや」ドレイトンは正面の窓にかかった薄手のカーテンの向こうに目をこらした。「朝いちばんのお客さまがおいでになったぞ」

十時をまわり、店内が半分ほど埋まって忙しくなりはじめた頃、デレイン・ディッシュが飛びこんできた。あざやかな赤紫色のスカートスーツに揃いの粋な帽子を合わせ、きらきらしたゴールドのアクセサリーをこれでもかとつけた彼女は、小型の火山のように見えた、というか、火山そのものだった。

「ハロー!」デレインは多少なりとも近くにいる人全員に向かって声をかけた。「おはよう!」

セオドシアは急いで応対に出た。デレインは〈コットン・ダック〉というチャールストンでもトップクラスのブティックの経営者だ。やかましくてゴシップ好きで自己中心的な性格ゆえに扱いにくく、誰もが認める面倒くさい人でもある。

しかもけさは、連れがいた。

「セオ」デレインはいくらか気乗りがしない声で言った。「アストラ大おばさんを紹介するわ」彼女は連れてきた小柄な女性をぞんざいにしめした。「ちょっとのあいだ、こっちにいることになって。とにかく、長くならないでほしいと思ってるんだけど」

そう言うと、デレインはアストラおばさんをしっと見つめた。地味な灰色のワンピースに、セオドシアが常々〝おばさん靴〟と見なしているものを履いている。つまり、低くて野暮ったいヒールがついた黒革のひも靴だ。とは言え、いまはそれが流行の最先端をいっている可能性がないわけじゃない。

ドレイトンが出迎えに現われると、デレインはしょうがないとばかりに、またも簡単な紹介をもごもごとつぶやいた。どんなときでも本物の紳士であることを忘れないドレイトンは、それを受けてかしこまったおじぎをし、アストラおばさんをテーブルへと案内した。

デレインはあきれた表情で、ドレイトンの下にも置かない歓待ぶりをながめた。

「ドレイトンの腕に寄りかかってるあの女の人とあたしは、血がつながってないも同然なのよ」デレインはセオドシアに耳打ちした。「正確に言うと、あたしの大おばさんの娘なの。しかも、もうすぐ百歳になるんだから」そこでデレインは急におばさんのほうに顔を向けた。

「でもね、セオ、あの人はそんじょそこらのよぼよぼの年寄りとはちがうの。いまも頭はしっかりしてるし、ものすごい毒舌家なんだから。気をつけないと、あのばあさんにいやな思いをさせられるわよ」

「はいはい、気をつけるわ」セオドシアは冗談めかして言った。どうせデレインは大げさに言っているだけだ。

「おまけになんだかんだとうるさくて。あたしのやることにいちいちケチをつけるのよ」デレインはアストラおばさんにすばやく目をやり、聞かれていないのをたしかめた。「怒りっぽくて意地が悪いから、毒舌《アシッド》おばさんって呼んでたくらい」

「それで、どのくらい、こっちにいる予定なの？」

「気が遠くなるほど長くよ」デレインは顔をしかめ、眉間にできかけたしわを意思の力で消そうとするように人差し指で押さえた。「手はずがととのいしだい、グースクリークにいるいとこのところに送り出してやるけどね」

「だめよ、そんなこと言っちゃ」セオドシアはデレインをテーブルへと案内した。「そこにすわって、ちょっと肩の力を抜くといいわ。おいしい紅茶でも飲んで」そう言いながら、デレインをアストラおばさんの隣にすわらせ、この日のおすすめを簡単に説明した。

セオドシアがクリームスコーンをのせた皿とイングリッシュ・ブレックファスト・ティーが入ったポットを手に戻ってくると、デレインは不安そうな顔でアストラおばさんを見やってから言った。「ゆうべの騒動を見逃したのは、返す返すも残念だわ」

「ばかなことを言わないでよ」セオドシアは言った。「本当に大変だったんだから」

「それって殺人事件の話?」

「それもひっくるめて全部よ」あのあとの大騒ぎはいまも鮮明に記憶に残っている。

「ふうん」デレインはささやかな昂奮を感じたように言った。「けさの《ポスト&クーリア》紙が、事件を大々的に報じてたけど、エドガー・ウェブスターがなにで刺されたのか、具体的には書いてなかったのよね。あいまいな表現ばかりで」デレインはちょっと口をつぐんだ。「それに、どこをどういうふうに刺されたのかも書いてなかったし」

セオドシアは声をひそめて言った。「凶器は先の尖った長いものよ」そこで少しためらい、先をつづけた。「それを耳に突っこまれたの」

「んまあ」デレインはそれを聞いて顔を輝かせた。「つまりアイスピックってこと?」

「そういうものだと思う」セオドシアは言った。「でも、警察は具体的なことはなにも教えてくれなかったわ。まずは徹底した司法解剖をしてからということみたい」

「アイスピックみたいなものなら隠すのはすごく簡単よね」デレインは言った。

「そこが頭の痛いところよ」セオドシアはうなずいた。「アイスピックのような小さな凶器はポケットやバッグにすっぽりおさまっちゃうもの」しかも、警察と救急隊員が駆けつけるのと入れ違いに、あんなにたくさんの人が先を争うようにして出ていっちゃったのだ、もう凶器は永久に見つからないだろう。最初に逃げ出した人たちと一緒に、現場から持ち出されたに決まっている。

スコーンをゆっくり味わいながら聞き耳をたてていたアストラおばさんの目が、しだいに大きくなった。

デレインは薄笑いを浮かべた。「チャールストンの高貴な方々が、なにがなんでも殺人事件の捜査から逃れようとする様子が目に浮かぶわ。そりゃあ誰だって、家名が辱《はずかし》められたり、殺人のようないまわしい出来事と結びつけられたりするのは望まないもの」彼女が品よくお茶を口に運ぶと、帽子の羽根がゆさゆさと揺れた。「だって、エドガー・ウェブスターはチャールストンの上流階級の出かもしれないけど、あまり好かれてなかったし」

セオドシアは身を乗り出した。「なにを理由にそんなことを?」

デレインは手を振った。「べつに。理由なんかないわ」

「ううん、なにか理由があるはずよ。そんなことをぽろりとこぼした以上、ちゃんと最後まで話してもらわなきゃ」

「同感だわね」アストラおばさんがナプキンで唇を押さえ、ようやく口をひらいた。デレインは浮かない顔をした。「あら、エドガーと奥さんのシャーロットが揉めてたのはあなたも知ってるでしょ？」

「いいえ、初耳」セオドシアは言った。「彼とシャーロットがどうかしたの？」するとアストラおばさんも本気で興味を持ったようだった。「結婚生活になにか問題でもあったのかい？」

デレインは口をすぼめた。「ふたりはいわゆる、縛られない結婚生活を送っていたとだけ言っておくわ」

「まあ」アストラおばさんは、このスキャンダラスな話題に目を輝かせた。

「そう」セオドシアは驚きはしたものの、ショックは受けなかった。シャーロットもエドガーも親分肌で、慈善事業や市内のおもだった社交の場に関わっている。だからふたりとも独立心が強い。そして、言うまでもなく、誘惑はいたるところにひそんでいる。

「というか、縛られてないのは片方だけなんだけど」デレインは慎重に言葉を選びながら言った。

「エドガー・ウェブスターの側ね」セオドシアはしばし考えこんだ。「ご主人に裏切られたシャーロットは、さぞかしショックだったでしょうね」

「そりゃそうよ。しかもね……二週間ほど前まで、エドガーはセシリー・コンラッドにのぼせあがってたんだから」

「二週間ほど前までって、どういうこと？」セオドシアは訊いた。

「エドガーとセシリーはつい最近、別れたの。ヴァルハラ・カントリークラブにいた大勢の前で、大げんかを繰り広げた末にね。聞いた話では、そりゃもう、たいへんな修羅場だったらしいわよ」

「別れた原因はなんなの？」セオドシアは訊いた。エドガーはいまもシャーロットと夫婦なんだから、あとくされなく別れたということ？

デレインはクロテッド・クリームをたっぷりすくい、スコーンにのせた。

「エドガーのほうがセシリーに飽きたんじゃないかしら。彼女はとても美人で、連れて歩くにはいいんだけど、とにかくお金にがめついの。エドガーにねだってＢＭＷの新車を買ってもらったり、家具の店をあらたに出すときに資金援助をしてもらったりしたんですって。たぶん、彼をがっちりつかんで、五十万ドル以上も出させたんじゃないかしらね」

「それはそうとうな額ね」セオドシアは言った。

「でも、エドガーはお金を返すよう要求してたの」

「つまり、ローンを回収しようとしたのね」

デレインはうなずいた。「そうとも言えるわね。もっとも、あたしが耳にしたところでは、セシリーのほうはローンだとは考えてなかったらしいけど。もらったと思ってたみたい。それが大げんかの原因ってわけ」

「お金！」アストラおばさんが吐き捨てるように言った。「いつの時代でも、人を殺すいちばんの理由はそれですよ！」

「ええ、ええ、そうよね」デレインは言った。「でも、シャーロット・ウェブスターがすごい大金持ちなのは、誰もが知ってることだけど」

「じゃあ、奥さんのほうがお金を管理してたのね」セオドシアは言った。

「らしいわよ」とデレイン。「シャーロットは莫大な遺産で優雅に暮らしてるの。知らなかった？　エドガーの事業はそこそこうまくいってたけど、奥さんにくらべたら、天と地ほども差があるの。だから、かなりの部分を頼ってたんじゃないかしらね」

「だけど、シャーロットはいま、気の毒なことに、とんでもない状況に置かれてるわ」セオドシアは言った。「ご主人が浮気していただけじゃなく、殺されてしまうなんて」

「しかも底意地の悪い元愛人はご主人をあしざまに言ってたし」デレインは言った。

セオドシアはかぶりを振った。「シャーロットは怒りと傷心の両方を感じているんでしょうね」

「怒りのほうが大きいと思うわ」デレインは言った。「だってものすごくかっとしやすいたちだもの」

「あの人が？」セオドシアは言った。「どうして？」

「コルヴェット事件を知らないの？　ご主人の一九七六年型コルヴェットを運転して、トラッド・ストリートにある骨董ものの街灯にまともにぶつけたことがあるんだから。彼が朝の四時にこっそり帰宅したというだけの理由でね」

「わたしはそのくらい当然だと思うね」アストラおばさんが口をはさんだ。

しかし、デレインの話はまだ終わっていなかった。「ブロード・ストリート・ガーデンクラブの会合のさなかに、ものすごい癇癪《かんしゃく》を起こしたのも聞いてない？」

「なにがあったの？」

「図書館協会とガバナー・エイケン門のあいだにごく普通のヒャクニチソウを植えようと誰かが提案したんだけど、シャーロットはジュリエットローズを植えたかったらしいの」

「ずいぶんと無理な注文ね」セオドシアは言った。

「だって、シャーロットはわからず屋だもの」デレインは人差し指を唇の前に持っていき、それからスコーンをもう一個取った。「本当にあの人ときたら、頭がおかしいんじゃないかと思うくらい」

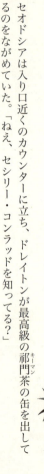

4

セオドシアは入り口近くのカウンターに立ち、ドレイトンが最高級の祁門茶《キーマン》の缶を出しているのをながめていた。「ねえ、セシリー・コンラッドを知ってる?」

ドレイトンは缶のふたをあけ、豊かな香りが周囲に広がっていくのを感じながら、しばらく考えこんだ。「ああ。わたしの記憶がたしかなら、セシリーは一年ほど前に越してきて、オペラ協会のメンバーになったはずだ。もっとも、本人は少々、やんちゃなところがあるがね。お父さんはサヴァナ出身のジョサイア・コンラッド大佐だ」彼はそこで白地に青い柄のティーポットに山盛り二杯の茶葉を量り入れた。「そうそう、きのうのオープニングイベントに来ていたな」

「本当?」セオドシアには初耳だった。「彼女がエドガー・ウェブスターさんとなんらかの形で……接触を持っているところは見た?」

ドレイトンはセオドシアをきっとにらんだ。「なぜそんなことを訊くのだね? なんだか知らんが、裏の意味があるように思えるが」

「裏の意味ってほどのものじゃないの」セオドシアは言った。「エドガー・ウェブスターさんは浮気していたらしくて、その相手がセシリーだったと、いまさっきデレインから聞かされたのよ。しかもウェブスターさんはつい最近、セシリーとかなり激しく喧嘩したんですって」

ドレイトンはセオドシアを呆然と見つめた。「それは憶測にすぎないのだろう?」

「ドラマの『グッド・ワイフ』みたいな話に聞こえるかもしれないけど、まぎれもない事実よ」

「そうか」ドレイトンはしばらくあれこれ考えていた。「不倫の話は本当なんだね?」

「まちがいないわ」

「となると、その情報は、ゴシップも同然の不愉快な話ではあるが、ひょっとしたら……警察の捜査に影響をあたえるかもしれないわけか」

「いまのは質問?」

「ううむ。いや、質問ではない」

「つまり、ティドウェル刑事と部下の人たちは、犯人である可能性が高い容疑者がいるのに気づいてないと言いたいのね? 捜査がまちがった方向に進んでるかもしれないと? 過去と現在を問わず、仕事で関係のあった人から話を聞いてるんじゃないかと?」

「まあ、そういうことだ」ドレイトンは少し不安そうな顔でうなずいた。

セオドシアはカウンターを指で叩き、あざやかな黄色いタンポポの柄がついたロイヤルヴエールのカップとソーサーを手に持った。「つまり、シャーロットもセシリーも最重要容疑者と見なすべきだってことね」

「デレインという、あまり信頼できない人物が情報元とはいえ、きみがあらたに仕入れた情報はあきらかに事件の動機を示唆している」

「シャーロットは嫉妬してたかもしれないし、セシリーは腹をたてていたかもしれないし」セオドシアは首を横に傾けた。「で、どう思う？　ティドウエル刑事に電話して、ウェブスターさんの不倫について、それとなく教えるべき？　ヒントをあたえる意味で」

ドレイトンはセオドシアを見つめ返した。灰色の目で穴があくほど見つめ、眉根を寄せている。「それだけの情報を握っている以上、話したほうがいいだろう」

セオドシアはカップとソーサーをカウンターに置いた。「そう言われると思った」


そのあとは、スコーンの皿とお茶のポットをお客のもとに運ぶので忙しくなった。この日は常連にくわえて週末の観光客が例のごとく大挙して押し寄せる金曜日ということもあり、インディゴ・ティーショップの午前のティータイムはラッシュアワー並みに忙しかったが、それでも三人は難なく切り抜けた。そんなこんなでふと気づくと、セオドシアが厨房に引っこんで、ヘイリーとランチの相談をする時間になっていた。

「お店のほうは満杯よ」セオドシアは言った。「あと二分もしたら、ランチのメニューを問い合わせるお客さまがぽつぽつ出てくると思うわ」

ヘイリーはバレリーナのようにくるりと向きを変えると、湯気をあげているソーセージとニョッキのスープにおたまをぐらせ、味見をした。「つまり、どんなメニューか知りたがるってことね」

セオドシアはほほえんだ。「ええ、そうよ」

「わかった」ヘイリーはエプロンのポケットに手を入れ、縦三インチ、横五インチのインデックスカードを一枚出した。一秒ほどそれをながめたのち、セオドシアに差し出した。「はい、どうぞ、ボス」

「ありがとう」セオドシアは言った。「でも、お願いだからボスはやめて」

ヘイリーは首をかしげた。「どうして？」

「だって、みんな対等な立場でしょ」

「そう？」

セオドシアはふふっと笑った。「以前からそう思ってたわよ。そもそも、どんなときでも先頭に立って突っこんでいく孤独な戦士になんかなりたくないもの」そう言って、渡されたカードにざっと目をとおした。「ヘイリー、きょうもまたすばらしい内容ね」

ソーセージとニョッキのスープ、チキンとワイルドライスのサラダ、生ハムとイチジクのティーサンドイッチ、リンゴとチェダーチーズのスコーン、チョコレート・カップケーキといったメニューが癖のある左に傾いた活字体で書いてあった。

「お客さまがどれも気に入ってくれるといいな」ヘイリーは言った。

「なにを謙遜してるの？　気に入ってくれるに決まってるじゃない」

実際、気に入ってもらえた。次から次へとスープを出すうち、鍋がからになった。そこで今度はサラダを勧めることにした。それも数が減ってくると、ヘイリーに頼んで、生ハムとイチジクのサンドイッチの数を増やしてもらった。

「きょうも大繁盛だったな」ドレイトンが言った。彼はカウンターに寄りかかり、忙しい店内をじっと見つめながら、ダージリンを口に含んだ。

「気をゆるめすぎちゃだめよ」セオドシアは言った。「まだ長い週末が待ってるんだから。忘れてないわよね。日曜日もお店をあけるのよ」

「忘れるわけがなかろう」ドレイトンはほほえみながら言った。「なにしろ、タイタニックのお茶会だ」

「忘れちゃいけない夜《ア・ナイト・トゥ・リメンバー》」焼きたてのリンゴとチェダーチーズのスコーンを持って出てきたヘイリーが言った。「タイタニック号の悲劇を描いた古いモノクロ映画のタイトルもそう言ってる（一九五八年の映画『SOSタイタニック』のこと。原題は『ア・ナイト・トゥ・リメンバー』）」

「タイタニックのお茶会はドレイトンにまかせて」セオドシアは言った。「わたしたちは幽霊やゴブリンをモチーフにした飾りつけでもしようと思ってたのに、彼ったら、徹底的にこだわるんだもの」ハロウィーンまであと数日。だから日曜のタイタニックのお茶会は、一種のお祭り騒ぎとなったハロウィーンに対するドレイトンなりの粋なオマージュだった。魔女も幽霊もゴブリンも使わず、長く受け継がれているタイタニック号の悲劇の記憶だけで勝負することになっている。

「昔ながらの悪鬼などの手を借りずとも、うちのお客さまはハロウィーンのお茶会を楽しんでくださるはずだ。そうは思わんかね？」ドレイトンは言った。

「正直に言うと、最初はちょっと心配だったの」セオドシアは言った。「でも、ふたをあけてみれば席は予約でいっぱいで、あなたには脱帽だわ。すばらしいアイデアね」

「わたしが練りに練った飾りつけを楽しみに待っていたまえ」ドレイトンは言った。「きっと腰を抜かすほどびっくりするはずだ」

「あたしなんか、タイタニック号を所有してたホワイト・スター・ライン社のメニューまで調べたんだよ」ヘイリーが言った。「だから、実際に出された料理をいくつか出すつもり」

「あなたたちったら、もう」セオドシアはかぶりを振った。あらたなテーマのお茶会に取り組むドレイトンとヘイリーは、二頭の凶暴なジャッカルを思わせる。

「でも、それが終わったら、お化けもいくつか飾るからね」ヘイリーが言った。「なんてったってハロウィーンだもん」彼女は小さく身震いした。「あたしの大好きなお祭りのひとつ」

「どうしてなんだね？」ドレイトンが言った。「なぜ女性はそこまでハロウィーンに熱狂するのだね？」

「仮装できるからよ、きっと」セオドシアは言った。「ハロウィーンの夜だけは、好きな人物か好きなものになれるでしょ」

「そうそう」ヘイリーも言った。「悪い魔女、優雅な王女さま、破れた胴着姿のおかしな女性……」

「ではきみたちふたりは、ロンドン塔のお茶会でも、それらしい恰好をすると思っていいのだね？」ドレイトンが言った。そのお茶会はセオドシアのアイデアだった。ちょっぴり不気味な英国テイストのお茶会を、ハロウィーン当日のランチタイムにひらく予定にしている。

「当たり前でしょ」ヘイリーが言った。「もうちゃんと、アン・ブーリンの衣装を用意してあるもん」彼女はドレイトンの顔を見てにやりとした。「ドレイトンは誰に扮するの？　ヘンリー八世？」

「とんでもない」

「じゃあ、誰？」セオドシアは訊いた。

ドレイトンの片方の眉があがって、アーチの形になった。

「当日のお楽しみにとっておきたまえ」

セオドシアがカップケーキをのせた皿を配り、祁門茶の入ったポットを手に店内をまわっていると、マックスがのっそり入ってきた。正面ドアのそばに立ち、セオドシアが気づくまで辛抱強く待っていた。

「いらっしゃい」セオドシアは彼のもとに駆け寄った。「遅いランチを食べに来たの？」

「なにか残っているなら」

「なんとかかき集められると思うわ」セオドシアは色とりどりのお茶の缶がところ狭しと並

ぶハイボーイ型チェストの隣に窮屈に置かれた小さなテーブルを指差した。「テーブルがひとつあいていてラッキーだったわね」と、いくらか息をはずませて言った。彼女はデザートの皿を同時に何枚も運びつつ、食事の終わったお客に勘定書を配っていたが、まだオフィスに引っこんでティドウェル刑事に電話をかけるチャンスには恵まれていなかった。「小さいテーブルだけど、かまわない?」

「気にしないよ」マックスは茶目っ気たっぷりにウィンクした。「そこならきみを見張りやすくていい」

セオドシアは彼を案内し、大急ぎで食器を並べ、冷たい水をグラスに注いだ。

「ところで、美術館のほうはどんな様子?」

「ご想像のとおり、ごたごたしてる。カーン館長はストレスのあまり髪をかきむしってるよ。まあ、かきむしるほど毛があるわけじゃないけど」

「これといったことはなにか聞いてる? だからほら……警察……というか、ティドウェル刑事から……館内の捜索はおこなわれたんでしょ?」

「午前中ずっとオフィスにこもりきりで電話を受けたり、地元のマスコミをかわしたりしてたものだから、よくわからないんだ」

「当てずっぽうでもいいから」

「そう言えば、しじゅう話し声がしてたし、廊下をあわただしく行き来する足音も何度となく聞こえたな。ということは、捜査員が来てたってことだ。シャーロック・ホームズみたいな帽子をかぶって、手がかりを探り出そうとしてたのかもしれない」

「実はさっき、いくつか興味深い情報を聞きつけたの」セオドシアは言った。

マックスは両の眉をあげた。「情報というと……?」

セオドシアは手を振った。「単なる噂なんだけど」

「いいから、話してくれないか」

セオドシアはシャーロットとエドガーとセシリーの三角関係を手短に説明した。

マックスは水のグラスを指で軽く叩いた。「それはかなりまずい状況だね。で、きみの推理は?」

「推理なんて……そんな……」このまま噂話をつづけるのは少し気が引ける。「こういうのってなかなかないなと思って。三人がそれぞれ憎み合っているなんて」

マックスは目を丸くした。「驚いたな。でも、言いたいことはわかったよ。ふたりの女性のどっちかが、ウェブスター殺害の重要な容疑者かもしれないと思うんだね?」

「ええ、まあ、そんなところ」

「やれやれ。とんでもない問題を抱えたものだね」マックスは言葉を切り、研究対象でも見るような目でセオドシアをじっくりとながめた。「それで……その線を調べてみるつもり?」

「ティドウェル刑事に電話で知らせようと思ってる」

マックスは彼女をまじまじと見つめた。「そして、シャーロットとセシリーに関する秘密を暴露するわけだ。なるほど。やっぱり事件に関わるつもりなんだな」

セオドシアは肩をすくめた。「警察に知らせたほうがいいと思われる重大な情報を耳にしただけよ」

マックスはあきらめと抗議の中間のような声を洩らした。

「わかったよ、いまの情報をすべてティドウェル刑事に伝えるつもりなのはわかった。でも、引き替えになにか得られるなんて思わないほうがいい。あの刑事が、すでに突きとめた事実をきみに軽々しく話すとは思えない」

「そうかもしれない」セオドシアは言った。「でも、この手の情報を使えば、引き換えになにかしら聞き出せるものよ」

数分後、セオドシアは少し手があいたすきをねらってオフィスに駆けこみ、デスクについてティドウェル刑事の番号をまわした。刑事の番号は短縮ダイヤルに登録していないが、するべきかもしれない。

電話をつないでもらうのに数分かかったが、ようやく刑事が電話に出た。それからさらに三分かけて、エドガーとシャーロットのウェブスター夫妻とセシリー・コンラッドに関する情報を手短に伝えた。このあらたな情報――というか、一部は伝聞でしかないけれど――によって捜査がさっそく開始されればいいけれどと思いながら、できるかぎり整理して伝えた。

しかし、話し終えても、なんの反応もなかった。

「ティドウェル刑事？　この話はもうご存じだったの？」

しばらく沈黙がつづいたのち、刑事は口をひらいた。「ミス・ブラウニング、いまのはどれも伝聞とあなたの推測ですね」

「れっきとした情報よ」セオドシアは言った。「いちおうお知らせしたほうがいいと思っただけ」

刑事はため息をついた。「わたしの捜査に口出ししたくて電話してきたなんて言わないでくださいよ」

「とんでもない」セオドシアは顔をしかめた。本当はそういう下心もあったけどね。「わたしは一市民として、関係のありそうな情報を提供しようとしただけよ」

「そうですか」

「で、知ってたの？　ふ……不倫のことは」

「ええ、知っておりました」

それを聞いてセオドシアは意気消沈した。「そう」

「がっかりしたようですな」

「べつにそういうわけじゃ。そうそう、ひとつ訊きたいことがあったんだわ」

「ひとつだけですかな？」

「えっと……そうよ」

「でしたら、さっさとその質問とやらを聞かせてもらえませんか。いいかげん、仕事に戻りたいので」

「鑑識の人に写真ボックスを解体させた？」

「ええ」

「それで？」

「腹をすかせた犬が子羊のすね肉にむしゃぶりつくみたいに、ずたずたにしましたよ」

セオドシアはため息をついた。ティドウェル刑事から情報を引き出そうとするのは、本当に骨が折れる。

「天を仰いでいるようですな」刑事は言った。「のけぞる音がこっちまで聞こえてきましたよ」

「だから」セオドシアは少し腹がたってきた。「写真ボックスを調べた鑑識の人が手がかりを見つけたのか知りたいの」

「手がかりと言いますと？」

「そんなのわかるわけないでしょ。デジタル写真、ハードディスクに蓄積された画像、昔ながらのネガなどいろいろあるでしょうに。とにかく、証拠になりそうなもののこと。犯人に結びつきそうなもののことよ」

「言わんとすることはわかります、ミス・ブラウニング。ボタンを押して犯人の写真がひょいと出てきてくれれば、言うことなしなんですがね。残念ながら、頭のいい犯人は写真撮影に時間を使うよりは、気の毒なミスタ・ウェブスターを刺すほうを選んだようです」

「犯人の男は頭がいいと思うのね？　女かもしれないけど」

「ええ、この事件の犯人はたしかに頭がいい。大勢の人が集まっている場で、特定の個人に襲いかかるのは大胆きわまりない行為ですからな。しかし、最後には必ず、その男または女を逮捕してみせましょう」

「本当なのね」顔をあげると、ちょうどマックスがオフィスに入ってくるところだった。携帯電話を片手に握り、いつもは生き生きしている顔はこわばり、まばたきひとつしない。

「毎朝、太陽がのぼるように、確実に捕まえてみせますよ」ティドウェル刑事の声がセオドシアの耳に届いた。それから、ぜいぜいいう声がかすかに聞こえたかと思うと、受話器を置く大きな音がした。電話は切れていた。

「どうかしたの？」セオドシアは訊いた。マックスはサワーピクルスをかじったみたいな顔をしていた。ただし、インディゴ・ティーショップではランチにサワーピクルスは出していない。

「言っても信じてもらえないかもしれない」マックスは顔をこわばらせ、苦しそうにあえぎながら、ぎくしゃくとした足取りで歩いてくる。

「なんの話？」セオドシアは身を乗り出した。「ねえ、マックス、いったいどうしたの？」

マックスはセオドシアのデスクの向かいにあるビロードの椅子によろよろと近づき、そっと腰をおろした。

「解雇された」

明朝のお茶会（殺人事件はなしよ!）

　この機会に手持ちの中国雑貨を総動員してみてはいかがでしょう――白地に青い模様のお皿、磁器でできた中国の小さな像、中国のティーポットなど。扇子あるいは、盆栽か盆景をテーブルに置くのもすてきです。お料理は春巻、中国風チキンサラダ、蒸し餃子などを用意。ここでヒントをひとつ。中国の紅茶は小ぶりの茶碗で出すとより高級感が出ますよ。

5

セオドシアは唖然とした。「なんて言ったの？」思わず大きな声になったが、赤いレバーが引かれて癇癪玉に火がつく寸前に落ち着きを取り戻した。きっと聞き違いよ。〝解雇された〟なんてマックスは言ってないわ。言うはずがない。そうよ、ありえない。

「なんて言ったの？」セオドシアはちゃんと聞き取ろうと身を乗り出すようにして尋ねた。

「解雇された」マックスは繰り返した。口をわずかにあけ、眉根を寄せてセオドシアをじっと見つめ返す。信じられないという顔で、見るからに完全なショック状態だ。「きょうはもう、職場に戻らなくていいと言われた」

「誰に言われたの？」マックスが冗談を言っているのではないとわかり、胸がふさがれる思いがした。誰が言ったのか知らないけど――上司？――とんでもない間違いをおかしたとしか言いようがない。

「エリオット・カーン館長だよ。いましがた話をしたんだ。というか、向こうが携帯電話にかけてきたんだけど」

「えっ……？」今度はセオドシアがショックを受ける番だった。「ちょっと待って」そう言って片手をあげた。「カーン館長はなんて?」

「エドガー・ウェブスター殺害事件が解決するまで、ぼくを無期限の休職処分に処すと」

「説明はそれだけ? そんなのおかしいじゃない。ほかになにかあるに決まってる。本当の理由が」本気で腹がたってきた。「大義名分みたいなものがあるはずよ」

「館長によれば、午前中に緊急理事会がひらかれて、ぼくの停職が決まったそうだ」

「あなたが一生懸命仕事をしてるときに、理事会をひらいてたの?」

「そうらしい」

「でも、なぜあなたを停職処分に?」舌がもつれているのが自分でもわかるが、どうしようもなかった。「写真ボックスのせい? あなたの提案だから? でも、それで非難するなんてどうかしてる。あんなの、ちょっとしたお遊びでしょ——裕福な支援者に楽しんでもらおうとしただけじゃない。あのなかで人が殺されるなんて、想定してなかったんだから」

マックスはまだ呆然としたままだった。「カーン館長は広報がどうのとも言っていた。いや、プレスリリースだったかな。昨夜、ウェブスターがあんなにカッカしてたのはそのせいだし」

「プレスリリースのせいって?」

マックスはかぶりを振った。「どうだったかな。なにがなにやらさっぱりだよ」

「同感だわ」セオドシアは言った。まったく筋がとおらないことばかりだ。マックスが美術館の評判を落とすようなことをわざとするなんてありえない。それに、仕事ぶりという点から見れば、彼はまさに広報にうってつけの人材だ。《チャールストン・ウィークリー》や《アート・ナウ》などに寄稿したこともあるし、彼の手になるプレスリリースのいくつか――南部の現代美術展とピカソの陶芸展に関するものなど――は、《ニューヨーク・タイムズ》紙の芸術面で取りあげられたこともある。

「館長からは戻らなくていいと言われたけど、とりあえずいったん職場に戻るよ。膝を交えて話し合いたいからね。なんとかもっと……情報を引き出してみる」

「がんばって」セオドシアは言った。いきおいよく立ちあがったせいで、あやうく椅子をひっくり返すところだった。「乗りこんでいって、こんなめちゃくちゃは許せないって、言ってやりなさいよ。だいたいにして、こんな形の解雇なんて違法だわ」セオドシアはデスクをまわりこむと、マックスの肩に手を置いて、そっとさすった。「まったく理不尽もいいところ。もしかして……ハロウィーンのいたずらだったりして」

「そうだとしたら」マックスは言った。「まったく笑えないな」

「おやおや」ドレイトンが言った。「詮索《せんさく》するつもりはないが、セオ、不愉快な知らせでもあったような顔をしているぞ」彼は中国製の持ち手のない青緑色の小さなカップを二ダース並べているところだった。お客からリクエストされたお茶のテイスティングに使うカップだ。

「それがね……その……いましがたひどいニュースを聞いて」セオドシアはそこまで言うと、うまい言い方などないのだからと単刀直入に告げた。「マックスが解雇されたの」

「まさか！　とてもじゃないが信じられん」

セオドシアはごくりと唾をのみこんだ。「うん、でも事実なの。そういうことになっちゃったんですって。ほんの五分ほど前に」

半眼鏡ごしに見つめるドレイトンの顔は心配そうで、ちょっぴりフクロウに似ていた。

「わたしから電話してみようか？」ドレイトンはヘリテッジ協会の理事に長いこと名を連ねているうえ、いろいろとコネもある。それもかなり偉い人たちとのコネだ。

「どうかしら。ついさっき、マックスは館長に問いただそうとして美術館に向かったの」

「では、その結果を聞いてからにしたほうがよさそうだな」ドレイトンは言った。

「ええ。少なくともいまのところは」

ドレイトンは高いところにある福建省産の白茶《パイ》の缶を取った。

「これを出せば、ご婦人方はきっと満足するにちがいない。毎年、春の特定の数日間に、やわらかな若葉だけを手摘みしたお茶なのだよ。ほのかなあんずの風味がとても心地よく……」彼は安心させるようにほほえんだ。「心配いらんよ、セオ。なにもかも丸くおさまるとも。筋のとおった説明があるに決まっている」

それでも、その後のランチタイムのあいだ、セオドシアはずっと気が動転したままだった。ローズ・ティーを注文したはずのミセス・ビアテックのテーブルに茉莉花茶《ジャスミン》を、ロシアン・ブレンド・ティーを所望したテーブルには、まちがってイーストフリージアン・ブレンド・ティーを届けてしまった。

「わたしらしくないわ」セオドシアはカウンターに戻るなり、ドレイトンにこぼした。

「気に病むことはない。新しく淹れなおせばすむことじゃないか」

「それでも、こんなばかな間違いをするなんて」目を下に向けると、両手が震えていた。セオドシアは心を落ち着けようと、その手を強く握った。

「きみは自分に厳しすぎる」ドレイトンが言った。

「そんなことない。理事会がマックスに厳しすぎるの」


午後もなかばを過ぎた頃、両手両膝をついて、デュボス蜂蜜やスコーンミックスを棚に補充していたセオドシアがふと目をあげると、ビル・グラスが上から見おろしていた。

「なにしに来たの？」セオドシアは訊いた。ビル・グラスはチャールストンのゴシップを扱う《シューティング・スター》紙の無神経で野次馬根性旺盛な発行人だ。起業家ブームの直後におこした事業だが、不愉快なリアリティー・ショーと同じで、なぜかすたれることなくつづいている。それどころか、年々有名になり、いまでは派手な写真と成金たちに受ける低俗なゴシップ記事満載の、俗っぽい週刊新聞にまで成長した。

「セ・オ・ド・シ・ア」グラスは声をかけ、ホオジロザメのように歯を剝き出してニヤリとした。「ゆうべは、美術館の豪華だがさんざんな結果に終わったパーティでうろちょろしてたんだってな」そのひとことひとことを区切るように、首にかけたカメラがぶつかり合ってかちゃんかちゃんと音をたてた。

セオドシアは少しよろけながら立ちあがった。「そんな話、どこで聞きつけたの？」グラスにはささやかながらもしっかりとした情報提供者のネットワークがあり、彼女はそれを不愉快に思っていた。

グラスは片手をあげてひらひらと動かした。「小鳥が教えてくれたんだよ。歌を歌う小鳥がね」オールバックにした髪と着古しててかてかしたスーツの彼は、ずるがしこい中古車セールスマンを思わせる。あるいは広告の営業マンを。

「なるほど」セオドシアは言った。「内部情報がほしくて来たのね」

ビル・グラスはセオドシアに人差し指を向けた。「大当たりだ、ベイビー」

「言っておくけど、わたしは本当になにも知らないわよ」

「そりゃよかった。お茶を一杯注いで、その知らないことの内容を洗いざらい話してもらおうか」

セオドシアは相手の顔をとっくりとながめた。グラスが得た情報のなかには、こっちの役にたつものがあるかもしれない。うまいこと引き出すだけの気力があればだけど。

「わかった。そこのテーブルにどうぞ。でも、お願いだから、ほかのお客さまには迷惑をかけないでよ」

「了解」

セオドシアは急いでダージリンをカップに注いだ。それからしばらく思案し、スコーン一個とクロテッド・クリーム少々を皿にのせた。それを持ってテーブルに戻ると、お茶とスコーンを置き、グラスの向かいの椅子にするりと腰をおろした。すでに、自分が会話の主導権を握ると心に決めていた。

「シャーロット・ウェブスターについて教えて」セオドシアはグラスに言った。

グラスはティーカップを口に持っていこうとした手を途中でとめた。「大金持ちだ」そう言うと、大きな音をさせながらお茶をすすった。「それも半端じゃない額だぜ」

「わたしもそう聞いてる」セオドシアは言った。

ビル・グラスはスコーンを小さく割り、ひと切れ口に放りこんだ。「おれはあんたのそういうところが好きだよ」彼は自分の頭の横を軽く叩いた。「頭がよくて、自分のまわりがちゃんと見えてる」

「あら、うれしい」

「で、ゆうべのことだけどな」とグラス。「ラスヴェガスで賭けるとしたら、おれは古女房のシャーロットに全額いくね」

「それはつまり……」

「事件の犯人ってことだ」グラスは早口で言った。「くわしく説明してやろう」

「ええ、お願い」

「シャーロットは金にも地位にもめぐまれた高慢ちきな女だ、わかるな？　だが、そんな彼女の足を引っ張ってるものがなんだかわかるか？　あの嘘つきで女にだらしない亭主さ。というわけで……」グラスはバターナイフを手に取ってくるくるまわし、それからすばやく突き出した。「遊び好きのエドガーがいなくなれば、問題はきれいさっぱり解決するってわけだ」

「じゃあ、シャーロットがご主人を殺したと思うのね?」なんとなくだが、あの事件はそんなありきたりなものとは思えなかった。逆上して復讐に走った妻という構図なんかじゃないはずだ。

グラスは肩をすくめた。「充分に考えられる話だろ。警察はまだ、尻尾をつかんでないようだけどな」彼はセオドシアの顔色をうかがった。「で、おれとしてはあんたにいくつか教えてもらえると助かるんだよ」

「なにを教えろっていうの?」

「あんたはゆうべ、現場にいたんだろ。たくさんのセレブに交じってさ。キュートな彼氏があの美術館で働いてるんだものな」

いまはちがうけど、とセオドシアは心のなかでつぶやいた。

「具体的にどんな情報が知りたいの?」

「ありとあらゆる情報さ。どのご婦人がどの紳士と仲良くしてたか、どのビジネスマンが友だちから金を引き出そうとしてたか、社交界では最近、どんな話題が飛び交ってるか」彼はお茶をずるずるとすすった。「セシリー・コンラッドが来てたかどうかも知りたいね」

「セシリーがどうかしたの?」セオドシアは訊いた。

グラスは鼻にしわを寄せた。「いやね……彼女は上流階級の仲間入りをしたがってると聞いたんだよ。あのべっぴんだけどおつむの弱い娘は、男にもてるのを武器に、チャールストンの社交界の仲間入りをしようとしてるらしい」

「信頼できる筋から、昨夜、セシリーが会場に来ていたと聞いたけど」セオドシアは言った。

「やっぱりな。そうだと思ったんだよ」

ここまできたなら、もっとつづけるしかない。乗りかかった船と言うじゃない。「じゃあ、セシリーがエドガー・ウェブスターと関係があったのも知ってるんでしょ？」

グラスはうなずいた。「ああ、しばらく前に聞いた」彼はカップの縁ごしにセオドシアを見やった。「その話を持ち出すってことは……あんたもあの女をちょっとは疑ってるんだな」

「そういうわけじゃないわ」なんらかの証拠が見つからないかぎりはね。

「だが、ちょっと考えれば、彼女の容疑がそうとう濃厚なのはわかるはずだぜ」

「かもね」

「だったら、もう少しくわしく調べるのが当然じゃないか。なにしろセシリーはウェブスターの野郎といい仲だったうえ、インテリアショップだかなんだかに融資するよう迫ってたんだから」

「その話はみんなが知ってるの？」セオドシアは訊いた。

グラスはほくそえんだ。「セシリーって女はえらいおしゃべりでな。あちこちで自慢話をしたんだよ。次のミセス・ウェブスターになるつもりでいたみたいだしな」

「もうかなわなくなっちゃったけど」

「だとしても」グラスはだんだん昂奮してきていた。「結果的に、興味深い女の争いが起こってることは認めざるをえないだろ。妻は愛人を犯人だと言い、愛人のほうは妻に罪をなすりつけようとしてるんだから」

セオドシアは、そうだろうかと首をかしげた。もっとも、人がひとり死に、そこに大金がからんでいるとなれば、なにが起こってもおかしくない。

「おれはもうちょい嗅ぎまわってみるよ」グラスは言った。「セシリーが新しい店ででかいパーティをひらくと聞きつけたんでな。彼女に接触し、特集記事を書くということで話を聞き出すつもりだ」

セオドシアは昨夜、写真ボックスから流れ出ていたどす黒い血だまりを思い出した。

「やめたほうがいいんじゃない？」

「いやいや」彼は手を振った。「おれのことなら心配いらないって。ちゃんと気をつけるからさ」

セオドシアが厨房をのぞくと、ちょうどヘイリーがオーブンからレモンのスコーンが並ぶ天板を出しているところだった。レモンのスコーンだけでなく、シナモン、チョコレート、アーモンドのえもいわれぬいい香りもただよっていた。

「スコーンは少し残ってる？」セオドシアは訊いた。

ヘイリーはトレイをセオドシアのほうに傾けた。「これがそうだけど。なんで？」

「これからシャーロット・ウェブスターの家に行ってみる。スコーンをいくつかと、缶入りのお茶をふたつみっつ持っていきたいの」

「ささやかなおみやげにするのね」

「そんなところ」ヘイリーにも、そして自分でも認めたくなかったが、シャーロットが置かれている状況を探るのが目的だった。

「だったら、あたしがちゃちゃっとみつくろってあげる」ヘイリーが言った。「セオのオフィスにあるスイートグラスのバスケットをひとつ使ってもいい？」

「もちろんよ。でも、手みやげを見つくろうのはわたしがやるわ。時間があるから」

「じゃあ、まかせた」

セオドシアは急いでオフィスに入ると、友人のミス・ジョゼットが手作りした持ち手つきのバスケットをひとつ手に取り、急いでティールームに戻って売り物の棚をじっくりながめた。龍井茶《ロンジン》とローズヒップ・ティーを選んだ。それから、詮索しに来たと思われないよう、レモンのジャム、イチゴのジャム、それに蜂蜜も奮発した。

それをすべてカウンターまで持っていくと、ドレイトンが彼女の顔をのぞきこんだ。「ずいぶんと気前がいいじゃないか。誰のところに持っていくのだね？」

「これにリボンをかけたら、シャーロット・ウェブスターのところにひとっ走りしてくる」

「お見舞いの品かね？」

「そんなところ」

ドレイトンの濃い眉があがった。「ついでに様子を調べるくらいはかまわんだろう。シャーロットが本当に悲しみに沈んでいるのか確認するくらいは」

「ええ、そのつもり」

「そうか。わたしも真っ先にそう思ったのだよ」

ふたたびオフィスに引っこむと、ヘイリーがセロファンで包んでくれたスコーンも並べ、バスケットの持ち手に黄色いリボンを結んだ。

うーん、これだと派手すぎるかしら？　黒いリボンのほうがいい？　ううん、それだと陰気すぎる。黄色のほうがいいわ。

裏口から出る前に、セオドシアはマックスに電話をかけた。

呼び出し音が六回、七回、八回と鳴るが、マックスは出なかった。

これをいい知らせと思うべきか、悪い知らせと思うべきか。知らせのないのは、いい知らせということ？　まあ、いいか。ピーッという音につづいて留守番電話につながった。

「なんにも連絡がないから、どうなってるのか気になって。時間ができたら電話して。そうだわ、今夜、うちに来て。じゃあ、また」

セオドシアは妙な胸騒ぎをおぼえながら電話を切った。

6

シャーロット・ウェブスターは数ブロック先、ミーティング・ストリートに建つりっぱなお屋敷に住んでいた。ジョージア王朝様式のその屋敷は大きな寄棟屋根を擁し、両端には赤い角形煙突、二階と三階の舞踏室のあいだには精巧な彫刻をほどこしたモールディングがめぐらされ、屋根つきベランダ――チャールストンの住民はピアッツァと呼ぶことが多い――の前には柱が六本並んでいる。まわりはすてきな庭に囲まれているが、秋もまもなく終わるという時期なので、寒さに強い花がいくつかこんもりとした頭を揺らしているだけだった。

セオドシアは緊張に胸を高鳴らせ、いらぬおせっかいだと思われないよう祈りながら、玄関の両開きドアの前に立ち、イノシシの頭をかたどった真鍮《しんちゅう》のノッカーをつかんだ。

ドン、ドン、ドン。

くぐもった金属音がドアの反対側に響きわたった。ノッカーから手を離して何秒もしないうちに、玄関のドアがあいた。

「はい？」中年の女性が四インチほどの隙間から顔をのぞかせた。黒いワンピースにこざっぱりとした白いエプロンという恰好からして、まちがいなく家政婦かメイドだろう。しかし、

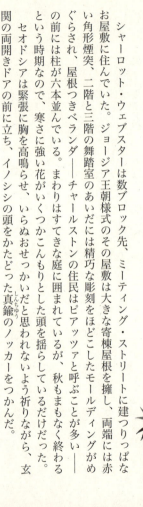

弱々しい声ときっちりとひっつめた灰色の髪のせいか、四〇年代の古いモノクロ映画の登場人物のように見えた。

「これをシャーロットさんにお渡ししようと思ってうかがいました」セオドシアは手みやげを詰めたバスケットを差し出した。

メイドは無表情でドアをあけ、セオドシアをなかに入れた。ドアがばたんと閉まった。

「どうぞ、こちらへ」メイドはそう言うなり、くるりと向きを変えた。

「それは、つまり……そう、わかったわ」セオドシアはきゅっきゅっと鳴るクレープソールの靴を履いたメイドのあとについて、緑色のタイルを敷いたポルチコを突っ切った。左の板壁の図書室と右の落ち着いた雰囲気の応接室を過ぎ、薄暗く長い廊下を歩いていった。壁に飾られた三世代にわたるウェブスター家の人々の肖像画が、感心しないという顔でふたりをにらみつけている。

角を曲がったとき、ぼそぼそとした小さな声が聞こえた。テレビの前に横になったシャーロットが鼻をぐずぐずいわせながら、クリネックスのティッシュに手をのばしてるのかしら？　箱入りのチョコレートをおともに『ドクター・フィル・ショー』を見ながら、傷心を癒やしてるとか？　ううん、ちがう。あのドラマのドクターの、親しみやすいテキサスなまりのようには聞こえないもの。ということは、お客さんをもてなしてるんだわ。

セオドシアが部屋に入ると、シャーロットはすぐに誰だかわかり、大急ぎで立ちあがると甲高い声を出した。

「セオドシア！　あら、まあ、まあ。会えてうれしいわ！」

彼女はせかせかと部屋を突っ切ってきた。三方をガラスに囲まれ、ラン、バラ、パルメットヤシ、その他の観葉植物がごちゃごちゃと置いてある。いまもこの手の部屋をソラリウムと呼ぶかどうかは知らないけれど、狭苦しい人間飼育器のように思えてしょうがない。

セオドシアは手みやげのバスケットをさっと差し出した。「焼きたてのスコーンをいくつかと缶入りのお茶を差しあげたくて」そう言ってから、そばの椅子にすわっているやせぎすの銀髪男性に目をやった。「でも、ごめんなさい。お客さまがいらしてたのね。べつにお邪魔するつもりじゃなかったのに」

「邪魔だなんてとんでもない」シャーロットは顔をほころばせた。彼女は素足で、カナリアイエローのシルクのトップスにゆったりしたパンツを合わせていた。アカプルコでリゾートを楽しむときのような恰好だった。ブロンドの髪は、サーカスのポニーみたいに高く結いあげてあった。「ロジャーとふたりでお酒を飲んでたところなの」ロジャーという名前を、やけに言い慣れた感じで口にした。

ロジャーに目を向けると、彼は飾り房つきの革椅子に身じろぎもせずにすわっていた。

「こんにちは」セオドシアはそう声をかけ、愛想よく手を振った。

「あら。ふたりは会ったことがなかったのね」シャーロットの媚《こ》びを含んだ笑い声からすると、すでに一杯やっているようだ。ううん、二杯か三杯かも。

「残念ながらまだ」セオドシアは言った。シャーロットは半分ほど入ったグラスを片手に持ったままで、バスケットを受け取るそぶりをいっこうに見せないので、セオドシアはしかたなく近くの籐のテーブルに置いた。

「こちらはロジャー・グリーヴズさん」シャーロットは紹介した。「デイトレックス・テクノロジー社のエドガーの共同経営者」

グリーヴズは椅子から腰をあげると、面倒くさそうに部屋を突っ切り、セオドシアと握手した。「はじめまして」カーキのスラックスと淡いピーチ色のゴルフシャツにトッズのローファー。カジュアルだけど高級なものばかりだ。

「こちらこそ、はじめまして」セオドシアは言った。「お会いするのがこんな状況でなければよかったのですが」

「ええ」グリーヴズはいくらかでもしらふに見せようと努力しながら言った。「まったく」

しかし、シャーロットには努力するつもりはまったくないようだった。「いま、ふたりでミントジュレップをいただいてたの。あなたにもおつくりしましょうか?」

「ううん、けっこうよ。ほんの数分しかいられないから」

シャーロットはグリーヴズに目を向けた。「あなたは尋ねるまでもないわね」

彼は肩をすくめ、自分の椅子に戻った。

「こっちに来て」シャーロットは手振りでしめした。「ロジャーにもう一杯つくるあいだ、カウンターにすわっててちょうだいな」

セオドシアはハイスツールに腰をおろし、シャーロットはカウンターのなかで忙しく手を動かした。

「訪ねてきてくれて本当にうれしいわ」シャーロットはカットガラスのタンブラーを二個出し、目の前のカウンターに置いた。

「じかにお悔やみを言いたくて」セオドシアは言った。

シャーロットはあいまいにうなずいた。「ご親切にありがとう」

「それから、ドレイトンからもよろしくと」

「さすがはドレイトンね」シャーロットはつぶやいた。「いつもきちんとしてるんだから」

そう言うと、小型のビルトイン冷蔵庫の冷凍室に手を入れ、手ごろな大きさの氷を出した。

「彼って典型的な南部紳士よね」彼女はアイスピックを手にし、カウンターの上を動きまわる氷を突き刺した。「いまはああいう男性が少なくて残念」

セオドシアはシャーロットの力強く慣れた手つきに見入った。きらりと光るアイスピックの先端が上下し、氷に突き刺さる。割れた氷がタンブラーに入れられ、からりと音をたてまわる。シャーロットがまた氷にアイスピックを刺し、もうひとかけら削り取った。それをべつのタンブラーに入れた。

セオドシアはその動作を魅入られたように見つめていた。と同時に、頭のなかでは疑念がぐるぐると渦を巻いていた――まさか本当にこの人がご主人を刺し殺したの？　いまみたいに平然とした顔でやってのけたの？　セオドシアは頭を振り、その恐ろしい考えを振り払った。しかし、朝になっても消えずに残る悪夢のように、その考えはすぐに舞い戻ってきて、そのあとは振り払おうにも振り払えなくなった。

「セオドシア？」シャーロットが磨きあげた硬貨のように目を輝かせてほほえみ、ミントジュレップを差し出していた。ちゃんと生のミントの葉まであしらってある。

「ごめんなさい……なにか言った？」セオドシアがぼんやりしているあいだに、シャーロットはふたり分のカクテルをつくっていた。

「さっき断ったのはわかってるけど、一杯くらい、いいでしょ、ね？　きょうは金曜日だし」

「そうね」セオドシアはカクテルを受け取った。ランの花と濃いバーボンの入り交じった香りに、シャーロットのとりとめもないおしゃべりがミックスされ、頭が少しぼうっとする。セオドシアはカウンターに手をついて、体を支えた。

「こっちでご一緒しましょうよ」シャーロットは部屋を突っ切りながら、セオドシアに手招きした。シャーロットはグリーヴズにカクテルを渡すと、花柄の生地を使った張りぐるみのふたり掛けソファにすとんと腰をおろし、隣の座面を軽く叩いた。セオドシアは逆らわなかった。

シャーロットはセオドシアにほほえみながら口をひらいた。「スコーンとお茶をありがとう。でも……訪ねてきた目的はほかにあるような気がするわ。ちがう？」

セオドシアは不意を突かれた。「べつにそんなことは……」

シャーロットはぷっと噴き出して、片手をあげた。「べつに悪いと言ってるわけじゃないのよ、セオ。だってよくわかってるもの、あなたの……なんて言えばいいのかしら？　並外れた才能とか？」

「なにを、こそこそしゃべってるのかな？」グリーヴズが割って入った。

「こちらのセオドシアはね」とシャーロット。「腕のいい素人探偵なのよ」

「いえ、そんな」セオドシアは身の縮む思いがした。

「本当かい？」グリーヴズはいくらか興味を抱いたように身を乗り出した。

「ドレイトンがね、あなたのことを褒めちぎってたわ」シャーロットはセオドシアに言った。「あなたの武勇伝なら、いくらでも語れるという感じでね」

まったくドレイトンったら、とセオドシアは心のなかでつぶやいた。

「おもしろいな」グリーヴズが言った。「気の毒なエドガーの早すぎる死について、セオドシアの考えを聞かせてもらいたいね。あなたも昨夜のパーティには客として来ていたわけだし」

「エドガーを発見したのが彼女なの」シャーロットは言った。「だから、ぜひとも見解をうかがいたいわ」このときのまなざしは、親しみのこもったものではなくなっていた。

「実を言うと」グリーヴズはカクテルを持つ手を膝に置いた。「この二週間ほど、エドガーはなにかに真剣に悩んでいたらしい」

「悩みの原因がなにかはおわかりになりますか？」セオドシアは訊いた。

グリーヴズは首を横に振った。「いや、さっぱり」

「あら、なに言ってるの」シャーロットが言った。「主人が悩んでいたのは、あなたが会社を上場しようと迫ったせいもあるとは思わない？」

グリーヴズはため息をついた。「うん……そうだな。たしかにきみの言うとおりだ。エドガーはそのことでそうとう頭を悩ませていたようだ」彼はセオドシアをじっと見つめた。「わが社は新規株式公開に向けて動いていてね」と説明する。「最終的にはデイトレックス社を上場するつもりでいる」

「でも、エドガーはかなり消極的だったの」シャーロットが言った。「本当に渋々という感じだった」

「理由はなんだと思いますか？」セオドシアは訊いた。

「変化への恐怖じゃないかな」とグリーヴズ。「あるいは成功に対する恐怖かもしれない。エドガーとわたしは八年半一緒にやってきたが、その間ずっと、彼は基本的に現状維持を望んでいた。大きな変化を好まなかったんだ」

「主人はエンジニアだったから」シャーロットはそれで合点がいくとばかりに言った。

「だが、デイトレックス社は目に見える成長をとげてきた」グリーヴズはつづけた。「飛躍的な成長と言っていい。数週間前にはDODと契約を交わしたほどだ」

「DODというのは？」セオドシアは訊いた。

「国防総省だよ」とグリーヴズ。

「データマイニング業務を請け負ったの」シャーロットが明るい声で言った。

「では、機密情報を取り扱うことになるんですね」セオドシアは言った。

「ええ、もちろん」グリーヴズは言った。「だが、それとはべつに、大きな一歩を踏み出す絶好の機会だったんだ。新株公開によってデイトレックス社には多額の資金が注入され、次の段階へのはずみがつくはずだった」

「となると、おふたりが個人所有している自社株の価値が跳ねあがることになりますね」セオドシアも大型融資と証券市場のしくみについてはそれなりに知識がある。なにしろ毎朝、『スクワークボックス』という経済ニュース専門番組を見ているのだ。

「ええ、そりゃもう」シャーロットは言うと、口を閉じ、両端をさげて悲しそうな表情になった。「でも、エドガーはいつも感情的になるあまり、新株公開を真剣に考えようともしなかった。承認しようとしなかったの」

「ご主人がなにに頭を悩ませていたかわかる？」セオドシアは訊いた。セシリーとの別れ？それともべつのこと？

「そうねえ」シャーロットは言った。「エドガーはいろんなことに気を揉んでたわ。そういう人だったの。ビジネス上の大きな問題がいつも頭を離れなかったのはもちろんだけど、オーケストラでいい席を取れるかどうかも気にかけてたわ。あるいは、大事にしているシンビジウムにアブラムシがついてないかとか」

「前々から、彼は強迫神経症《OCD》をわずらっているんじゃないかと思っていてね」グリーヴズが言った。「いい薬があるからと、何度も説得をこころみたんだが——聞き入れてもらえなかった」

「エドガーは美術館の理事に名を連ねていたから」シャーロットが話を引き継いだ。「例の中国の茶館の移設にも一生懸命だった。何点か確認するためだけに、向こうの美術商に電話したこともあったくらい」

「まじめな男だったんだよ」グリーヴズが言った。「そう思ってやらなくては」

「美術商とはきのうの朝も話をしてたみたいよ。もちろん、中国では次の日になるんでしょうけど」

「きょうということかい？」グリーヴズはとまどった顔をした。

「きょうは、向こうでは明日よ」シャーロットは答えた。

「おそらく、茶館がいい状態で到着したと上海の関係者に伝えたんだろう」グリーヴズはうなずきながら言った。「お披露目の会に間に合うよう、きちんと組み立てられたと」

シャーロットもまじめくさった顔でうなずいた。「ええ、そうね。エドガーらしいわ。本当に几帳面なんだから。きちんとした心遣いができる人だし」そこで彼女の声はけわしくなった。「少なくとも、いくつかの点ではね」

「デイトレックス社の新株公開の件は、これからどうなるんですか？」セオドシアは話を戻そうとして尋ねた。自分がエドガー・ウェブスターだったら、夜も眠れないほど頭を悩ますのはその点だ。

「ええ、今後も進めていきますよ」グリーヴズが答えた。「まちがいなく」

「さまたげになるものがなくなったことだし」シャーロットはうれしそうな声を出した。

つまり、さまたげになる人がいなくなったと言いたいのね、とセオドシアは心のなかでつぶやいた。なにしろ、悩みの種──行き詰まりのおもな原因──は完全に消えてなくなった《デッド・アンド・ベリード》のだから。もっとも、埋葬《ベリード》されてはいないけど。いまのところはまだ、解剖台に横たわっている。

セオドシアの考えを読んだのか、シャーロットが言った。「ロジャーとわたしとでけさ、サーリー&スクワイア葬儀場に行ってきたんだけどね。ミスタ・ウェブスターの葬儀は次の月曜日、午前十時からおこなうことになったわ」彼女は古い南部のしきたりに従って、夫をミスタ・ウェブスターと呼んだ。

「そう」セオドシアは言った。それまでに解剖が終わっているといいけれど。それまでにはっきりしたことがわかっているといいけれど。

「それでね」シャーロットは話をつづけた。「なんでそんな話をしたかと言うと、葬儀をおこなう場所が、おたくのティーショップから一ブロック先にある聖ピリポ教会だからよ。葬儀には招待した方だけが参列するので、全員でおたくに寄って葬儀後のお食事会ができればと考えてるの。なんとかしてもらえるかしら?」

「ええ、もちろん。喜んで」セオドシアは言葉につまった。「いえ、べつに喜んでるわけじゃなくて、ただ、その……」

シャーロットはセオドシアの腕にやさしく触れた。「気にしなくていいのよ。言いたいことはわかるから。それより、急なお願いでごめんなさい」

「そんなこと、気にしないで」セオドシアは言った。明日の土曜日は営業するし、日曜日もタイタニックのお茶会で店をあける。だから、シャーロットの食事会の準備をするのはたいした手間にはならない。イベントがひとつ増えるだけのことだ。

「お茶とティーサンドイッチを出してくれるだけでいいわ」シャーロットは大きなサンゴの指輪を無造作にいじりながら言った。

「ほかにスコーンと、ミニサラダかフルーツの盛り合わせを出しましょうか？」セオドシアは言った。

「あら、すてき。ええ、それなら完璧だわ」

「お茶はとくに指定の銘柄はある？」

シャーロットは急に顔をしかめた。「それについてはあなたとドレイトンにおまかせする。だって、ふたりのほうがくわしいでしょうから」

「そうね」

数分後、シャーロットは急に頭痛がしてきたと言い、セオドシアとグリーヴズを家から追い出しにかかった。

「ごめんなさい。とてもじゃないけど……」シャーロットは言った。「どうしても……」

「いいのよ」セオドシアは言った。いまになってようやく、夫が死んだという実感がわいてきたのだろう。

暮れかけた十月の陽射しが降り注ぎ、芝生に落ちた影が長くなりはじめるなか、セオドシアとグリーヴズはアプローチで顔を見合わせた。

「ざっくばらんに言わせてもらってもいいでしょうか？」セオドシアは訊いた。

グリーヴズは、ほとんどそれとわからぬほどにうなずいた。

「シャーロットさんはセシリー・コンラッドのことを持ち出しませんでしたね」

グリーヴズはなにか考えるような顔になった。「ああ、たしかに。プライドが深く……傷ついた……傷ついているからだと思う」

セオドシアは興味深い言葉の選び方だなと思った。

「シャーロットさんのほうから、セシリーが犯人かもしれないというような発言はありましたか？」

グリーヴズは両手ともズボンのポケットに突っこみ、なかの小銭をじゃらじゃらいわせた。しばらくして口をひらいた。「ああ。実を言うと、ゆうべ、彼女が刑事に真っ先に訴えたのはそれだったよ」

「はっきりさせておきたいのですが、シャーロットさんはセシリーさんを名指しで非難したんですね？」

「非難を投げつけたという感じだったね。あのガタイのでかい、のっそりしたやつに向かって金切り声でわめいていたよ。殺人課を率いているとかいうやつを相手に」

「ティドウェル刑事ですね」

「そう、そいつだ。ティドウェル刑事だ」

「刑事さんのほうはちゃんと耳を傾けているようでした？」

「なんとも言えないな。見た感じは、真剣そうだった。もっとも、ご主人の遺体が運び出されると、シャーロットはまた半狂乱になったがね」

セオドシアは少しためらってから口をひらいた。「あなたのお考えを聞かせてもらえませんか、グリーヴズさん。エドガー・ウェブスターさんは長年にわたるビジネスパートナーで、二人三脚で仕事をしてきたわけですから、セシリーさんについてもなにかご存じだと思いますが」グリーヴズが身がまえることのないよう、慎重に言葉を選んで尋ねた。

「セシリーは腹をたててたな。その点は疑問の余地がない。エドガーは彼女との関係を清算し、貸した金を返せと要求した。するとセシリーはエドガーの顔に唾を吐きかけたというわけだ」

「ウェブスターさんは怒って強引な態度を取ったんでしょうか、それとも……」セオドシアが本当に尋ねたかったのは、エドガーがセシリーを挑発するようなことをしたのかどうかだ。

「とんでもない。エドガーはたいへん冷静だったよ。それなりに充分な時間をあたえるつもりだったし」

「そうなんですか？」セオドシアはそう言い、さらに質問をした。「セシリーさんはウェブスターさんにお金を返したでしょうか？　つまり、それなりに成功した場合はですけど」

グリーヴズは頭を横に振った。「それはどうだろう。なにしろエドガーは他人を信じやすいたちだったからね。たしかセシリー・コンラッドに数十万ドルはあたえているはずだ」

「わたしが聞いた話では五十万ドルでした」

「そのくらいだろう」

「なのに書面の形で残さなかったんですか？　覚書なり契約書なりにサインしてもらわなかったんでしょうか？」

「わたしの知るかぎりでは、そういうのはなかったな」

「つまり、ウェブスターさんが亡くなったいま、セシリーさんはお金を返す必要がなくなったわけですね」

「そういうことだ」グリーヴズは言った。「すべて免除された」

もしかしたら、まだすべて免除されたわけじゃないのかも。セオドシアはそうつぶやきながら、自分の車に戻った。

7

セオドシアは考えにふけりながら、歴史地区の絵のように美しい通りを歩いていた。十五分ほどたった頃、事件に関する事実をいくつか入手したことに気がついた。まず、シャーロット・ウェブスターはデレインが言うほど頭のおかしな人ではなかったけれど、ロジャー・グリーヴズとやけにいい雰囲気だった。二番めに、ロジャー・グリーヴズはゆったりとかまえて冷静そうに見えるけれど、素顔は手のつけようのない反社会的人間かもしれず、経営権をもぎ取って新規株式公開を推し進めるため、共同経営者を殺害した可能性がある。

はっきりしたことの三番めは、美術館の理事会がどんなばかばかしくてとんちんかんな理由をひねり出したか知らないが、マックスは不当に解雇されたということだ。

この不可解な騒動を解き明かすことこそ、自分に課せられた使命だとセオドシアは心を決めた。人がひとり冷酷無残に殺され、マックスは彼女の助けを心から必要としている。正義は果たされなくてはならない。

さて、どこから手をつけよう？

とりあえず、留守電に吹きこんだメッセージを聞いたマックスが、わたしの家で待ってい

てくれることを祈ろう。そしたらふたりで情報をひとつひとつ調べられるし、うまくいけばなにかしらわかるかもしれない。少なくとも、どこから手をつければいいかくらいは見当がつく。

右折してミーティング・ストリートに入り、自宅に向かって車を走らせた。黄色く色づいた葉が小さな竜巻のように渦を巻きながら落ちていたが、それすらほとんど目に入らなかった。暑く湿度の高いチャールストンの夏もようやく終わりを告げ、いくらか涼しく過ごしやすい秋に季節が移っていた。

由緒あるガンサー・メルローズ・ハウスの前を通りすぎた。半円形のアーチ、欄干、柱廊をそなえた、古いイタリア様式のすばらしい屋敷だ。残念なことに、新しいオーナーが最近、屋外照明を取りつけて、けばけばしいナイトクラブのような外見に変えてしまったけれど。隣のブロックに目をやると、グランヴィルの屋敷が夕闇のなかにどっしり建っているのが見える。そっちのほうが断然、趣味のいい造りだけれど、デレインの婚約者でこの屋敷の所有者だったドゥーガン・グランヴィルが六月に殺害され、あらたな買い手が登場するのをいまも待っている状態だ。およそ四百万ドルと高い値がついているため、いまのところ買い手は現われていない。

やがて愛車のヘッドライトが自宅である小さなコテージの正面をさっと照らし、セオドシアの心は誇らしい気持ちでいっぱいになった。このかわいらしいクイーン・アン様式のコテージを、いろいろお金を切り詰めて買ったこの家を、心の底から愛している。ヘイゼルハーストという愛らしい名前のついた、ささやかな彼女の城。頭金を用意するには、スコーンをいくつ売る必要があったろう。あるいは、お茶のポットをいくつ、お客のもとへと運ばなくてはならなかったろう。そんなことはどうでもよかった。インディゴ・ティーショップは好きでやっている仕事だし、家は自分のもの。それがなにより大事なことだ。

縁石に車を寄せ、いとおしそうに外観をながめた。いっぷう変わった小さな家は、やや非対称なデザインと藁葺き屋根を模したざらざらしたシーダー材のタイルのおかげで、道行く人の目を楽しませている。外壁は煉瓦と化粧漆喰で仕上げられ、アーチ形のドア、交差切妻の屋根、それに二階までの高さがある小塔をそなえている。仕上げとして、青々としたツタが壁面に不定形の模様を描いている。

玉石敷きのアプローチを三歩も進まないうちに、玄関のドアがいきおいよくあき、マックスと、その横にアール・グレイが立っていた。インディゴ・ティーショップの裏の路地で、雨のなか、小さくなって震えているのを見つけたとき、子犬だったアール・グレイは怯えて飢え死にしかけていた。いまではぶちの毛皮（セオドシアはダルメシアンとラブラドールレトリーバーのミックスとにらんでいる）と表情豊かな目、それにすっと鼻筋のとおった、りっぱな犬に成長した。

セオドシアは前かがみになり、手を打ち合わせながら呼びかけた。

「おいで、アール・グレイ！」

それで充分だった。アール・グレイはいちもくさんに駆け寄ると、セオドシアを突き飛ばしそうないきおいで主人の両手に頭をうずめた。セオドシアは愛情をこめてやさしくその頭をなで、耳とマズルと首を軽く叩いた。

「ただいま」セオドシアは言った。

「グルルル」アール・グレイが応じる。

「ちょっと遅くなっちゃった。ごめんね」セオドシアは顔をあげた。「でも、マックスが来てくれたじゃない。ふたりで楽しく遊んでたの？」

「一緒に走ってきたんだ」マックスは言った。「港のほうまで」

「あら、いいわね」セオドシアはそう言うと、マックスに問いかけるようなまなざしを向けた。「それで？」あのあと彼からはなんの連絡もなく、どうなったのか知りたくてたまらなかった。

「解雇されたことに間違いはなかった」マックスは言った。「それ以上言うことはないよ」

「そっちとは対照的で、こっちは話すことがたくさんあるの」セオドシアは両手をはたいた。

「とりあえず家に入って、まずはそっちの状況を教えて」

マックスはシェーカー様式の木のロッキングチェアにすわり、セオドシアは靴を蹴るようにして脱ぎ、更紗を張ったソファに丸くなった。アール・グレイはふたりから同じくらいの距離にあるオービュッソン・カーペットに横になり、審判を仰せつかるのではないかとちょっぴりびくびくしている。

「さあ、話して」セオドシアは言った。

マックスは片手をあげた。「完全に終わりだ。厳密に言えば、まだ解雇はされてないけど。おそらく人事のほうで必要な書類をいくつか作成しなきゃいけないんだと思う。でも、すでに無給休暇にされてたよ」

「それで、具体的にはどういうことなの？　向こうはどんな理由をあげてきたの？　まさか、写真ボックスのせいじゃないわよね」すでにマックスの解雇の理由をあれこれ考えてみたが、写真ボックスは真の原因とは思えないと結論づけていた。あまりにくだらなすぎる。なにかべつの原因を隠すための煙幕にちがいない。

マックスは首を振った。「写真ボックスは関係なかった。あれは不運なおまけみたいなものでね。理事会はぼくがエドガー・ウェブスターと口論したことを問題視してるんだ」

「あの人と口論したの？」初耳だった。「いつ？」

「二日くらい前かな」

「原因はなんだったの？」

「うん、まあ、本当にくだらないことなんだ。ほとんど取るに足らないことでね」

「でも、実際はそうじゃないんでしょ」

「ぼくたちふたりは、茶館のお披露目の宣伝をめぐって意見が対立してたんだ」

セオドシアは指を振った。「そう。もっとくわしく話して。聞かせたくないことまで全部」

「寄付してくれた人たちだけでのプライベートなパーティをマスコミに知らせる必要はないというのがぼくの考えだった」マックスは言った。「無駄な労力は使わず、一般公開のときにできるだけ多くのマスコミを集めるほうが得策だと思ったからだ」

「まちがってないと思うわ」

マックスは椅子にすわったまま身を乗り出し、真剣な表情でセオドシアを見つめた。

「うん、まちがってないはずだ。だって考えてもみてくれ。招待状は発送したあとで、寄付をしてくれた人とゴールド・サークルの支援者たちからはオープニングパーティへの出欠の返事がすでに届いていた。一般市民が招待されていないイベントを宣伝するなんて、愚かにもほどがあるというのがぼくの意見だった。一般の人は参加できないんだよ。そんなのはエリート根性まるだしの無神経な行為だし、公共の組織としての美術館の役割を台なしにするものだ」

「そのとおりよ」セオドシアは言った。インディゴ・ティーショップをオープンする前、彼女はマーケティングのプロとして数年を過ごした。広報活動やマスコミ対策がどんなものかはよくわかっている。「でも、いまの話からすると、エドガー・ウェブスターはあなたと同意見ではなかったのね」

「うん。彼は《ポスト&クーリア》紙に特集記事をのせてもらうつもりでいた。芸術担当の編集主任のフィル・シローチに強力なコネがあるらしく、勝手に話をつけちゃったんだよ」

「自分がいかにすごいか、吹聴したかったのね」セオドシアは言った。「茶館の移設のためにお金を出した人たちのことも」

「そうだと思う」マックスは言った。「でも、記事は一部の金持ち連中に都合のいいものでしかないんだよ」

「だからあなたはそれを阻止した」

「うん。シローチに電話して状況を説明し、それでジ・エンドさ。それに、宣伝活動や売り込みについてはすべて、ぼくをとおすことになっている。美術館の関係者全員が勝手な判断で動きまわって、それぞれがプレスリリースを書いたり、マスコミにへつらったりされてはたまらないからね」

「そのとおりよ。マスコミのほうがあなたにへつらうのが筋でしょ。広報の責任者であるあなたに」

その言葉に、マックスはうっすらほほえんだ。「まあ、そうだね」

セオドシアは自分の居間をながめまわした。梁《はり》のある天井、更紗やダマスク織を使った家具、アンティークのハイボーイ型チェスト、風情ある油彩画。

「それで、ウェブスターさんは昨夜、あなたに嚙みついていたのね？　あなたが、彼の宣伝活動のスイッチを切ったせいで」

「うん……正直に言うと、適当に受け流したんだ。もちろん、礼を失しない程度にだよ。でもおかげで……ぼくらが言い争った事実があらたな意味を帯び、とんでもないことになってしまったというわけさ」

「その結果、理事会はあなたの追放を決めたのね」

「みんな怖じ気づいてるんだろう。シャーロット・ウェブスターだけでなく、エドガー・ウエブスターの会社からも訴訟を起こされるんじゃないかと不安なんだ。あるいは、悪い評判がたつことや、役員、支援者、寄付をしてくれた人たち、その他もろもろからの反発を恐れてるのかもしれない」

「臆病者なんだから」セオドシアは言った。

「だから、適当ないけにえを探したのさ」とマックス。「そうだよ、昨夜、会場にいた理事かゴールド・サークルの支援者の誰かが、ウェブスターを刺したかもしれないじゃないか。ぼくは理事会にも会員ネットワークにも参加していないから、どういうことになっているのかはわからない。でも、政治的な駆け引きと密告《バックスタビング》がいろいろとおこなわれたと見てまちがいない」

「あるいは耳を刺す行為《イヤースタビング》か」セオドシアは言った。

「うん、そうだね」マックスは言った。「残念ながら」

セオドシアはいま説明されたことに考えをめぐらした。彼女が関わっている理事会は、〈ビッグ・ポウズ〉という介助犬の団体のものをべつにすれば、しょっちゅう内輪もめを起こしている。人間の悲しい性《さが》なのだろう。

「話は以上だ」マックスは言った。「簡単すぎるけど」

「わたしからも話があるのよ」セオドシアは言うと、シャーロット・ウェブスターとロジャー・グリーヴズを訪ねたいきさつと、ふたりがどこかなれなれしくていかがわしい様子だと思ったことを手短に説明した。

マックスはじっと聞いていた。

「それだけじゃない」セオドシアは言った。「グリーヴズさんはデイトレックス社の株式を公開して上場しようとしてたんだけど、ウェブスターさんはそれに反対だったんですって。でも、ウェブスターさんが亡くなって、さまたげになるものはなくなったというわけ」

「すごいな」セオドシアの話が終わるとマックスは言った。「聞いているだけで少し昂奮してきたよ」

「まだセシリー・コンラッドには接触すらしてないけど」

「けさ、きみが言ってた女の人だね。ウェブスターと深い関係にあったとかいう」

「その魔性の女も容疑者候補に入れないと」

「これで容疑者は三人になったわけだ。それぞれ動機もある」

「検討しなきゃいけない点もよ」セオドシアは言った。

「セシリー・コンラッドのことはどのくらい知ってるの？」マックスが訊いた。

「たいしたことはなにも。〈パイン・ナット〉という内装とオーダーメイドの家具の店を経営する見栄っ張りなオーナーということ以外は」

「ふうん」

「それにもちろん、エドガー・ウェブスターさんが開店資金を出したことも知ってる。おそらく六カ月分の家賃および、内装の改修、備品購入、仕入れ、オーダーメイドの家具をつくる工房にかかる費用、それに……とにかくありとあらゆる経費がかかってるはず。しかもおかしなことに、取り決めを書面の形で残してないのよ」

マックスはじっと聞き入っていた。「つまり、ウェブスターが死んだいま、セシリーはその金を返す必要がなくなったわけだ」

セオドシアは人差し指を彼に向けた。「あたり」

「セオ」マックスは言った。「例のおかしな目になってきたね。セシリーを疑ってるんだろう？　セシリー・コンラッドがエドガー・ウェブスターを殺したと思ってるんだね」

「思うのと確信するのとでは雲泥の差があるわ」

「で、話してくれた情報の大半はデレインから聞いたんだね？」

「一部はロジャー・グリーヴズさんから聞き出したものよ」セオドシアは言った。「彼にもウェブスターさんを亡き者にする深刻な動機があるわ」

「本当にデレインは他人の情報によく通じてるな」

「電報、電話、デレインの口コミっていうくらいだもの。もっとも、いま頃は彼女もあちこちでしゃべりまくってるはず。だから、けさ話をしたときよりもたくさんの情報が彼女のもとに集まってるんじゃないかしら」

「また電話する価値があると思ってるわけだ。あらたな情報があるか確認するために」

「ええ、電話してみるつもり」

「感謝するよ」マックスは言った。「なにしろぼくの信用にかかわる問題だからね」

セオドシアはバッグから携帯電話を出して、すばやくデレインの番号を打ちこんだ。

「もしもし？」聞き取りづらい震え声が応答した。アストラおばさんにちがいない。

「デレインはいますか？」

「どちらさま？」声がとげとげしくなった。まちがいなくアストラおばさんだ。

「友人のセオドシアです」

「ちょっとお待ちを」

デレインが電話に出るとセオドシアは言った。「毒舌《アシッド》おばさんはいつもあんなにつんけんしてるの？」

「だから言ったでしょ。あの人の血管にはバッテリー液が流れてるんだってば」

「だったら、さっさとほかの親戚に押しつけなきゃ」

「そうしようとしてるわよ、本当に。そうだ、せっかく電話をもらったから言っておくけど、今度の火曜は持ち寄りマーケットだからね」

「なにマーケット？」

「持ち寄りマーケット」デレインは言った。「セオ、まさか忘れたわけじゃないでしょうね」

「それが……」

「インディゴ・ティーショップも出店するって、約束してくれたじゃない。あなたの分も予約してあるのに。委員長はこのあたしなのよ、忘れたの？」

「それがど忘れしてたみたい」

デレインは不満たっぷりのため息を洩らした。「そのことで電話してきたんだとばかり」

「実は、あのあとセシリー・コンラッドに関するあらたなネタ……じゃなくて、情報を手に入れたか訊きたくて」

「好奇心がうずいてるってわけね」とデレイン。「奇遇だわ。だって、ちょうど彼女の開店記念のイベントに出かけるところなんだもの」

デレインの言葉をちゃんと聞き取れなかった気がするのは、きょうはこれで二度めだ。

「いまなんて?」

「聞こえなかったの? これからセシリーの〈パイン・ナット〉の開店記念イベントに行くって言ったのよ」それからデレインは声を落とした。「アストラおばさんと一緒にね。意地悪ばあさんは誰かに押しつけてやるけど」

「ちょっと待って、もう一度確認させて」セオドシアは言った。「セシリーは元不倫相手が殺された翌日に、開店記念のイベントをするっていうの?」

デレインは喉の奥からチッ、チッという声を洩らした。「セシリーだって最初からそうするつもりだったわけじゃないわよ、ばかね。開店記念のイベントは二週間前から計画してたの。セシリーとしては〈ランプライター・ツアー〉とオペラシーズンの開幕のあいだに、なんとか詰めこみたかったのよ」

「で、あなたは本当に行くのね?」

「行くに決まってるでしょう」とデレイン。「まったく、セオったら。このあたしがすばらしい金曜の夜に家にこもってると思う? 行けば興味深い人に会えるじゃない。興味深い男性もいるかもしれないし」デレインは言葉を切った。「よかったら、一緒に行かない？」

セオドシアはちょっと考えこんだ。「かまわないの？」

「オープンハウス形式のパーティなのよ、セオ。ホワイトハウスの公式晩餐会に押しかけるわけじゃあるまいし」

セオドシアは電話を切ると、マックスを振り返った。「今夜、どこに出かけるかわかる？」

「ええと……ディナーに行くとか？」

「ええ。ドレイトンの家にお邪魔して、ツナとフライドポテトのキャセロールをごちそうになるの」

「ドレイトンがつくりそうにない代物だね」

「じゃあ、〈パイン・ナット〉のオープンハウスなら行く？」

「なんだって！」マックスはうろたえたような顔になった。「セシリーの店じゃないか。本気で行くつもりかい？」

「ちょっと嗅ぎまわって、ウェブスターさんのいい人についてもっと情報を集める絶好の機会だもの」

「きみときたら、天使も踏みこむのを恐れるような場所に突っこんでいくのが本当に好きだね」マックスは言った。

セオドシアは穏やかにほほえんだ。「でもわたしは天使だなんて言ってないわよ。それに、あなたのためにやってることなんですからね」彼女は指を一本立てた。「そういうわけで、服を着替えて、アール・グレイに餌をやって、髪をとかすから二分だけちょうだい。そのあと、あなたの家に寄るから、さっとシャワーを浴びて着替えてね」

「わかった」マックスは言った。「豪勢なパーティになりそうだ」

「ううん」セオドシアは言った。「居心地の悪いパーティになると思うわ」

フランス風のお茶会

　このお茶会のモットーはエレガンス。というわけで、エキゾチックな織物、質のいい磁器、カットガラスなどでテーブルをセッティングしましょう。さらにキャンドルを飾り、癒やし系の音楽を流すのもいいですね。ひと品めにはクリームスコーンがおすすめ。サンドイッチはカニサラダをはさんだクロワッサン、ブリーチーズとイチゴジャムを塗ったバゲット、全粒粉パンにクリームチーズを塗り、キュウリの薄切りをのせたオープンサンドがよさそう。お茶はおいしいセイロン・ティーを。デザートとしてマカロンかチョコレートトリュフを用意するのもお忘れなく。

8

〈パイン・ナット〉は高級なアンティーク・ショップと画廊が並ぶ地区の中心、キング・ストリートにあった。〈デュフレーン・アンティーク〉とサンダガー画廊に挟まれるようにして建つ赤煉瓦のビルの一階をすべて使っていた。ビルは歴史的建造物として登録されてもいいほど古いもので、昔ながらの白い鎧戸がついた背の高い窓が特徴的だ。大きな植木鉢に植わったパルメットヤシが玄関の両わきに置かれ、その葉がクーパー川から吹いてくるひんやりとした夜風に揺れていた。

「きっとここだわ」セオドシアは言った。彼女はしわ加工したシルクのトップスに黒いテーパードパンツを合わせていた。マックスはキャメルのセーターとグレーのスラックスに着替えていた。

セオドシアは玄関前に乗りつけて駐車係に車を預けることはせず、少し行った先にとめた。

「このほうがさっと逃げられるでしょ」マックスにそう冗談めかして説明したものの、半分は本気だった。

「これが開店記念のイベント？　やたらと混んでいて押し合いへし合いしてるだけじゃない

か」マックスが言った。ふたりは歩道に立って、正面の窓からなかをのぞきこんだ。〝内装とオーダーメイド家具の店パイン・ナット〟の文字が金色のゴシック体で描かれ、その下に〝オーナー　セシリー・コンラッド〟とある。正面の窓から見えるルイ十四世様式の長椅子のレプリカも含め、すべてがけばけばしい。

「こんなにたくさん人が集まっていれば、まぎれこむのも簡単よ」セオドシアはマックスの手を取って、縁起をかつぐ意味でぎゅっと握り、入り口をくぐった。

店内はいたるところに家具、照明、鏡、屏風《びょうぶ》、その他の高級アンティークがいろいろと置かれていた。おまけに、インテリアコーディネーター、デザイナー、画廊のオーナー、友人、取り巻き連中が大勢詰めかけていて、立錐《りっすい》の余地もなかった。

入り口を入ってすぐ左にバーカウンターが用意され、喉が渇いた客がオイルサーディンのようにぎゅうぎゅうに押し寄せていた。右に目を向けると、髪をジェルで固めた黒革のジャケット姿の粋なDJが、パソコンとミキシング・コンソールをあれこれ操作している。彼がダイヤルをまわすと、マリリン・マンソンの「うつろな愛」がいきなり大音量で店内に響きわたった。そのうしろで〝DJ・マッド・ドッグ〟と描かれた赤いネオンサインが点滅する。

「マティス展で雇ったのと同じDJだよ、絶対」マックスが冗談を言った。

「ゆうべのパーティで雇わなくて残念だったわね」セオドシアも冗談で返した。「写真ボックスを設営するよりよかったのに」とたんにマックスが唇を真一文字に結んだ。「やだわ、非難するつもりで言ったわけじゃないのよ。ごめんなさい」

「いいんだ。言いたいことはわかるから。だいいち、ぼくも同感だ。運が悪いったらないよ」

「ううん」セオドシアは言った。「運が悪かったのはエドガー・ウェブスターさんよ」

セオドシアとマックスはバーで飲み物をもらうのをあっさりあきらめたが、店の奥に進んだところ、白いユニフォーム姿のウェイターが大勢いて、全員が前菜をたっぷりのせた銀色のトレイを手にしていた。

「ありがたい」マックスは言った。「ランチからなにも食べてないんだ」

「わたしも」セオドシアはパテをちょっとのせたクラッカーをもらい、気のきくウェイターから紙ナプキンを受け取った。

「おれなら、そいつは食わないぜ」耳ざわりな鼻声が聞こえた。

振り返ると、ビル・グラスが作り笑いを浮かべて立っていた。みすぼらしいピンストライプのスーツを着ているせいで、マフィアの一員か映画『野郎どもと女たち』に出てくる俳優みたいに見える。首には高性能レンズをつけたニコンのカメラをかけていた。

セオドシアは持っていたクラッカーをかかげた。「これのなにがいけないの？」

「チキンのパテがペットフードみたいな味なんだよ」グラスは言った。

セオドシアは丸ごと口のなかに入れてもぐもぐやった。「おいしいじゃない」と言ったものの、グラスの言うとおりだった。徹底的にすりつぶした鶏レバーだかなんだかは、たしかにペットフードの味がした。

「あんたはおれよりよっぽど丈夫な胃の持ち主みたいだ」グラスは言った。

「いつもお茶を飲んでるおかげで、それなりに免疫ができてるの」セオドシアは虚勢にめいっぱいスピンをかけて言った。「ジンジャー・ティーは消化によくて、カモミール・ティーは気持ちを落ち着ける効能があるのを知らないの？」

「ひじょうに有益な情報だな」グラスは言った。「もしかして、そのジンジャーなんとやらというのが入った保温マグをどこかに隠し持ってないか？」

「残念ながら」セオドシアは言った。

グラスはマックスを見ておざなりにほほえんだ。「どうも」

「やあ」マックスは応じた。

「あんた、くびになったんだってな」グラスが言った。

「ちょっと」セオドシアはグラスをにらみつけた。「会話のとっかかりにしては、ずいぶんと失礼じゃないこと？」

「まあな。でも大事なことなんだぜ」

「あ、そう」セオドシアは冷たく言った。まったく、グラスったら最低！

グラスはうろたえもせず、親指でマックスをしめした。「そいつは誰も殺してないんだから、大事なことなんだよ」

「誰も殺してないに決まってるでしょ」セオドシアは言った。

「あたりまえじゃないか」マックスも言った。

「けどな、美術館のおえらいさんたちはそう思ってないらしい」グラスは言った。「神経過敏になった連中は、心の奥底ではあんたがやったんじゃないかと疑ってるんだ」彼は手まねで喉をかき切る仕種をした。「だからお払い箱にされたのさ」

「ずいぶんと嗅ぎまわったみたいね」セオドシアは言った。「具体的にどんな話を聞いたのか教えてもらえる？」

「まず第一に、あんたの彼氏は警察に同行を求められたうえ、事情聴取を受けることになる」

「そんなの、ありえない」セオドシアは言った。

「おれは事情聴取と言ったんだ。逮捕じゃない。ぜんぜんちがう」

「警察からはすでに話を聞かれている」マックスは言った。「ゆうべのうちに」少しうろたえている様子だった。

「だが、それで連中がほしい答えが得られたとはかぎらない」とグラス。「脈のありそうな手がかりが見つかったかどうかもわからない」

「あなたはなにか手がかりを見つけたの？」セオドシアは訊いた。グラスは不愉快きわまりない男で、根っからのゴシップ記者だ。しかし、執拗なゴシップ記者でもある。その無遠慮で、ある意味、常識やぶりな姿勢が、人から答えを引き出す人並みはずれた能力を生み出した。彼は相手に意識させることなく、根掘り葉掘り聞き出すのが得意だ。

「手がかり？」グラスは言った。「いや、いまのところ、これといったものはなにもない。

だが、おれたちで知恵を合わせれば、仮説のひとつやふたつは思いつくんじゃないか？」

「一緒に考えろって？」マックスが言った。「本気で言ってるのか？」ガラガラヘビをつかむほうが、よっぽどましだという顔をした。

「これ以上ないくらい本気さ」グラスは言った。

「無理だね」マックスが言った。

「まぶしい明かりとマジックミラーのある小部屋に放りこまれたら、その態度も変わるだろうよ」グラスは前菜をもうひとつ取り、口に放りこんだ。

「そのパテはおいしくないいんじゃなかったの」セオドシアは言った。

グラスは肩をすくめた。「しょうがないだろ。タダの食い物には目がないんだからさ」

セオドシアは、かりかりしているマックスを連れて人混みをかきわけ、店の奥の、比較的静かで落ち着いた場所へと連れていった。

「いったいどういう神経をしてるんだ、あいつは」マックスは唾を飛ばすようないきおいで言った。「ぼくが容疑者だとほのめかすなんて」ふたりはパイン材のハイボーイ型チェストの隣に立って見つめ合った。

「実を言うとね……」セオドシアはチェストの値札をこっそり見た。二千六百ドル。たいして出来のよくないコピーなのに高すぎる。

「なんだい？」マックスが言った。

「あなたは容疑者よ」

マックスは肩をがっくりと落とした。「なんだって、わずか二十四時間で、不運な広報担当から最有力容疑者に変わるんだ？　これはたちの悪い冗談なのか？」

「最初に言っておくけど、あなたは第一容疑者なんかじゃないわ」セオドシアは彼を落ち着かせようとして言った。「たくさんいる容疑者のうちのひとりにすぎないの」

「そうじゃないような気がしてしょうがないんだけどな」

「ねえ」セオドシアは言った。「いつまでも怯えた猫みたいにしてないで、ね？　気持ちを楽にして、冷静で落ち着いた態度でいなきゃだめ。それに無実なんだから堂々としてなきゃ」

マックスは頬をぬぐった。「わかったよ」そう言ったものの、納得した様子はなかった。

「ちゃんとやれる？」セオドシアはたたみかけた。「冷静でいてくれないと、サメどもに追いまわされるわ。連中は血のにおいを嗅ぎつけるんだから」

「どうしたんだ、セオ、まるで命を懸けた戦いみたいな言い方をして」

「ちがうわ、マックス。仕事を懸けた戦いよ。取り戻したいんでしょう？」

「もちろんさ。あの美術館で働くのは本当に楽しいからね。ぼくのすべてさ」

「そう、だったら、とにかく冷静でいて」

「で、きみはどうするんだい？」マックスは訊いた。

「わたし？」セオドシアは数秒ほど考えた。「必要なことをすべてやるまでよ」

「わかった。きみのやり方に従う。当面は」彼はそう言うと、真剣な顔でセオドシアを見つめた。すると突然、彼女のうしろに目をやった。「あそこにデレインがいる。彼女と話すべきかな？」

「なんとしても話さなきゃ」セオドシアは言った。「今夜ここに来た理由のひとつがそれだもの」

デレインのほうもふたりに気づき、熱追尾式ミサイルのようにものすごいスピードで近づいてきた。

「びっくりよねえ。こんなけばけばしい家具の店に、これでもかっていうくらい人が来るんだから」デレインはシーフォームグリーンのビーズのトップスに同色のシルクのスラックスを合わせ、足もとはマノロ・ブラニクの銀色のハイヒールで決めていた。小さなコバンザメのごとくうしろにくっついているのは、毒舌おばさんことアストラおばさんだ。

「ずいぶんなごあいさつね」セオドシアは言った。「ちょうど、あなたがいつ顔を見せるのかと思ってたところ」

「あら、しばらく前からいたわよ」デレインは言った。「でも、あのモニカ・フォンテーンのおしゃべりにつき合わされちゃって。キャロル・ビンガムがどうしても〈ランプライター・ツアー〉で自宅を開放したいと言ってるとかいう話をさんざん聞かされたわ。そうそう……」デレインはこみあげる笑いを噛み殺した。「セシリーったら、おそろしく趣味の悪い服を着てるの。見た？　生のサーモンみたいな色なんだから。ま、それはどうでもいいわ。

おふたりさんに会えてよかった。よそ見はしないと約束するわ。しばらくは」そう言うと、いきなりセオドシアとマックスのふたりに音だけのキスをし、渋々アストラおばさんをマックスに紹介した。

「お会いできてうれしいです」マックスはアストラおばさんに言った。

「ああ、そう」アストラおばさんは、ぶんぶんとうるさい蚊を追い払うような仕種をした。

「またお会いしましたね」セオドシアは言った。

「はい？」アストラおばさんは右耳に手をあてがった。

「またお会いしましたね、と言ったんです」

「前にも会ったっけね」

「けさ、わたしのティーショップにいらしたじゃありませんか」セオドシアは笑顔だったが、気がつくと歯ぎしりしていた。デレインの気持ちがわかった。アストラおばさんの相手をするのは骨が折れる。

「あなた、あのぱさぱさして食べにくいスコーンを出した人？」アストラおばさんは言った。

デレインが天を仰いだ。

「ぱさぱさしていたのでしたら、申し訳ありません」セオドシアは言った。

「ま、いいけどね」おばさんは琥珀色の液体が半分ほど入ったグラスを揺すった。

マックスはこの場から逃げ出したくなって申し出た。「なにか飲み物を取ってこようか？べつのものと取り替えるのでもいいけど。バーカウンターのまわりの人だかりも、いくらか減ったようだし」

「シャンパンがいいわ」デレインが言った。

「わたしも」とセオドシア。

「そちらのご婦人は？」マックスはアストラおばさんにほほえみかけた。

「ありがとね、ぼうや。バーボンをストレートでもらおうかね。氷はなしにしておくれ」

「了解」マックスはそそくさとその場をあとにした。

「それで」声が聞こえない距離までマックスが遠ざかると、セオドシアは言った。「なにか新しい情報を耳にした？　ほら……例の件で」

「さ・つ・じ・ん」アストラおばさんはうれしそうにその言葉を発した。

「ブレンダ・ガードナーと話したんだけど」デレインは言った。「彼女が〈ポプル・ヒル〉のデザイナーのひとりから聞いた話によると、警察はロジャー・グリーヴズを事情聴取するつもりみたい」

「そのグリーヴズさんときょうたまたま会ったの」セオドシアは言った。「シャーロット・ウェブスターの自宅で」

デレインは両の眉をあげた。「そのふたり、すごく親しそうにしてなかった？」

「どうして？　あのふたりのこと、噂にでもなってるの？」

「どれも具体的な話じゃないけど……だからって、ねえ。シャーロットはけっこう悪賢い女だし」

「つまり、ご主人がセシリーと不倫してる裏で、シャーロットはグリーヴズさんと不倫してたということ？」

「誰が不倫してるって？」アストラおばさんが口をはさんだ。

「誰もしてないわよ、おばさん」デレインは言ったが、セオドシアに向かって首をちょっとかしげ、〝たぶんね〟というように小さく肩をすくめた。

「びっくりだわ」セオドシアは言った。

「まあ、当然と言えば当然よねえ。シャーロットもグリーヴズも、すごいお金持ちなんだもの。だからうしろ指を差されるような関係じゃないのはたしかよ」

「ずいぶんと話をねじまげてるんじゃない」

「とんでもない。だって、グリーヴズは既婚者よ」デレインはそこで言葉を切り、あたりを見まわしてから口をひらいた。「おばさんはどこ？」

セオドシアは目をしばたたいた。「いまのいままでそこにいたのに」

「あの人ってば、落ち着きってものが全然ないの。すぐにふらふらどこかに行っちゃうんだから。このあいだバッテリー公園に出かけたときなんか、大砲にのぼっちゃって、あやうく海に真っ逆さまに落っこちるところだったのよ」

「あら、おばさんを捨てようとしてるくせに」

「そうだけど、海に捨てたりしないわよ」

アストラおばさんの姿が突然見えなくなったことにあわてて、セオドシアとデレインはあたりを見まわした。お酒を浴びるように飲んでいる小柄な女性は大勢いたが、アストラおばさんの姿はどこにもなかった。

「ああ、もう」デレインが片手でしめした。「あそこにいる」

「どこ?」

「あそこの窓の反対側。オーダーメイドの家具をつくる工房に迷いこんだみたい」

セオドシアは、仰々しい黒いケープと赤いベレー帽の女性がよく見えるよう、首をかしげた。「あ、本当だ。工房にいるわ」

「連れ出さなきゃ」デレインは言った。「さもないと接着剤で足を床にくっつけるか、ネイルガンを手にして……」

「自分の頭に釘を打ちこんじゃうかもしれないものね」ふたりで人混みをかき分けながら、セオドシアは言った。

「もう、おばさんったら」工房に飛びこむなりデレインは言った。「こんなふうにふらふら歩きまわられちゃ困るのよ」

「心配したんですよ」セオドシアは言った。工房にはいろいろな種類の先端装飾、欄干、椅子の肘掛け、テーブルの脚が所狭しと置かれていた。かんなをかけたばかりの板、ニス、レモンの香りのつや出し剤のいいにおいがただよっている。

「なんだい?」鋲《びょう》打ちハンマーを握ったアストラおばさんは、なにかを壊したくてたまらないような顔をしていた。

「それを置いて」デレインが強い口調で言った。

「なにも怒鳴らなくたって」アストラおばさんはマンガの登場人物がふくれ面をするみたいに下唇を突き出した。「ふたりのくだらないおしゃべりを聞いてるのに飽きたから、ちょっと見てまわってただけじゃないの」

「のぞきまわってたんでしょうに」デレインが言い返す。

セオドシアは割って入った。「わたしたちはただ、おばさまが……」目をあちこちにさまよわせるうち、ふと、ずらりと並んだツールが目に入った。「……怪我をしてはいけないと思って」としどろもどろに締めくくった。

「今度はなにに目をつけたわけ？」デレインがセオドシアを怖い顔でにらんだ。

「あそこを見て」セオドシアは万能キリが並んでいるところをしめした。長さがあり先が尖った道具が、壁のパンチングボードに小さいのから大きいのまできちんと整理されている。彫ったり、突き刺したり、穴をあけたりするための道具だ。

「いったいなにを……？」デレインは言いかけたが、万能キリが目に入ったとたん、頭のなかで一瞬にして点と点が結びついた。「まあ」と声が洩れた。「なんてこと。見るからに恐ろしそうだし、しかも先が……尖ってる」

セオドシアはアイスピックにきわめてよく似た、木工用の道具をじっと見つめた。心臓が胸のなかでどくんどくんと脈打つあいだ、頭のなかに浮かんだのはひとことだけ――セシリー？

セシリー・コンラッドがあそこにある尖った物騒なものをエドガー・ウェブスターの耳に突っこんだのだろうか？　そして、やるべきことをやり終え、ウェブスターの呼吸が虫の息になったところで、万能キリ——あそこにある万能キリのどれかだ——についた血をていねいにぬぐい、なに食わぬ顔でお気に入りのフェンディのバッグに入れたの？

そしてそのあとは？

そのあとはもちろん、現場をあとにしたに決まっている。

「あの工具、見てるとすごく怖くなるわ」デレインが言った。「殺人事件があったせいかもしれないけど」

「怖くなるというより、事件の証拠になるんじゃないかしら」セオドシアは言った。「あの万能キリのどれかが凶器だったと考えてもいいんじゃない？」あ〜あ、言っちゃった。証拠なんかなにひとつないのに。もちろん、気の毒なエドガー・ウェブスターの遺体はあるけれど。

デレインは顔をしかめた。「つまりあたしたちとしては……？」

「話すしかないわよね」セオドシアは言った。「ええ、明日の朝いちばんに、ティドウェル刑事に電話するわ」

デレインがにじり寄った。「なんでいまここで電話しないの？」

「だって、しばらく寝かせておきたいんだもの」セオドシアは言った。「わたしとしては……」

突然、甲高い悲鳴と怒りのこもった大声による激しい応酬が始まり、セオドシアの話は尻切れトンボになった。

「今度はなんなの？」デレインがぎょっとして言った。「パーティの最中に喧嘩が始まったみたいじゃない」彼女は胸に手をあてた。「まったくもう、おしゃれな夜会に出るたびに、誰かが喧嘩を売ったり、口喧嘩を始めるんだから」

万能キリのことはすっかり忘れ、セオドシア、デレイン、アストラおばさんの三人は工房から走り出て、騒ぎが起こっていると思われる店の中央に向かった。

昔ながらのストリートファイトのように人垣がぎっしりできていて、その中央でふたりが激しくやり合っているらしい。セオドシアの耳には張りあげた声しか聞こえてこないが、店内に満ちた張りつめた雰囲気からすると、いつ殴り合いが始まって、相手を完膚なきまでに叩きのめそうとしてもおかしくないように思われた。

「どうしたんですか？」セオドシアは紫色のビロードのジャケットに同系色のペイズリー柄のアスコットタイを合わせた長身の男性に尋ねた。「どうなっているんですか？」

「美しき主催者の女性が、『ジェリー・スプリンガー・ショー』並みの乱闘を繰り広げてるんだよ」男性はにやにやしながら教えてくれた。

「誰が？」デレインが言った。

「主催者の女性？」セオドシアは呆気にとられ、デレインを見て言った。「まさか、セシリー？」

「セシリーが喧嘩してるの?」デレインは言った。「あらあ、それはなにがなんでも見なきゃ。ひょっとしたら、折りたたみ椅子を投げるかも」彼女はタッチダウンしようと走るワイドレシーバーのように、全速力で人混みに飛びこんだ。白髪の女性を腕で押しのけると、肩を落として黒い革で決めた若い女性を突き飛ばした。セオドシアをうしろに従え、デレインは右に左に人をかわしながら騒動の中心へと突き進んだ。

「待って!」セオドシアは叫んだ。ピンク色のセーターを着た大柄な男性の前に出られず、一時的に足止めを食っていた。

「急いで」デレインは高さ五インチのハイヒールを履いていたが、スピードはまったく落ちていなかった。「見逃したら大変よ」

デレインはポプル・ヒル・インテリア・デザインという会社を経営しているインテリアコーディネーターのマリアンヌ・ペティグルーのわきから飛び出し、セオドシアはその反対側から人混みを抜けた。

セオドシアはひと目見て、とても信じられないというように目をしばたたいた。

「マックス!」

円の中央に立ったセオドシアのボーイフレンドをセシリーがひっぱたき、昂奮した泣き妖精《バンシー》のようにわめいていた。

「だめ!」セオドシアは大声で言うと、飛びこんでマックスをつかまえた。「やめて!」マックスは怒りに燃えて顔を真っ赤にしたセシリー・コンラッドから、じりじりと遠ざかった。セシリーの黒いショートヘアは、電球のソケットに指を突っこみでもしたように逆立っていた。唇をぎゅっと引き結んで顔を醜くゆがめ、いまにも耳から大量の蒸気を噴き出しそうないきおいだ。ふたりを囲む百人ほどの客は、驚きあきれながらも、魅入られたように一部始終を見守っている。品のいいラグビーのスクラムという感じだった。

「わたしの店から出ていって！」セシリーがマックスに向かって金切り声で叫んだ。

マックスは降参だというように両手をあげた。「わかった、出ていく」

「あんたは人間のくずよ」とセシリーは吐き捨てる。

セオドシアはすかさずマックスのそばに寄り、腕をつかんで引っ張った。

「なにがあったの？　始めたのはどっち？」誰にとっても興ざめな出来事だった。

「彼女のほうよ」誰かがセシリーを指差した。

セシリーに目を向けると、手のつけようがないほどヒステリックにわめきたてている。彼女が大声をあげようと、詰め物をした歯の数を数えられるほど口を大きくあけたそのとき、ビル・グラスがひょいと現われ、シャッターを切った。

「どきなさい！」セオドシアは彼をはたいた。

フラッシュが光り、グラスはまたも高速で連写した。パシャッ、パシャッ、パシャッ。まさにチャールストンの好ましからざるパパラッチだ。

「そんなことをしたら、ますます憎まれるだけよ」セオドシアはたしなめた。彼女はグラスを追い払いつつ、マックスを正面ドアのほうに引っ張っていこうとしていた。

セシリーは俊敏なイタチのようにくるりと振り返り、震える指をセオドシアに向けた。

「さっさとその人を追い出して！」

「帰るのよ」セオドシアはマックスの腰に腕をまわし、急きたてるように何度か引っ張った。

「ほら、早く」〝カーペットを齧《かじ》るんじゃありません〟とアール・グレイに言うときと同じ、有無を言わせぬ口調で言った。

そのひとことが彼の耳に届いたようだ。

「え、なに？」マックスは放心したように、セオドシアをぽかんと見つめた。

「帰りましょう」セオドシアは言った。「いますぐ」このときは、声にいくらかやさしさをにじませた。

「出てけ！」セシリーのヒステリックな声がした。「嘘つきの最低男！」

セオドシアとマックスは右に左に身をかわしながら人混みを突っ切り、どうにかこうにか歩道に出た。冷たい夜気がふたりの髪を乱し、闇と静けさがやわらかなケープのように包みこんでくる。

「もう大丈夫」セオドシアは言うと、深く息を吸いこんだ。「うまく逃げ出せたわ」髪に手をやると、熱と湿気、それに辛辣な言葉が放つ力で派手に広がっていた。これじゃわたしまで野蛮人みたいに見えるわと思いながら、あわててなでつけた。

「まいったな」マックスは額に手をあて、汗をぬぐうふりをした。「彼女ときたら、まともじゃない」

「教えてほしいんだけど」セオドシアは言った。「いったいなにを言って、セシリーをあんなに怒らせたの？」

「べつに彼女になにか言ったわけじゃないよ。バーのところで、例のビル・グラスと話をしてただけさ」

「まあ」

「グラスはあそこで出してたワインをこきおろしててね。知ったかぶって、安物の箱入りワインだろうなどとばかにしてたんだ。そのあと、さっきは変な写真を撮って悪かったと謝罪してきた。それでぼくは、いいんだ、べつになんとも思っていないからと答えたんだよ」

セオドシアは巻きを入れるように手首をまわした。「そう、わかった。で、それからどうなったの？」

「そのあとグラスがセシリーの話を始めて、ぼくが彼女のことをなにか言ったら、いつの間にか……彼女が目の前に現われ、火傷した猫みたいにわめきはじめたんだ」

セオドシアは鼻にしわを寄せた。「いったいどんなことを言ったの？」

マックスはセオドシアをただ見つめ返すばかりだった。

「まさか、エドガー・ウェブスターを殺した犯人だとか？」

「犯人というのはきみの言い方だろ。ぼくは単に容疑者かもしれないと言っただけさ」

「彼女の店のオープニングイベントのさなかにそんなことを言うなんて」セオドシアは語気をいくらか荒らげた。「本人や友人の耳に入るかもしれないのよ。実際、彼女の耳に入ったわけでしょ。まったくもう……彼女が頭にくるのも当然だわ」

「まさか聞かれるとは思ってなかったんだ」マックスは言い訳した。

「ねえ」セオドシアは言った。「わたしがおかしいと言いたいの？」彼女は人差し指で彼の胸の真ん中をつついた。「どうかしてるのはあなたのほうでしょ」

「ごめん。本当に悪かった」

「さあ、行きましょう」セオドシアは言った。「車に乗って。大事な話があるの」

マックスの顔が暗くなった。「ぼくと別れるつもり？」

「まさか」セオドシアは言った。「それよりもっとよくない話よ」


ようやくジープに乗りこむと、エンジンがまわり、デフロスターがすがすがしい冷気を吐き出すのを感じながら、セオドシアは〈パイン・ナット〉の工房に万能キリ《オール》が何本も並んでいた話をした。

「フクロウ《オウル》？」マックスの頭はまだ少し混乱していた。

「ちがう。万能キリ《オール》よ」セオドシアはさらに、工房で見つけたものをくわしく説明した。

マックスはようやく理解した。「本当かい？」声がしわがれ、目が寄り目ぎみになっている。「木工で使う、先が尖った道具だって？」

「そう。アイスピックに似てるけど、おそらく、もっと硬い金属でできてるはず。焼き戻し鋼みたいな」

「やっぱり」マックスは言った。「いまのはセシリーが犯人だと断定してるみたいなものじゃないか」

「そうね。あるいは、ものすごい偶然の一致というだけかもしれない。いくら頭がおかしいからって、人を刺したキリを自分の店の工房の、誰にでも見えるような場所に戻したりするかしら？　よりによって、パーティをひらくっていうときに」

「同じものがたくさんある場所に凶器を隠すのがセシリーの計画だったんじゃないかな。以前にもそういう例はあったはずだ」

「そうね。でも、大半は『ヒッチコック劇場』の再放送のなかでの話よ」

マックスはしばらく考えこんでから口をひらいた。「彼女が急にキレた理由として、こうは考えられないかな」

「聞かせて」

「セシリーはウェブスターを殺したものの、罪悪感にさいなまれはじめたのかもしれない。それなら、あんなに怒りくるったのも納得できるじゃないか」

セオドシアはカーラジオをつけた。イージーリスニング専門のWAAP局だ。いまのふたりには、そういう音楽が必要だった。「考えられなくはないわね」

「それだけ？　言うことはそれだけかい？　セオ、きみはすごい発見をしたんだよ。あそこにあった万能キリのひとつが凶器かもしれないなんてさ」

「落ち着いて」セオドシアは言った。「少しは冷静になって。万能キリのことはちゃんとテイドウェル刑事に伝えるから」

「セシリーが激高したことも伝えてくれるんだろう?」

「ええ」セオドシアは言った。「彼女が本当に犯人なら、心理的にかなり追いつめられてるかもしれないわね。あるいは、あなたの言うとおり、すでにまいってるとも考えられる。それから万能キリの件だけど……あれはいわゆる有罪につながる手がかりだわ。ティドウェル刑事も鑑識を行かせるんじゃないかしら」

「キリを調べさせるんだね。たとえば、血がついてないかとか」

「でなければ組織残留物か」セオドシアは言った。「でも、それは刑事さんの仕事。だって、わたしたちはほかにやらなきゃいけないことがあるもの」

「また、なにを言い出すんだい?」

「あなたが復職するための方法を考えるの」

マックスはぎょっとなった。「カーン館長と話をしたけど、まったく聞く耳を持たない感じだったよ。とにかく、新しい履歴書を書きはじめろの一点張りだった」彼はひと呼吸おいた。「というわけで、復職はありえない」

セオドシアは元気を出してという願いをこめてほほえんだ。「どんなことでも、ありえないなんてことはないわ。とにかくがんばって、前向きでいなきゃだめ。少なくとも、わたしだけはがんばらないと」

「ちょっと待って」マックスは言った。「がんばるって、ぼくの復職のこと? いつ、そんな奇跡を起こすつもりなの？」

セオドシアはコンソールごしに手をのばし、彼の手をぎゅっと握った。

「明日の朝いちばんに」

9

セオドシアは約束を守った。土曜の朝早く、濃紺のディオールのジャケットに袖をとおし、いとしいアール・グレイの頭をぽんぽんと叩いてから、ギブズ美術館に急いだ。

美術館の前の通りに車をとめたとき、前方に停車中の黄色いスクールバス二台から、若い見学客が少なくとも三十人、降りてくるのが見えた。

よかった、とセオドシアは思った。美術館は通常営業している。来館者、とりわけ、あの子どもたちが木曜の夜の事件の影響をこうむることはなさそうだ。

もちろん、なんでもかんでも簡単にいくわけではなく、館長の秘書と個人助手を長年つとめているメアリー・モニカ・ダイヴァーはかなり手強かった。

「館長はたいへんお忙しいんですよ」セオドシアがエリオット・カーンに面会を申しこむと、ダイヴァーは告げた。

「それはよくわかります」セオドシアは言った。「あんな事件のあとですから……後始末に追われ……みなさん大変な思いをされてることでしょう」明るく感じのよい態度を崩すまいと心に決めていた。以前にダイヴァーにかけ合ったときの経験から、無理をとおそうとして

もどうにもならないとわかっていた。そろそろ六十歳に手が届くダイヴァーは、髪をビーハイブに結い、茶色のパンツスーツに趣味のいい靴を合わせていた。見かけどおり、したたかで手強く、上司の露払い役に徹している。

「五分だけお時間をください」セオドシアは言った。

ダイヴァーはスケジュール表を一瞥し、顔をしかめた。「それは無理だわね」

「会議中でしょうか？」セオドシアは腰をかがめ、トートバッグからココナッツのスコーンでぱんぱんになった透明なセロファンの袋をひとつ出した。来る途中、店に寄ってきた。ダイヴァーが甘いものに目がないと知っていたので、しっかり準備してきたのだ。

「あら」セオドシアがデスクにスコーンを置くと、ダイヴァーが言った。彼女の耳ざわりな〝あら〟は、敵が先にまばたきするのに等しかった。

「というのもね、館長さんが会議中なら、スコーンを差し入れたら喜ばれるんじゃないかと思って」セオドシアは言った。

ダイヴァーは黄金でも見つけたみたいな顔でスコーンを見つめた。

「実は、もうひと袋、よけいに持ってきてるの」セオドシアはふたつめの袋をカウンターに置いた。「気に入っていただけるとうれしいわ」

ダイヴァーは一瞬だけ眉間にしわを寄せた。「ご親切にどうも」とゆっくり言った。「こんなにしてもらって申し訳ないわ」口のなかにたまった唾液が彼女のかたくなな姿勢を崩しにかかった。

セオドシアは無造作に手を振った。「そんな、いいのよ。うちのスコーンはとても人気があるから、一日じゅう焼いてる状態なんです。店にはまだたっぷりありますから」

ダイヴァーはゆっくり手をのばし、自分の分の袋をつかんだ。

「で……カーン館長に少しお時間をいただけません？」セオドシアは訊いた。

ダイヴァーは唇をなめた。「館長は本当に忙しいんですよ」彼女は最後にもう一度、形ばかりの抵抗をした。「でも、ちょっと確認してきますね」立ちあがって、ジャケットをなでつける。「すぐ戻ります」

「急がなくてもいいんですよ」セオドシアはにこにこして言った。

「ここに入るのにどんな手を使ったか知らないが」エリオット・カーンは言った。「当美術館の雇用方針について話すつもりはないからな」

カーキ色のスラックスに青いボタンダウンシャツというカジュアルないでたちのカーンは、かんかんに怒っていた。わし鼻は小さく震えているように見え、唇をきつく引き結んでいる。やはりメディチ家の誰かに似ている。

セオドシアは黒革のクラブチェアにおさまり、この個人オフィスではデスクとして使われているマホガニーの大きな図書館テーブルの反対側にいる相手を見つめた。館長の言葉と態度がこんなに敵意剝き出しでなければ、この面会はもっと心なごむものになったかもしれない。床から天井まである棚にはギリシャ時代の花瓶から南太平洋の島の仮面、さらには植民地時代のアメリカの銀細工まで、さまざまな美術品がずらりと並んでいた。壁には数々の油彩画とタペストリーが飾られている。デスクの上には真鍮の燭台、晶洞石、中国のインク壺などの骨董品が無造作に置かれていた。まるで博物館学の集中講座を受けている気分だ。

セオドシアは館長のデスクにスコーンを置き、心ここにあらずというようにほほえんだ。

「美術館の方針をうかがうために来たんじゃありません。いくつかはっきりさせたいことがあるだけです」

カーンは不法侵入者を見るような目つきでセオドシアをにらんだ。実際、いまの彼女は不法侵入したも同然だった。「たとえば?」

「館長さんはマックスに無給休暇を命じましたね」

「ああ、たしかに」

「復職させるのはいつ頃になりますか?」

カーンは身を乗り出した。「なんだって?」

「彼はいつ頃――」

カーンは手をあげて制した。「いや、質問はちゃんと聞こえた。そんな質問をする厚かましさが信じられないだけだ」

「べつに厚かましくしてるつもりはありません」ただ、率直な返事が聞きたいだけ、と心のなかでつけくわえる。

「いいかね」カーンは爪の下がほとんど真っ白になるほど、てのひらをデスクに押しつけた。

「きみの献身ぶりには感心する。その図太い神経も不本意ながらたいしたものだと思う。だが、マックスの復職に関しては……」彼は両手をあげ、指を大きく広げた。ものを一瞬にして消すみたいに。けっきょく答えは返ってこなかった。

「ばかなことを言わないでください」セオドシアは言った。「マックスにエドガー・ウェブスターさんの死の責任を負わせるなんてとんでもない。大きな間違いです。マックスは犯人じゃないし、それは館長さんもご存じのはず。彼はこの地域で愛されているし、美術館でもすばらしい手腕を発揮してきてるじゃありませんか。事態が収束して、犯人が捕まったら、館長さんは赤っ恥をかくことになるんですよ」

「わたしにどうこうできる問題じゃなくてね」カーンは言った。「マックスの解雇はべつに決まったことじゃない。理事会からじかに言い渡された提言にすぎないんだ」

セオドシアはスコーンが入った袋をカーンのほうに押しやり、穏やかにほほえんだ。

「理事会には知った顔がかなりいます。友人も何人かいますし、ドレイトンの親友の方もいます」カーンは単なる地元のお茶の専門家で骨董通としか思っていないかもしれないが、ドレイトンはチャールストンの上流階級に属する名門の人たちから高い尊敬を受けている。

「脅すようなまねはやめてもらいたいね、ミス・ブラウニング」

セオドシアは右の眉をあげ、小さく震わせた。「脅しじゃありません。ただ周知の事実をお話ししているだけです」

「ではっきり言おう」カーンは顔を真っ赤にし、形ばかりの礼儀正しさもすべてかなぐり捨てた。「昨夜、マックスとセシリー・コンラッドのあいだで醜い言い争いがあったと聞いている。マックスがとんでもない騒動を起こしたそうじゃないか。つまり、彼が頭に血がのぼりやすいトラブルメーカーであることは明白だ。だとすれば、そのような人物を当美術館の職員にしておくわけにはいかんのだよ」

セオドシアはカーンのオフィスを怒って猛然と飛び出しはしなかったが、明らかにむっとした顔であとにした。

まったく館長ときたら、マックスをあんなに悪く言うなんてひどすぎる。理事会が出したまちがった決定のうしろに隠れている臆病な責任者だわ。もしかしたら、理事会も全会一致ではないのかもしれない。頭にきた了見の狭い年寄り数人だけで決めたことかもしれない。いずれにしても、こんなばかげた裁定はひっくり返してやる。どれだけ手間がかかろうと。どれだけ時間がかかろうと。

なぜならセオドシアの長所は……粘り強いことだからだ。ちがうと言うなら、ちゃんと証明してみせる。引っこんでろと言われたって、一歩も譲る気はない。セオドシアは平等と公平を支持している。三流の美術館責任者なんか敵じゃない。

セオドシアはヒールをカスタネットのように鳴らしながら、美術館の中央通路を急ぎ足で進み、ギリシャ時代の彫刻や十六世紀の美しいタペストリーの前を通りすぎた。自分の足音が大きすぎて、うしろから呼びとめる声をあやうく聞き逃すところだった。

「セオドシアさん。セオドシアさん、ちょっと待ってください」

彼女は両の眉をつりあげ、面倒くさそうに振り返った。「なんなの？」大声を出した。

アジア美術専門の学芸員のパーシー・ケイパーズが、せかせかと駆け寄った。

「お話があるんです」

片手で持った大量のパンフレットが小さく揺れ――このあと見学ツアーかレクチャーの予定があるのだろう――いつもは穏やかな顔に不安の色を浮かべている。かなり若く――まだ三十にもなっていない――メタルフレームの丸眼鏡をかけているせいで、まじめで親しみやすい印象だ。

「なにかしら」セオドシアは訊いた。

ケイパーズは隣に来ると、セオドシアの表情をじっと見つめた。「あれ、元気のない顔をしてますね」

「本当に元気がないんだもの」セオドシアは言った。「カーン館長と不愉快な話をしたせいよ」

ケイパーズは、わかりますと言うようにうなずいた。「あの人は恐れというものを知らないトップですからね」

「あきれたトップだわ」

「マックスの停職の話をしてたんでしょう？」

「しようとしたんだけどね」パーシー・ケイパーズはこの件をどの程度、知ってるのかしら。

ケイパーズはセオドシアの腕にそっと触れた。「慰めになるかどうかわかりませんが、ぼくはあなたの味方ですよ。それにもちろん、マックスの味方でもあります。なんの証拠もないのに停職処分にするなんて、館長もひどすぎますよ。美術館でそんなやり方は許されるものじゃありません」彼はこぼれ落ちそうになったパンフレットを抱え直した。「ここの人間は紳士なんです。紳士らしく物事を進めるべきです」

「ありがとう」セオドシアは言った。「美術館にも味方がいると知って、安心したわ」

「あの」ケイパーズはあわてて言った。「ぼくは美術館側の人間として、やれることはすべてやって、マックスの復職をお手伝いします。彼の無実を信じてますから。というか、マックスという人間そのものを信じてるんです」

「ご親切にありがとう」セオドシアは言った。

「今度のことはとんでもない誤解ですよ」ケイパーズはつづけた。「エドガー・ウェブスターさんには敵がいました。警察はその線を調べるべきだ。もちろん、調べているとは思いますが、でも……」

セオドシアは、えっと思った。「ちょっと待って。その敵というのは誰のこと？」

「もちろん、ウェブスターさんと大喧嘩をしてた、例のいかれた女性ですよ。猛反発していたと聞いてます。共同経営者とも……もともとあまりしっくりいってなかったみたいだし」

「奥さんのシャーロットはどう？」

「ぼくにはわかりません。でも……」ケイパーズは聞かれるのを恐れているのか、目をすぼやく左右にやって、あたりをうかがった。

「でも？」セオドシアは先をうながした。

ケイパーズは小さなささやき程度にまで声のボリュームを落とした。「シャーロットさんはエドガーさんの後任の理事になろうと、あれこれ根回ししているらしいんです」

「興味深い話ね」セオドシアは言った。女性は自分の社会的地位をあげるためだけに、夫を殺したりするものだろうか。だけど、浮気が原因で殺された夫はこれまでにいくらでもいる。

「ぼくもシャーロットさんの動きはちょっと妙だと思ってます」

「その場合には知らせてもらえる？　シャーロットが本当に理事に承認されたら」

「まかせてください」ケイパーズは指を一本立てた。「ほかにぼくにできることがあれば……」

「助かったわ、ありがとう」セオドシアは言った。

いくらか気持ちも落ち着き、セオドシアは美術館の円形広間に足を向けた。頭上のドーム形の窓から入る陽射しが大理石の床にまだらの影を落とし、ぬくもりと明るさが小さなプリズムとなってきらめいている。

セオドシアは思わず、茶館に足を向けた。見学客の一団のあいだを縫うように進んで茶館の前まで行くと、とんがり屋根と濃色のイトスギの壁にあらためて見入った。

女性の三人連れが茶館から出てくると、セオドシアはチャンスとばかりに飛びこんだ。なかは二日前の夜、つまりオープニングイベントの夜と同様、薄暗くて静かだった。キャンドルの炎がゆらめき、香り豊かなお茶の缶が棚に一列に並んでいる。アンティークの茶箱が小さな暖炉のそばに置かれ、暖炉には鋳鉄のティーポットがかかっていた。家具はチーク材のティーテーブルと中国の四角い椅子が四脚だけとシンプルで、静謐《せいひつ》な空気を醸している。

この移設された歴史のひとコマは、凝った彫刻をほどこした木の衝立から壁の古い掛け軸にいたるまで、すべてが本当に美しい。学者や詩人が上等な黒茶の入った茶碗をかかげ、老子や李白の教えや詩を引用した場所と言われて誰もが思い浮かべる茶館そのものだ。

セオドシアは大きく息を吸ってから、中国の椅子のひとつに腰かけ、携帯電話を出した。気が乗らない会話その二をする頃合いだ。つまり、ティドウェル刑事に電話をかけて、木工用の万能キリに関する情報を提供しなくてはならない。

刑事の露払い役たちはメアリー・モニカ・ダイヴァーに輪をかけて不愉快だった——手に負えないラバの群れのように、一歩も引かなかった。

「話を聞きましょう」ようやく電話口に出た刑事は言った。ぶっきらぼうで、いらいらした口調だった。

「凶器について監察医からなにか知らせはあった?」セオドシアは訊いた。

「なぜ、そんなことを訊くのですかな?」刑事は言った。「そうか、ひょっとして……模倣犯罪をたくらんでいるとか? わたしをいま以上に怒らせるつもりなんでしょう?」

「まさか。ウェブスターさんの前頭葉を突き刺したのは、本当にアイスピックだったのか気になって。とにかく、刑事さんが興味を持ちそうな情報が手に入ったの」

その言葉に対し、返ってきたのは沈黙だった。

「ねえ、聞こえてる?」

「いったいどんな話を聞かせてもらえるのですかな?」刑事はからかうように言うと、ふたたびセオドシアをじらしにかかった。

「ゆうべ、セシリー・コンラッドの新しい家具ショップの開店パーティに行ってみたんだけどね」

「ああ、〈パイン・ナット〉という、ぴったりの名前の店ですな」

「そこでマックスとセシリーが激しいののしり合いを繰り広げてしまって。というか、ののしったのはセシリーのほうで、わたしがそこからマックスを引きずり出したんだけど」

「楽しい夜を過ごしたようですな。おふたりで」

「あの店には工房があったの」セオドシアは話をつづけた。「木工用の道具が豊富に揃ってたわ」

「そうでしょうな」

「刑事さんはキリについてくわしい?　いろんな長さと大きさのキリがずらっと並んでるのを見たことはある?」

またもや沈黙が流れた。しばらくして刑事は言った。「わたしと同じことを言おうとしているのですかな?」

「わたしがなにを言おうとしているのかわかるの？」

「セシリー・コンラッドには凶器かもしれないものを入手するチャンスが充分にあったと？」

「あら、察しがいいのね」セオドシアは言った。「ＦＢＩでの現場訓練のたまものかしら」

「皮肉はけっこう」刑事は言ったが、むしろその声ははずんでいた。「あなたらしくもない」そしてさらにつけくわえた。「いまの話から突破口がひらけるかもしれませんな」

「でしょ。セシリーはもう単なる容疑者じゃない。犯人かもしれないのよ」

「しかし、結論に飛びつくわけにはいきません」刑事はたしなめた。

「そう？」セオドシアは言った。「そもそも刑事さんがなにかに飛びつくところなんか、一度も見たことないわ」

「お嬢さん」刑事の声はさらに熱を帯びた。「いまの情報によっていい結果がもたらされれば、わたしだって喜びのあまり飛びあがりますとも」

セオドシアはバッグに電話をしまい、正面の壁にかかっている掛け軸に見入った。泳ぐ鯉を筆で描いた中国の美しい絵だ。魚の大きな目とうろこと派手な墨の渦を見るうち、ドレイトンがよく引用する、お茶のための湯の沸かし方を詠んだ詩を思い出した。

蟹の目をすぎて魚の目が現われたら、じきに松風が鳴るであろう。

もちろん、小さなあぶくがしだいに大きくなって渦巻きはじめ、最後にはやかんがピーピーと鳴る様子を表現している。

「あの……」男性の声がした。

セオドシアは驚きのあまり、椅子からはじかれたように立ちあがった。もっとはっきり言えば、半分ほど腰をあげて、くるりとまわったのだ。茶館のなかは静かでゆったりしていたせいで、公共の美術館にいるのをうっかり忘れるところだった。

目の前に血色のいい大きな顔がふわりと現われた。

「驚かすつもりはなかったんだ」男性は言った。彼は握手を求めて片手を差し出した。「ここをもう一度見たくなったものでね」

セオドシアは差し出された手を握りながら、男性の顔を見つめた。「どこかでお会いしてますよね。いえ、少なくともお顔に見覚えがあります」

男性は首を縦に振った。「そうだろうな。わたしはハーラン・デュークだ」彼は上着のポケットに手を入れ、真っ白な名刺を出して、セオドシアに渡した。

セオドシアは名刺に目をとおした。「美術商をなさっているんですね」

名刺の住所からすると、男性の店は〈パイン・ナット〉から二ブロックほど行ったところにあるようだ。

デュークはいそいそとセオドシアの向かいに腰をおろした。

「そうなんだよ」彼は大きなこぶしでイトスギの柱を軽く叩いた。「それに、こいつを上海で見つけたのもわたしだ。復興路《ファクシング・ロード》の裏の路地でね」彼はほほえんだ。「そして、所有者を説得して売却させたというわけだ」

「ひと筋縄ではいかなかったでしょうね」

「まったくもって、そのとおり。このすばらしい建物は十八世紀のなかばからそこにあったということで、説得するのはそうとう骨が折れたよ」

「それにそうとうお金もかかったんじゃないですか」セオドシアは言った。

デュークはにっこりした。「わたしはそれには関わってなくてね。金銭面の交渉はすべて、こちらの美術館の職員が手がけた」

セオドシアはデュークをながめまわした。ストリングタイ、白い渦巻き模様のステッチが入った茶色のジャケット、カウボーイブーツという恰好はかなり目立つ。

「このあたりのご出身ではないですよね」セオドシアは言った。

デュークは愉快そうに高笑いした。「テキサスの出だよ。それもダラスだ。こっちに移ってきたばかりだ」

「なぜチャールストンに？」

「金さ」

「はい？」これまでにもざっくばらんな答えは何度か聞いてきたが、これは群を抜いていた。

デュークはセオドシアの反応を見て、おかしそうに笑った。

「ジョン・ディリンジャーは知ってるね？」

セオドシアは呆然と相手を見つめた。「ギャングのですか？　もちろん知っています」

「あるとき有名な新聞記者に、なぜ銀行強盗をするのかと尋ねられたディリンジャーは、こう答えたんだよ。〝そこに金があるからさ〟と」

セオドシアはテーブルを指で軽く叩いた。「つまりあなたは、ここにお金があるとお考えなんですね？」

「これまで見たかぎりでは、そう言っていいだろう。なにしろ、チャールストンにはりっぱなお屋敷に住み、高尚な趣味を持ち、世襲財産の一部で美術品のコレクションの充実をはかろうとするすばらしい人々が大勢いる」

「では、そういう人たちの懐からちょうだいしにいらしたのね」セオドシアは言ったが、そこにはユーモアがこめられていた。この大柄なテキサス人に好意を抱きはじめていた。裏表のない正直そうな人に見えた。

「そういう言い方もできる」デュークは言った。「しかもいまのところは好調だ。いまは、ここのアジア美術専門の学芸員であるパーシー・ケイパーズに唐馬の置物を売りこんでいるところなんだよ。それから、シャーロット・ウェブスターには明時代の碗を買わせる寸前までいっている」彼は小さく顔をしかめた。「もちろん、あの気の毒なご婦人は、碗以外のことで頭がいっぱいだろうが」

「そう思います」セオドシアは言った。「では……残念なことになった二日前のパーティにもいらしてたんですね」

「ああ、いたよ。おまけに最後の場面も目にしてしまった」デュークは頭を横に振った。「あんな光景は見たことがない。ぞっとしたよ。エドガー・ウェブスターとは二、三回しか会っていないが、はじめて会った瞬間に好きになった。本物の紳士に見えた。しかも、中国美術をひじょうに高く評価していた。はやりだからといってただ集めるのではなく、ちゃんと勉強していたからね」

「本当の目利きだったんですね。知りませんでした」

「そうなんだよ。ミスタ・ウェブスターは仕事人として有能なだけでなく、かなり鋭い鑑識眼を持っていた」デュークはそこで言葉を切り、ストリングタイの位置を直した。「たしかあなたは、ティーショップのオーナーでは？」

セオドシアはあたりを見まわした。

「ええ、でも、うちのティーショップはこの茶館のように由緒があるわけでも、息をのむほど美しいわけでもありません。店はインディゴ・ティーショップといって、ここから数ブロックほど離れたチャーチ・ストリートにあります」

「もちろん、店の場所はわかっている。道にはみ出ている美しい教会の近くだったね」日焼けしたデュークの顔に満面の笑みが浮かんだ。「実を言うと、あなたの好みに合いそうな乾隆帝時代のティーポットがあるんだよ」

「わたしの好みがおわかりになるんですか？」

「わたしは人を見る目にすぐれていると自負していてね。しかも、買わずにはいられないほどぴったりの品を選んであげられるのが自慢なんだ」彼はウィンクした。「あなたにと思っているティーポットには、あなたの名前が表面にびっしり描いてある。どうだろう、ティーショップに持参するから、ちょっと見てもらえないだろうか」

「こうしましょう」セオドシアは言った。「ティーポットを持ってきてくださったら、それでお茶を淹れてさしあげます」

デュークはにやりとした。

「決まりだ」

10

インディゴ・ティーショップに着いたのは十一時近くで、店は大にぎわいだった。テーブルはすべて埋まり、ヘイリーがスコーンやら抹茶のドーナッツやらクロテッド・クリームやレモン・ジャムを入れた小ぶりのカットガラスのボウルやらをのせた皿を運んでいた。

「やっと来たか」ドレイトンが言った。「こっちに顔を出すのか心配になっていたところだよ。捜索隊を派遣するしかないかと思ったほどだ」彼はニルギリの缶のふたをぽんとあけた。「朝からお客さまが引きも切らなくてね」

「ごめん」セオドシアはパリのウェイター風の黒いエプロンを頭からかぶり、うしろで結んだ。「美術館で足止めをくっちゃって」

ドレイトンは大盛り二杯の茶葉を量り取り、ポットのためにもう一杯くわえた。「マックスを復職させようと働きかけていたのだろう？」

「まあね」

ドレイトンは顔をあげた。「うまくいったかね？」

「あんまり」

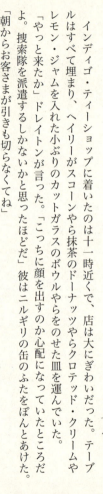

「意外だな」ドレイトンは慎重な手つきでポットにお湯を注いだ。「いつものきみは魔法でも使ったみたいに、ものの見事に難題を解決するではないか」

「呪文もおまじないも底をついちゃったみたい」

「そんなことはあるまい」ドレイトンはおかしそうに笑った。ティーポットをシルバーのトレイにのせ、レモンのスライスをのせた小皿を添えた。「これを七番テーブルに持っていってもらえるかな？」

「わかった」セオドシアは完全に仕事モードになって言った。

お茶を運び、はるばるグースクリーク市からやってきた女性客と雑談をし、いくつか注文を取り、それからお茶のおかわりを注いでまわった。

ようやく時間ができると、ドレイトンに言った。「ゆうべの言い争いの話は聞いた？」

ドレイトンはうっすらほほえんだ。「さっきデレインが来店して、不愉快な出来事を事細かに話していってくれたよ。つまり、いまの質問への答えはイエスだ」

「大声でわめいていたのはセシリー・コンラッドのほうだったって、ちゃんと言ってた？」

「まあ、デレインのことだからね。大げさなくらいに誇張して、オオカミの群れがわずかな生肉をめぐって争っていたという話に仕立てていたよ。だが、ヘイリーもわたしも要旨はちゃんと理解した。マックスが容疑者について話すのを聞きつけたセシリーが激怒したんだとね」

「デレインは木工用のキリの話はした？」

ドレイトンは非難するような顔になった。「さもうれしそうに話してくれたとも。そのうちのどれか一本が凶器として条件にぴったり合うとほのめかしたほどだ」ドレイトンは落ち着きなく蝶ネクタイをいじった。「ティドウェル刑事には、あらたな進展があったことを知らせたんだろうね」

「三十分くらい前に電話したから、ちゃんと知ってるわ」

「そうか」ドレイトンは顔をあげた。「ほかにはなにか？」

「美術館でパーシー・ケイパーズと行き会った」セオドシアは言った。

「アジア美術専門の学芸員だな。かなりの好人物のようだが」

「シャーロットが美術館の理事に名を連ねるべく、根回しをしてるという話を教えてくれたわ」

「シャーロットが美術館に興味を持つとは、少し妙な気がするな」ドレイトンは言った。

「だが、彼女がご主人を刺したとはやはり思えん。つまり、理事会に席を確保するためだけに、そんなことをするだろうか？　わたしはしないと考えている」

「でも、ウェブスターさんは浮気をしてたのよ、セシリーと」セオドシアはオーキッド・プラム・ティーの缶を手に取ってふたをあけ、甘い香りを吸いこんだ。

ドレイトンは不安そうな顔をした。「嘘と偽りが複雑に入り組んだ、巨大な織物のようだな」

セオドシアはふたを缶に戻し、ぱちんとはめた。「殺人も忘れないで」

ヘイリーはとびきりの秋のランチメニューを考え出していた。ローストしたカボチャの種を散らしたカボチャのスープ、カレー風味のチキンサラダをはさんだサンドイッチ、クリームチーズとイチゴのサンドイッチ、それにチェダーチーズとマッシュルームのキッシュ。

思ったとおり、お客はおいしそうにランチを口に運んだ。つまり、メニューのティーサンドイッチが注文されただけでなく、ヘイリー特製のデーツとクルミのブレッドとジンジャー・スコーンが焼きあがるや、それらも先を争うようにオーダーされていった。

「土曜日としてはかつてないほどの混みようだな」ドレイトンが誇らしげに言った。「食べ物は飛ぶように売れるし、ギフト売り場で買い物する人もいた」彼はそちらに目をやった。

「いまちょうど、女性がひとり、きみの手作りのリースに手をのばしたところだ」

「ちょっと行って、相手をしてくる」セオドシアは言った。

「これを作ったのはあなた？」女性は青と金色のシルクのリボンを編みこみ、小さなティーカップとソーサーで飾ったブドウの蔓のリースを手にしていた。

「はい」セオドシアは答えた。

「普通のリースも作ってるのかしら？」

「地元産のブドウの木から取った蔓で作ったものだけです」この蔓は、リビーおばさんが暮らすケイン・リッジ農園まで出かけ、きつく巻きついているのを収穫したものだ。そこからは簡単で、蔓を古い樽に巻きつけ、二カ月ほどそのまま乾燥させる。そのあと針金で蔓をしっかり固定し、リボンやティーカップで飾るのだ。

「同じようなリースはまだいくつかあるの？」女性は訊いた。

「おいくつ、必要ですか？」セオドシアは思わず頬をゆるめた。奥のオフィスには、あと十個置いてある。

「これと、あとふたつ」

「少々お待ちを」

オフィスの隅にまとめて置いてあるなかからリースを二個選び、それを持ってレジカウンターに戻った。ドレイトンの助けを借りてリースをひとつずつ薄紙で包み、大きなビニール袋に入れた。

「また少し作り置きをしなくてはならんな」レジにリースの値段を打ちこみ、お客が帰っていくと、ドレイトンが言った。

「もうやってるわ。リビーおばさんのところに行けば、ブドウの蔓を巻きつけた樽が十個ほどあるの。古いポンプ小屋の裏に」

「いつもちゃんと先を見越しているわけだ」

「そんなことないわよ」セオドシアは言った。「農園は草ぼうぼうだもの」

午後二時をまわるとお客の大半はいなくなり、セオドシアはオフィスで日本茶を飲みながらサンドイッチを食べていた。ギブズ美術館のウェブサイトにアクセスして理事の一覧を探し出し、プリントアウトした。

いまはそれと格闘中だった。

「お茶を新しくしようか？」ドレイトンがピンクと緑のバラをあしらったファミーユのティーポットを手に、ドアのところに立っていた。姿勢のよさと上品な立ち居振る舞いのせいか、老年期に足を踏み入れながらもかくしゃくとしたバレエ団の主宰者のように見える。

「ありがとう」セオドシアはデスクの上のティーカップを押しやった。

ドレイトンは慎重な手つきでカップにお茶を注ぎながら、セオドシアがさっきからにらめっこをしているリストに目をやった。

「美術館のそうそうたる理事たちだね」彼は言った。「十人とも木曜の夜のパーティに出ていたよ」

「いまは九人になったけど」セオドシアは言った。

「アガサ・クリスティーの恐ろしい物語のように、一度にひとりずつ消されていくなんてことは考えてはいないだろうね」

「そんな気味の悪いことは考えてないわ。でも、エドガー・ウェブスターさんを亡き者にしようとした人がいるのは事実よ」

「理事仲間の仕業と考えているのかね？」

「ありうるとは思ってる」

「それはどうかな」ドレイトンは言った。「裕福で、大きな権力を持っている者ばかりだぞ」

セオドシアはペンを手に取り、くるくるまわした。「たしかに、顔色ひとつ変えずにうちの店を買い取って売り払うことができる人ばかりだわ。だから、関わるにしても慎重にいかないと」

「だったら、誰とも関わってはいかん」ドレイトンがたしなめた。「彼らとは距離を置き、むずかしい仕事はティドウェル刑事にまかせればいい」

セオドシアは唇を嚙んだ。

「理事のひとり、または数人にマックスの復職を訴えるつもりでいるのかね？」

「それはちらりと思った。でも、人の気持ちを変えさせるほど説得力のある主張ができるとも思えなくて」

「そのとおり。だから、理事はみんな基本的にエリオット・カーンの意見に従っているのだよ」

「じゃあ、どうすればいいの？」

「そうだな」とドレイトン。「最善と思うことをやりつづけるしかないだろう」

「不安を抱えながら、指をくわえて見ていろと？」

ドレイトンの口の両端がくいっとあがった。「そうではなく、調査すべきだと言っているんだよ。だが、あくまで側面からのものでなくてはいかんぞ。つまり、ティドウェル刑事の捜査に対する、いわば並行調査をおこなえばいい」

「そういうのは陰の捜査と言うんじゃないかしら」

「その言い方だとやけに波瀾万丈で、スパイものめいて聞こえるな。だが、わが国の安全がからむ事態とは思えんが」

「マックスの仕事の安全がからんでるの」セオドシアは言った。「いまはとても細い糸一本でやっとつながっている状態なんだもの。だから、あなたがマックスを信頼してくれてるのはありがたいけど、本当にどうしていいかわからなくて。次にどこを調べればいいかもわからない。誰を調べればいいのかも」彼女はしばらく黙りこんだ。「もしかして動機を突きとめることに専念すれば……」

ドレイトンは励ますような表情を向けた。「動機さえわかれば……」

「そこから犯人がわかるかもしれない」セオドシアはゆっくりと言った。

「だとすれば、かなり大きく網をかけねばならんだろうな」ドレイトンは言った。「木曜の夜のパーティに来ていた客全員を調べ、そのうちの何人がウェブスターと直接的なつながりがあるか確認しなくてはならない」

「かなりの数になるでしょうね」

「あるいはせいぜいひと握りかもしれんぞ」

「言えてる。もっとも、それは楽観的すぎるんじゃないかしら。とにかく……まずはお客のリストを手に入れなきゃ」

「そういうのはマックスのオフィスにあるはずだ」ドレイトンはセオドシアを横目で見た。「もっとも、取ってきてもらうのはむずかしいだろうが」

セオドシアはすばやくお茶を飲んだ。「頭を悩ませる問題がひとつ増えたわ」

ドレイトンとヘイリーが店の片づけをそろそろ終えるという頃、セオドシアは事務処理をいくつか片づけていた。請求書の支払い、業者へのメール発注、それにマーケティング上の決定もおこなわなくてはならない。おまけに、火曜の夜におこなわれるハロウィーンの五キロマラソンにアール・グレイと出場するから、愛犬の衣装をどうするかも問題だ。かわいく見せつつ、動きに支障がないようにとなると、そう簡単にはいかないだろう。

やることとリストだけでは足りないとばかりに、デスクの電話が鳴りはじめた。

セオドシアはすばやく受話器を取った。「はい？」

「どんな具合？」マックスが訊いた。

「うーん。店はいつもどおりだと思うけど」それとも、いつもどおりじゃない？

「話し合いはどうだった？」マックスは訊いた。「カーンとは話したの？」

「話したけど、あなたの復職の時期については、決めかねているんですって」

「ぼくのために掛け合ってくれて、本当にありがたく思ってる。でも、館長がきみを心から歓迎するとは、もともと思ってなかったからね」

いつの間にかヘイリーがドア口に立っていた。

セオドシアは電話を口もとから遠ざけた。「なにか？」

「ティドウェル刑事よ」ヘイリーは口の動きで伝えた。「いま来てる。セオと話したいんだって。いますぐ」

「わかった、こっちに案内して」

「どうかした?」マックスが訊いた。

「ごめんなさい、切らなくちゃ」

「お客さん?」

「トラブルよ」


バート・ティドウェル刑事はセオドシアのオフィスに入るのには苦労したが、彼女のデスクの正面にある張りぐるみの椅子——この店ではお椅子様と呼ばれている——にはゆったりすわることができた。

「こちらでよかった?」刑事が腰かけるとセオドシアは尋ねた。

「問題ありません」刑事は言った。問題があるのは見え見えだった。刑事はところ狭しと置かれたバスケット、赤い帽子、それにリースの山をばかにしたように一瞥した。警官の目から見ると、どれもいささか少女趣味にすぎるのだろう。

「お茶を差しあげましょうか?」セオドシアは訊いた。

刑事は唇をすぼめた。「細かくしたチェリーをブレンドしたおいしい日本の緑茶は、いまもありますかな?」

「ええ」セオドシアは受話器を取るとインターコムでドレイトンを呼び、刑事の要望を伝えた。

「スコーンもいくつか持っていこうか？」ドレイトンは訊いた。

「それで？」セオドシアは電話を切り、ティドウェル刑事ににっこりほほえんだ。「ご用件は？」万能キリを調べた結果を話してくれるにちがいない。しかし、刑事は意外なことを口にした。

「昨夜の件で話をうかがいたい。マックスとセシリーのあいだで交わされた――なんと言ったらいいか――かなりヒートアップした言い争いの件です」

「その話はもうしたでしょう？」

「ええ、ですが、一部始終をうかがう必要が出てきましてね。いましがた〈パイン・ナット〉に寄ったところ、セシリー・コンラッドから、あれやこれやわめかれ、時間を無駄にさせられました」

「そう」セオドシアは言った。「万能キリのことを質問したら、潔白だときっぱり言われたわけね」

「まあ、そんなところです」刑事は言った。

「でも、セシリーがウェブスターさんを殺害したとしてもおかしくないわ。彼に腹をたてていたし、あの物騒な道具を使えたんだもの」

「それはいま部下が調べていますよ。キリを一本、一本慎重に検査しています」

「ちゃんと細かく調べているんでしょうね」

「お茶を持ってきたよ」ドレイトンが話に割りこんだ。彼は大きなシルバーのトレイを手にせかせかとオフィスに入ってくると、デスクに置いた。ティーポットを指でしめした。「わたしが注ごうか？」

「ありがとう、ドレイトン」セオドシアは言った。「わたしがやるから大丈夫よ」

ドレイトンはティドウェル刑事をあてつけがましく見ながら、セオドシアに向かって言った。

「ほかに入り用なものがあれば知らせてくれたまえ。お茶、クロテッド・クリーム、心の支え」

「ありがとう、ドレイトン。そうする」セオドシアは刑事にお茶を注いで渡した。「スコーンもあるわ。どうぞ、召しあがって」

「いただきます」刑事はお茶をひとくち含み、目をなかば閉じた。「実にすばらしい。チェリーの甘さでお茶の風味がいっそう引き立っておりますな」

「刑事さんも、すっかりお茶の達人ね」

「そしてあなたは、話をそらすのがたいへんお上手だ」

「そう？」

「昨夜の件ですよ」刑事はうながした。

「なにをお訊きになりたいの？」

「口論について」

「のろしがあがったとき、わたしはその場にいなかったの」セオドシアは言った。「工房で重要と思われるものを発見していたから」

刑事はお茶を飲んだ。

「うまく切り抜けましたな。ですが、口論のかなりの部分はお聞きになっているはずです。さあ、なにがセシリーの逆鱗《げきりん》に触れたのか、教えてください」

セオドシアはパンプキンのスコーンをひとつ取った。

「要するに、マックスがビル・グラス相手に不用意な発言をしたのを、セシリーに聞かれちゃったらしいの」

「彼女が容疑者であるという趣旨の発言ですか？」

「ええ、そんな感じ」

「セシリーを人殺しと非難したあげく、襲いかかったわけではないと？」

セオドシアはスコーンを手で割った。「まさか、そんなのはマックスらしくないわ」

「ですが、彼女は彼の発言に腹をたてたわけでしょう？」

「そうじゃないわ」セオドシアは言った。「セシリーは完全に逆上してたの。ぜんぜんちがう。その場にいた人に訊いてみればいいでしょ」

「もう訊きました」

セオドシアは相手をしげしげと見つめた。

「ねえ、なぜこんなからかうようなまねをするの？　マックスが容疑者だと言おうとしてるわけ？」

ティドウェル刑事は肩をすくめた。

「見当違いもはなはだしいわ！」セオドシアは声を荒らげた。「本当に疑うべき相手はべつにいるでしょうに」今度はわめき声に近くなった。

「たとえば？」

セオドシアは指を折りながら容疑者の名前をあげた。

「まずはシャーロット・ウェブスター。ご主人に浮気されて辱めを受けたから。それにアイスピックの使い方はなかなかのものだったし。自宅のバーを調べてごらんなさいな」

「そうしましょう」

「お次はセシリー。ウェブスターさんがこの世を去ったいま、背負いこんだ多額の借金を返済する必要がなくなったわ」

「ごもっとも」

「三人めはロジャー・グリーヴズ。彼はデイトレックス社の新株公開をもくろんでいたけど、ウェブスターさんはそれに強く反対してた。ウェブスターさんがいなくなって、新株公開をさまたげる障害もなくなったというわけ」セオドシアは椅子の背にもたれた。「わかった？」

「よくわかりました」セオドシアが熱弁をふるうあいだ、刑事はスコーンをぱくついていた。彼はあたりを見まわした。「アーモンド風味のおいしいクロテッド・クリームはまだありますかな？」

「いいえ」セオドシアは腕を組んで刑事をにらみつけた。「残ってないわ」

「話は終わりですかな？」

「ええ」セオドシアは言った。「それにそちらの話も終わりよ。申し訳ないけど、もう、お引き取り願わないと。仕事がいろいろ遅れていて」

刑事は帰るそぶりをまったく見せなかった。

「あなたからも新株公開がはばまれていた話を聞かされるとは奇妙ですな。同じ話をわたしに聞かせた人物がもうひとりいるのですよ」

「誰なの？　セシリー？」

「いいえ。きのう話を聞いた、最近、こちらに移ってきたという美術商です」

「ハーラン・デュークさん？」

「ええ、その人です。例の茶館の移設では、ミスタ・ウェブスターと密接に連携していたとか」刑事は言葉を切った。「あなたも彼をご存じのようですな？」

「さっき美術館で会ったの。とても感じのいい人だった」

「ほう」刑事は立ちあがり、ツイードのジャケットの前を払った。スコーンのくずが小さな滝となって、折り襟を転がり落ちた。

「デュークさんがあなたの容疑者リストにのってるなんて言わないでよ」セオドシアは、もう本当に話は終わりだとばかりに立ちあがった。

刑事はほほえんだだけだった。

「どんな選択肢も除外するつもりはありませんので」

「ごりっぱだこと」セオドシアは言った。「そうそう、よかったら、ドレイトンからテイクアウトの詰め合わせを受け取ってね。お帰りになる前に」

11

「本当にぼくを容疑者と見てるって？」マックスが言った。セオドシアの自宅の気品あふれる小さなダイニングルームで、ふたりでテーブルを囲んでいるときのことだった。キャンドルの炎が揺らめき、壁を飾る絵がつやつやと光っている。天井からは、小ぶりのクリスタルのシャンデリアが淡いピンクの光を投げかけ、雰囲気を盛りあげていた。しかしマックスはぷりぷりした様子でフォークを取ろうとして、テーブルに落としてしまった。

「ティドウェル刑事はわたしをじらしてるだけよ」セオドシアは言った。「手の内をいっさい見せないけど、わたしがたまたまキリを見つけたのを少し嫉妬してるんだと思う」

「でも、ちゃんとした手がかりなんだから、見つかってよかったはずだろ。なのになんでぼくなんかに目をつけるのかな」

「ティドウェル刑事って人をわかってないわね」セオドシアは言った。「事件が解決するまでは、全員が容疑者なのよ」

「だとしても、不安でたまらないよ」

「わかる。なんとか疑いを晴らすことができればよかったんだけど」

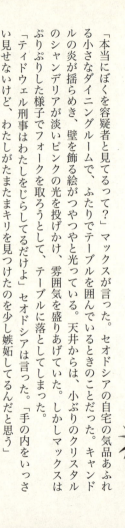

「手強い相手だからな」

「だからこそ、しっかりとこっちの味方につけたいの。怒らせるようなことはしたくないわ」

「ぼくはそんなことをした覚えはないよ」マックスは期待のこもった目でセオドシアを見つめた。「セオ？」

「なにをしたの？」

彼女はため息を洩らした。「昼間、ティドウェル刑事にちょっと強く出すぎちゃったかも」

「なにをしたの？　刑事をオフィスから蹴り出したとか？」

「そういうんじゃないけど」自分でも、かなり強引に追い出したという自覚はあった。

「ちくしょう」マックスが言った。「せっかくきみが上等なサーモンをゆでて、ぼくの大好物のブロッコリースローをつくってくれたっていうのに、食欲がすっかりなくなっちゃったな」

「残念」セオドシアは言った。

アール・グレイがいきなり立ちあがった。さっきからずっとテーブルの下で気持ちよさそうに居眠りをしていたのに、いまは品定めをするような目でふたりを見ている。食べ物の残り、それも人間の食べ物の残りがあるのなら、ご相伴にあずかる気満々らしい。

「ウー」と吠える。

「はいはい、わかってる」セオドシアはサーモンを小さく切って差し出した。

アール・グレイのピンク色の舌がさっと出たかと思うと、なんとまあ、魔法でも使ったみたいにサーモンが消えてなくなった。そしてまた、哀れを誘う、訴えかけるような目でセオドシアを見つめた。

「わかったわよ」セオドシアは言った。「あとひと口食べたら、もう絶対にほしがっちゃだめよ、いい？」

「ウー」

「犯人のことだけど」マックスがゆっくりと言った。

セオドシアは彼のほうに目を向けた。「うん？」

「犯人は木曜の夜のパーティに出席していた誰かだ。それ以外にはありえない。通りがかりにふらりと入ってきた変質者の仕業じゃない。あるいは直前になってパーティにまぎれこんできた人物の仕業でもない」

「ええ……そうね、それは大前提だと思う」

「だから、まずやらなきゃいけないのは、客のリストをしらみつぶしに調べることだ」

「ええ」セオドシアはアール・グレイにサーモンをもうひと切れやった。彼女も客のリストを調べたいと考えていた。というか、きょうは一日、そればかり考えていた。

「手を貸してくれるかい？」

「そんなの、当然でしょ」セオドシアは言った。「でも、そのリストを手に入れなきゃ。あなたが持ってるのよね？」

マックスは顔をくもらせた。「うん、でもオフィスに置きっぱなしだ」

「ちょっと行って、取ってくるわけにはいかないの？」

「ふらりと立ち寄って、取ってくるのは無理じゃないかな。そういう意味で言ったんだよね。そんなことをしたら……あやしく思われるだけだ」

「ふらりと立ち寄るのがわたしなら？」

「それもまずいだろうね」マックスはワイングラスを取って、ひとくち飲んだ。

「だったら、こっそり忍びこんで取ってくればいいんじゃない？」セオドシアは言った。

マックスはあやうくワインにむせそうになった。「いまってこと？　今夜？」

「ちがうわ、今度の月曜日」セオドシアは言った。「ううん、いますぐよ。そのグラスを置いて、いますぐジャケットを着て」

「でも、なにかやってたらどうする？　内輪のイベントとか、寄贈者向けのパーティとか」

「それはそれでなんとかなるわよ」セオドシアは口もとを小さくゆがめて笑った。「ねえ、マックス。〝忍びこむ〟ってどういうことか知らないの？」


車はミーティング・ストリートに入ると美術館の前を過ぎ、細い路地に入った。空が真っ暗なうえ、頭上を木のトンネルが覆っているせいで、これからやろうとしていることに、わずかながら不吉な影が落ちていた。

「ヘッドライトを消して」マックスは言った。

セオドシアはジープのライトを消した。

「ルームランプはどうなってるの？」マックスは訊いた。「ドアをあけたらついちゃうんじゃない？」

セオドシアはボタンを押した。「こうすれば大丈夫」

エンジン音が小さく響くなか、ふたりとも不安と期待の両方を感じながらすわっていた。

「どうする？」セオドシアは言った。「やるならいまよ」

マックスは身を乗り出すと、彼女の唇に軽く口づけた。「行ってくる」彼は言うと、助手席側のドアからそっと降りた。セオドシアの前を横切ると、もっと暖かい時期ならば屋外パーティがしばしば開催される裏のパティオを突き進んだ。

セオドシアは彼の動きを心配そうに見守った。マックスは彫刻の置かれた庭を抜け、小さな噴水の前を過ぎ、美術館の裏口に急ぎ足で近づいた。ここまでは順調だ。

見ていると、ドアの前に立った彼は状況を把握するかのように、しばらく動かずにいた。やがて手をのばし、キーパッドに暗証番号を打ちこんだ。

よしよし。二秒後にはなかに入れるわね。

しかし、二秒が過ぎても、マックスはまだキーパッドになにやらやっていた。

どうしたのかしら？

十秒経過。そして二十秒が経過した。マックスはしだいにいらいらをつのらせながら、ひたすら番号を打ちこみつづけている。けっきょく降参だというように両手をあげ、セオドシアのほうに戻りはじめた。

「どうしたの？」ジープに乗りこんだマックスにセオドシアは訊いた。

「くそ！」マックスは怒りで身をぶるぶる震わせていた。

「どうしたの？」

「キーパッドの暗証番号が変わっていた」

「あなたのせいで？」

「陰険なカーン館長の仕業さ」マックスは言った。「もうなかには入れない」

セオドシアは考えこんだ。「暗証番号は普通、何桁あるの？」

「四桁だ」

「正しい並びを見つけ出すのは、どのくらい大変なのかしらね。ちょっと待って」セオドシアは頭のなかですばやく計算し、顔をしかめた。「うーん、本当に九千九百九十九も組み合わせがあるの？　この計算で合ってる？」

「計算は得意じゃないけど、そのくらいだと思うよ」マックスは言った。「しかも何度もまちがうと警報が鳴るおそれがある」

「じゃあ、プランBに変更だわ」セオドシアは言った。

「具体的に言うと？」

セオドシアはハンドルを強く握った。「いま考えてるところ」

「なんだよ、セオ。てっきり、すべて織りこみ済みかと思ってたのに。いつもは、こういう探偵のまねごとをちゃちゃっとやってのけるじゃないか」

「落ち着いて、お願いだから」

ふたりは車のなかでさらに数分過ごした。

「うん、ひらめいた」

マックスはまだしょんぼりしていた。「どうするんだい？」

「けさ、たまたまパーシー・ケイパーズに会ったんだけど、そのときにいくらでも力になるって言ってくれたの。全面的にあなたの味方だというようなことを言っていたわ」

「あいつがそんなことを？」マックスはせわしなくまばたきを繰り返し、急にかすれ声になった。「そいつはありがたい。いいやつだな」

「彼に電話してみましょうよ」セオドシアは言った。

「ぼくはちょっと抵抗があるな」

「わたしは全然」

電話で用件を伝えるのは六十秒とかからず、パーシー・ケイパーズは五分もしないうちにやってきた。

彼の車が暗い路地を走ってきて、セオドシアたちのうしろでとまった。濃い緑色のジャガーXJのエンジンがまわる静かな音がする。

「来たわ」セオドシアは小さな声で言った。

「たいしたやつだな」マックスはあきれたように言った。「仕事を失うかもしれないっててのに」

「大丈夫、うまくいくから」セオドシアは言った。「オフィスの鍵を貸して」

「え？」

「あなたが美術館のなかをこそこそしてるところを捕まったら、とんでもないことになると思うの。でも、わたしならどうってことないわ」セオドシアは落ち着きなくあたりを見まわしながら、目にかかった髪を払った。「オフィスの鍵までは替えてないわよね？」

「たぶん」

「じゃあ、鍵を貸して」

「きみを行かせるわけにはいかないよ」

「大丈夫だってば。お客のリストはどこにしまったの？」

「左のいちばん上の抽斗《ひきだし》だ。でも、見つかったらどうする？」

「言ったでしょ、見つかっても、たいしたことにはならないって」

「たいしたことになるに決まってるじゃないか」マックスは言った。「見つかったら、不法侵入で訴えられるよ」

「それはちょっとちがう。だって、ちょっとおじゃまするだけだもの」

マックスは気乗りがしないながらもオフィスの鍵を渡した。「そういう罪状なんだよ」

「来てくれてありがとう」セオドシアは小声でケイパーズに言った。ふたりは二台の車のあいだにしゃがみ、声をひそめて話していた。路地は真っ暗で、ケイパーズの顔はほとんど見えなかった。

「女性の危機とあれば、黙ってるわけにはいきませんからね」ケイパーズは言った。「ぼくも一緒に入りましょうか？　マックスのオフィスに襲撃をしかけるつもりなんでしょう？」

「お客のリストを取ってきたいだけよ」

「なるほど」

「キーパッドに打ちこむ暗証番号をどうしても知りたいの」

「番号は館長がきのうの午後に変えちゃったんです」ケイパーズは上着のポケットに手を入れると紙きれを出して、セオドシアに差し出した。「はい、どうぞ。うまくいくよう祈ってますよ」彼の顔に笑みがぱっと広がった。「見つかったときには、嚙んでのみこんじゃってください。それはともかく、見つからないように」

「そのつもりよ」セオドシアは言った。


暗証番号は一九〇三だった。美術館が創設された年と思ってまちがいないだろう。それで暗証番号のつもりだなんて。美術館に忍びこんで、お金では買えない貴重な品々をごっそり持ち出すつもりの泥棒なら、美術館に関係ある四桁の番号を思いつくはしからためすはずじゃない？　ええ、そうに決まってる。セオドシアだって、時間さえあればそうしたはずだ。

実際は、単純そのもののシナリオで話が進んだ。セオドシアは裏口からなかに入ると、薄暗い廊下を忍び足で歩き、それから右に折れてべつの廊下を進み、学芸員、幹部、およびサポートスタッフのオフィスがある棟に向かった。

マックスのオフィスは左から三番めだった。

錠前に鍵を挿し、カチリという音を聞いてから、ドアノブをゆっくりまわした。重厚な木のドアが大きくあいたと思うと、気づいたら――ああ不思議――マックスのオフィスのなかにいた。

ドアを閉め、ひんやりした一枚板に背中をつけた。暗闇に目が慣れるまでしばらくそうしていたのち、まっすぐデスクに向かった。お客のリストは左のいちばん上の抽斗にしまってあるとマックスが言っていたので、真っ先にそこを探した。

ぎしぎしときしむ音がしないよう、そろそろと抽斗をあけ、なかをのぞきこんだ。書類がごちゃごちゃに入っていた。あらら、マックスは思っていたほど整頓好きではなさそうだ。綴じていない紙をひとつかみ出して、デスクの上に置いた。それから――ゆっくりと、慎重に――小さな卓上スタンドのスイッチを入れた。

光がぱっとついたとたん、セオドシアはぎくりとした。信号弾かと思うほどまぶしくて、ここにいるのがいつばれてもおかしくない。けれども、あわただしい足音が近づいてくることも、銃をかまえた警備員が現われて牢屋に連れていかれることもないとわかると、雑然とした書類を意を決して調べはじめた。プレスリリース、経費報告書、社内メモ、その他もろもろの書類があった。マックスがこんなにものをためこむたちだとは、本当に思ってもいなかった。しかも彼は、パソコンの画面に表示されたものをいちいちプリントアウトするのが好きらしい。セオドシア自身は電子メールもメモもデータとしてパソコン内に保存してあれば、それで満足というタイプだ。

とにかく、ひたすら探した結果、ようやく、山の下のほうでお客のリストが見つかった。あった！

セオドシアはその紙を折って上着のポケットに押しこんだ。それから卓上スタンドのスイッチを切った。

引き返してドアノブに手をかけ、ためらいがちに息を吸ってからノブをまわした。ふたたび廊下に出ると、鍵を挿入して施錠した。

よし、うまくいった。あとはさっさとここを出るだけだわ。

闇に沈む長い廊下を見やると、かすかに光が洩れているのが見えた。

ちょっと待って……。

館内にはほかにも人がいるようだ。こんな遅くまでオフィスに残っている人が。で……いったいなにをしてるのかしら？

セオドシアのなかで好奇心という炎が赤々と燃えあがった。危険をおかすようなまねは慎むべきだとわかっている。その一方、なにか情報が得られるかもという思いもあった。

片手を壁について体を支え、もう片方の手でローファーを脱いだ。靴を持ち、ストッキングの足で音をたてぬよう廊下を歩いていった。

エリオット・カーンのオフィスの電気がついていた。セオドシアはとくに驚かなかった。きょう会って話をしたせいで、カーン館長は話してくれた以上のことを知っているような気がして、低レベルの警戒モードというか第六感が働いていたのだ。

でも、この明かりをつけたのは、秘書のメアリー・モニカ・ダイヴァーかもしれない。残ったスコーンをぱくついてるとか？　片づけをしてるところ？

ううん、ダイヴァーじゃない。片方の肩を壁にこすりつけるようにしながら、そろそろと近づいていくと、小さいながらも、男性らしき太い声がはっきり聞こえたからだ。

手前の控え室まで行って、なかをのぞきこんだ。室内は薄暗く、カーンのオフィスのドアの前に関所のように置かれたダイヴァーのデスクがぼんやり見えた。カーンのオフィスには淡い光が灯っていた。声がしたのはまちがいなくそこからだ。

この瞬間までは、なにがなんでも好奇心を満足させなくては気がすまないと思っていた。けれども、ここへきてセオドシアは迷った。マックスのオフィスに忍びこんだだけでも危険すぎるほど危険だったのに、これはやりすぎかもしれない。

それでも、カーン館長がこんな夜遅く、ひとりでなにをやっているのか気になった。予算の見直し？　まさか。来年の展覧会の計画？　考えられなくもない。なにかの裏工作？　その可能性はある。

セオドシアは息をつめ、忍び足で歩きながら、カーンのオフィスのドアに近づいた。ドアは半分あいていて、V字形の黄色い光が暗い控え室にこぼれ出ていた。カーンはまだ電話中で、見えない相手に向かってぶつぶつ言っている。

なにを言ってるのかしら？

意を決してドアの近くまで行くと、映画のなかで強盗や宝石泥棒がよくやるように、手を耳にあてがった。こんなところを見つかったら、宝石泥棒と同じように裁かれるかもしれないが、そうなったらバート・ティドウェル刑事がわずかな憐憫《れんびん》の情をしめしてくれるかもしれないと気休めにもならないことを考えた。それだって、あくまで希望的観測にすぎない。

息を殺し、抜き足差し足で入り口に近づいた。オフィスにいるのはカーン館長だけで、誰かと電話中にちがいない。聞こえてくる小さな舌打ちの音や話の様子は一方通行の会話にしか聞こえないからだ。

さらに近づくとカーンの言葉が少しはっきりしはじめた。〝大金〟がどうの、と言っている。そのあとしばし沈黙し、〝おそらく疑いは晴れた〟というようなことをもごもご言った。

大金の用途はなにかしら。それに、疑いが晴れたとは誰のこと？　カーン館長？　ウェブスターさんを殺した犯人？

そう考えたとたん、あまりの不気味さに、さっさとここを出たくなった。息をつめ、あとずさるようにしてオフィスを出た。暗い廊下に戻るとまわれ右をし、足音をたてないようにしながら全速力で走った。

裏口から飛び出し、ひんやりした空気に顔をなでられたとたん、〝ああ、よかった！〟と心から思った。

花いっぱいのお茶会

このお茶会では花柄のテーブルクロス、花柄のお皿、それに花瓶にいけた大量のお花を用意します。お料理のひと品めはエディブルフラワーをあしらったキッシュ、つづいて全粒粉パンで卵サラダをはさんだサンドイッチとオレンジのつぶつぶが入ったリコッタチーズをおいしい食パンに塗ったもの。お茶は繊細な味わいのカモミール·ティーで。シュガースティックかチョコレートでくるんだオレンジピールも忘れずに。花いっぱいのお茶会は屋外――お庭かパティオで開催するといっそうすてきなものになりますよ。

12

自宅のコテージに戻ると、セオドシアはどうにか勇気を振り絞り、寄り道して得たあまりに奇妙な情報をマックスに伝えた。

「それ、本当？　カーン館長のオフィスまで行ったって？」マックスは愕然とした。顔が赤くなり、声に険が混じり、目はいまにも飛び出しそうだ。「で、本当に館長はオフィスにいたんだね？」

セオドシアはうなずいた。「足音をさせないよう廊下を進んで、会話を盗み聞きしただけ。それ以上のことはなんにもしてないわ。危険なまねはしたくなかったから」

「危険なまねはしたくなかった？　それだけでも充分まずいよ。まったく、やけに時間がかかってるなと気になってたんだよ。最悪の事態になったんじゃないかと、気が気じゃなかった」

「マックス……あのね」セオドシアは彼の腕をつかんだ。「カーン館長がエドガー・ウェブスターの死に関係してるような気がするの」

マックスはまたも呆気にとられた顔をした。「なんでまた、そんなことを？　たしかに館

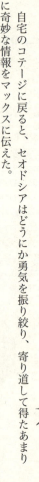

長はぼくに厳しい態度を取ったよ、でも……。それはともかく、具体的にどんなことが聞こえたの？」

「カーン館長は電話で、お金がどうのとか言ってたの」セオドシアは言った。「正確には〝大金〟と言ってた気がする。そのあと、〝おそらく疑いは晴れた〟というようなことも」

「でも、どういう意味だろう？」マックスは言った。「前後関係がわからないから、ちんぷんかんぷんだな。どうとでも取れるよね」

しかし、セオドシアは昂奮に目を輝かせた。「わたしなりに考えたことがあるから、ちょっとがまんして聞いて。もしかしたら……もしかしたらウェブスターさんの会社のことなんじゃないかしら。つまり、デイトレックス社よ」

「なにを言い出すんだ？」

「ほら、話したでしょ。ウェブスターさんのビジネスパートナーのロジャー・グリーヴズは会社の株式を公開したくてうずうずしてるって。そうすれば、大量の現金が入ってくるから」

マックスはセオドシアをじっと見つめた。「なるほど」彼は片手をあげ、〝先を聞かせて〟というように指を振った。

「でもウェブスターさんは新株公開に対して、かなり懐疑的だった」セオドシアは話をつづけた。「というか、了承する気がなかったの。でも、ウェブスターさんが亡くなったいま、新株公開はまちがいなくおこなわれる」

マックスはまだ完全には話を理解できていなかった。「なるほど」

「だからきっと、裏取引みたいなことがおこなわれてるんじゃないかと思うわけ。新株公開がおおやけになったとたん急上昇するとわかってる株を館長が買ったとか、ね」

「いわゆるインサイダー取引というやつか」

「そのとおり」

「となると、カーン館長とグリーヴズは仲がいいってことになる」

「確証はないけど」セオドシアは言った。「でも、べつに仲がよくなくたっていいの。共謀していれば」

「そうか」マックスは言った。「なんとなくだけど、きみの言いたいことがわかってきたよ。つまり、カーン館長はその取引を促進するのに……ひと役買った可能性があるということだね。ウェブスターを殺すという形で」

「ほら」セオドシアは言った。「あなたもわたしと同じで、だんだん不審に思えてきたでしょ」

「うん。でも、きみの仮説が正しいとしても、そんなばかな話は聞いたことがない」

「だけど考えてもみて」セオドシアは言った。「ちゃんとつじつまが合ってるでしょ。つじつまが合うことは認めなくちゃ」

「まあね」

「それに、エリオット・カーンはあなたをはめるのに絶好のポジションにいる。あなたに罪を着せるのに」

「ぼくが殺人の容疑で逮捕されると、館長は本気で思ってるのかな？」

「それはないんじゃないかな。たぶん、ない。とは言うものの、大きな煙幕を張りめぐらせているのも事実よ。自分に捜査の手がおよばないようにしたうえで、あなたに全部、おっかぶせたんだもの」

「つまり、カーン館長は容疑者候補ということか」マックスは、言葉が口のなかで形になっていくのを味わうように、ゆっくりと言った。

「突飛に思えるかもしれないけど、そうだと言わざるをえないわね」セオドシアは言った。

「ええ、たしかに容疑者候補よ」

マックスはダイニングチェアに寄りかかり、ぐったりとすわった。「嘘だろ」肩を落とし、セオドシアを見つめた。「で、どうするの？」

セオドシアは真向かいの椅子にするりと腰をおろし、上着のポケットからお客のリストを出した。

「とりあえず、当初の計画どおりにいきましょう。容疑者としてカーン館長をマークしつつ、このお客のリストをじっくり調べるの」

「そうだ、お客のリストがあったんだっけ」マックスはようやくリストに目を向けた。「いろいろと聞かされたせいで、これがもともとの目的だったのをすっかり忘れてたよ」

セオドシアは紙のしわをのばした。「少なくとも五十人の名前があるわ」そう言うと向きを逆にして、マックスのほうに滑らせた。

「正確には六十二人だ」マックスは言った。「美術館のスタッフもいたけど、それは数に入ってない」

「これじゃ、調べる対象が多すぎるわ。まずは、できるだけ数を絞らなきゃ。どう考えても犯人にはなりえない人を除外するの。研究員とか、理事の奥さん、ウェブスターさんとはなんの接点もなさそうな人たちを」

「そうだね」マックスは言った。「さっそく赤ペンを出して作業に取りかかろう」


十五分後、リストの名前は二十人というそこそこの数まで削られた。温厚すぎて人を殺すなんて考えそうもない人、数人の年配女性、美術館の研究員たち、それに犯人像に合致しない人の名前がリストから消されていった。

「まあまあかな」マックスが言った。

「これで、少しは進展が望めそうね」セオドシアは人差し指でリストをなぞっていき、セシリーの名前のところで指をとめた。「セシリー・コンラッド。やっぱり彼女は、重要な容疑者として残ったわ。それに彼女には動機もあるし」

「うん、でも、彼女に人が殺せるかな？」

「このあいだの晩、見たじゃない。あなたに怒りをぶちまける彼女を。どう思う？」

「銃を持っていたら、引き金を引きかねない剣幕だったよ」

「でしょう?」セオドシアは言った。「状況からすると、重要な容疑者は四人ね——セシリー、シャーロット・ウェブスター、ロジャー・グリーヴズ、そしてあらたにくわわったエリオット・カーン。以上がAグループ」

「Bグループは?」

「残りの十六人」

「ふう。考えることが山のようにあるな」マックスは手の甲で口もとをぬぐった。「体がぶるぶる震えてきちゃったよ」

「なにか食べる?」セオドシアは訊いた。「タンパク質が足りないんじゃない? 夕食を全部食べてなかったし」

「ひと晩には充分すぎるほど食べて、考えて、不法侵入までやってのけたせいだと思う。そろそろ失礼したほうがよさそうだ。なにかやって、気を静めるとするよ」

セオドシアは玄関まで送り、彼がスエードのジャケットに袖をとおすのを見ていた。

「どこに行くの?」両腕をマックスの体にまわし、強く引き寄せた。くびになったことや、そのせいで投げつけられた不公平な非難を気に病みながら街をうろつきまわるのではないかと思うと、気が気でなかった。

「決めてない。家に帰って服を着替え、夜中のジョギングにでも出かけようかな。炭水化物を燃焼させるために。あるいは、ウェントワース・ストリートにあるシガー・バーに寄って、しばらくのんびりするのもいいかもしれない」

セオドシアは顔をしかめた。正直言って、いい考えとは思えない。でも、本人が歩きながら考えたり、葉巻を吸いながら考えたいのなら、好きにさせるしかない。「なにをするにしても、気をつけて。ね？」

「いつだって気をつけてるよ」マックスのその言葉はちょっとうつろに聞こえた。

セオドシアは家のなかのこまごまとした用事を片づけた。キッチンを掃除し、ワイングラスを洗い、アール・グレイを裏庭に出してやった。家事が終わると、自分も外に出た。アール・グレイはジリスを追いたてようとアザレアの茂みを嗅ぎまわっていた。なにも出てこないとわかると、魚のいる小さな池を見に小走りしていった。以前、不埒《ふらち》なアライグマが池に手を突っこんでいたことがあり、今度そんなことがあったらただじゃおかないとアール・グレイは思っている。せめて、自分が見ているときだけは。

セオドシアは石畳のパティオの端に置かれた枝編みの椅子にゆったりと腰をおろした。シルクのようにさらりとした夜風が、裏のフェンスにからまるツタをそよがせ、顔にかかった髪を吹きあげる。見あげれば、わずかばかりの星がぼんやりと光っていて、ラフカットのダイヤモンドを濃い藍色の空にばらまいたように見える。

セオドシアは頭を柔軟にしてウェブスター殺害、関連するさまざまな出来事、マックスのこと、それに今夜の無謀な侵入劇について考えをめぐらした。それ以外にもいろいろなことが頭に浮かんでは消えていった。明日のタイタニックのお茶会、ハロウィーン・ウィーク、処理しなくてはいけない日々の雑事。

アール・グレイが最後のひと花を咲かせているオダマキの茂みに気を取られている一方、セオドシアは明日の朝いちばんにシティ・マーケットに行って、色とりどりのウリの実をかごいっぱい買ってこようと考えていた。あと四日でハロウィーンだし、そうでなくてもティーショップの飾りつけを秋仕様にしたいところだ。ウリならうってつけだろう。飾りには使えなくても、ヘイリーが工夫をこらしてなんとかしてくれるはず。スープにするとか、パンにするとか、クッキーにするとか。

セオドシアは苦笑しながら頭を振った。ウリのクッキーなんておいしくなさそう。ヘイリー自慢のピーナッツ・クッキーやレモン・マーマレード・クッキーとはくらべものにならない。

急に一日のストレスが重くのしかかってきたのを感じ、セオドシアはもう休むことにした。口笛でアール・グレイを呼び寄せて一緒に家に入り、戸締まりをすべて確認し、二階に引きあげた。二階は寝室、ウォークイン・クローゼット、リラックスルームになっている。居心地のいい小塔の間もあって、そこの安楽椅子におもしろい本をおともにおさまるのが好きだ。

靴を蹴るようにして脱ぎながら、ふと思い出した。靴を手に持って大胆にも美術館を探索したのは、ほんの一時間ほど前のことなのを。おかしなことに、顔がうっすらほころんでいた。もしかして、こそこそ調べてまわるのがうまくなってきたのかも。少なくとも、慣れてきているのはたしかな気がする。

ティドウェル刑事は異をとなえるだろうけれど。

セオドシアはあくびをしながら、小さなテレビのスイッチを入れた。深夜のニュースでも見て、きょう、世の中ではほかになにがあったかチェックしようと思ったのだ。よそでは、いいニュースがあったはずだ。子犬が救出されたとか、帰還兵が感動の再会を果たしたとか。赤と青の更紗のクッションを同じ生地の椅子にぽんと置いたそのとき、突然、よく知った顔がテレビ画面に大写しになった。

え?

ティドウェル刑事に驚くほどよく似ている!

ううん、そうじゃない。あれはティドウェル刑事本人だわ。でも、なんであの人がテレビに出ているの?

見ると彼は、いかにも迷惑そうな顔で、追いすがるテレビのレポーターから逃げようとしていた。チャンネル8のステファニーなんとかというブロンド美人だ。

セオドシアはリモコンを手にして、音量をあげた。

レポーターのステファニー・ヘイワードが正面を向いて言った。

「テレビをつけたばかりの方にご説明いたします。ついさきほど、レディ・グッドウッド・インの近くで残忍な事件が発生しました」

残忍な事件? ついさきほど? 土曜の夜にティドウェル刑事が出張ってくるなんて、いったいなにがあったのかしら。あらたな殺人事件でなければいいけれど。

「偶然にも」ステファニーはつづけた。「わたしどもWCTV局のバンが襲撃現場からほんの数ブロックのところを走っていました。わたしどもは現場に急行し、こうして独占中継にてお届けしているというわけです」

「襲撃ですって？」あいかわらず不機嫌な顔のティドウェル刑事を見ながら、セオドシアはつぶやいた。「誰が襲われたの？」

ステファニーはまぶしい笑顔で刑事の顔の前にふたたびマイクを突き出した。

「被害者についてなにか情報はありますか？」

「なにもありません」刑事はぼそぼそと言った。「事件は現在、捜査中ですので、くわしいことはなにもお話しできないんです」

怖いもの知らずのステファニーは、そのくらいではひるまなかった。彼女は怯えたような表情をつくって食いさがった。「ですが、こちらの情報提供者によれば、セシリー・コンラッドという名の女性がレディ・グッドウッド・インのイベントに出席したのち、襲撃されたということですが」

「セシリー・コンラッドが襲撃された？」セオドシアは思わず叫んだ。テレビに向かって大声を出す熱狂的スポーツファンの気分で、くわしく聞こうとそばに寄った。

テレビに映ったティドウェル刑事はにがりきっていた。

「現時点でわかっているのはそれだけです」

「ミス・コンラッドは自分の車のほうに歩いていく途中で襲われたとか」

「〝襲われた〟という言葉は使わないでもらえませんかね」ティドウェル刑事はむすっとして言った。

思いもよらない展開に驚き、セオドシアはあわててマックスの番号に電話した。彼にもこの状況を知らせたほうがいいと思ったのだ。セシリーに対するこの襲撃――なんと呼ぶにしろ――はウェブスター殺害と密接に結びついているのかしら？　それとも単なる偶然にすぎないの？

セオドシアはマックスの携帯電話の呼び出し音を、じりじりしながら聞いた。早く出て、マックス。お願い、出てちょうだい。

だけど彼は出なかった。セオドシアは電話を切り、今度は自宅の電話にかけた。三回もかけた。けっきょく留守番電話につながるばかりで、電話を切った。帰ってない。家に向かったんじゃなかったのだ。

セオドシアは向きを変えて、窓に目を向けた。窓に映った自分がこっちを見返している。その顔には不安の色が浮かんでいた。

マックスが事件に関与してるはずがない。そうでしょ？

そうよ、と自分に言い聞かせる。そんなのありえない。きのうの晩だって、そこまでセシリーに腹をたてたわけじゃないし。そうよね？　だからマックスが彼女を脅したり……。

セオドシアはなんとはなしにクローゼットに向かった。

そうよ、するわけがない。彼がそんなことをするわけがないじゃない。

かっとした頭を冷やそうと、明日の服をコーディネートすることにした。しかし、あろうことか、まったくの逆効果だった。

セシリーが襲われた？　どうして？　誰に？

まずいと思いながら、事件についてもう少し知る必要があるという結論にいたった。

うん、いろいろ考えると、もっとたくさん知る必要があるわ。

ということで、五分後、セオドシアはジープに乗りこみ、トラッド・ストリートを走っていた。レディ・グッドウッド・インが近くなると、警察車両と救急車が赤と青のライトを点滅させているのが見えた。おまけに、オレンジ色のベストを着た制服警官が通りをふさぎ、野次馬を現場に入れないようにしているようだ。

セオドシアはそのブロックをぐるりとまわり、左に折れてイースト・ベイ・ストリートに入った。さらに半ブロックほど行ったところに駐車スペースを見つけ、縁石に寄せた。アール・グレイと夜のジョギングをしているおかげで、このへんにはくわしい。狭い路地も裏道もすべて知りつくしている。夜になるとパルメットヤシの葉がそよぎ、道をちゃんと知っていれば、誰にも気づかれることなく事件現場のすぐそばに近づける。

ヴィクトリア朝様式の巨大なお屋敷二軒にはさまれた石畳の細い通路を進んだ。ハナミズキの木立のわきをすり抜け、小さな水音をさせている三段の噴水をまわりこんで、ロングテイチュード・レーンに出た。大きくて優雅なお屋敷の裏を走るこの道は十七世紀に敷設されたときのままで、いまは全体的に草がぼうぼうに生え、石畳がところどころ欠けている。煉瓦の壁と張り出した灌木《かんぼく》のせいで、ロングティチュード・レーンはほとんど人目につきにくい。〝隠されたチャールストン〟を歩く特別ツアーにでも参加しないかぎり、よそから来た人がこの通りを見つけることはまずないだろう。

セオドシアは足音をひそめそろそろと路地を出て、明るくて騒々しい一団のなかに入った。まるでこの仲間の一員であるかのように――できれば、ここに住んでいるように――ふるまいながら、いくつもある近隣住民の輪のそばを通りすぎた。誰もが制服警官に向かって昂奮気味に話しかけていた。それぞれが口々に、見たり聞いたりしたことを訴えていた。

現場をよく見ようとあたりを見まわしたところ、セシリーが救急車のうしろにすわり、若そうなアフリカ系アメリカ人の女性に手当てされているのが見え、セオドシアは驚いた。赤と白の肩パッチのついた青いジャンプスーツを着ているので、女性はまずまちがいなく救急隊員だろう。

セオドシアはゆっくりした足取りで救急車に近づいた。

「セシリー」と、親しみのこもった落ち着かせるような声に聞こえるよう呼びかけた。「セオドシアよ。覚えてる？」

セシリーは顔をあげセオドシアを見つめた。髪は乱れ、白いブラウスは片方の腋《わき》の下のところが破れていた。顔の右側にできたあざは明日にはまちがいなくナスのような色になるだろうし、膝は両方ともひどくすりむけていた。

「なにがあったか聞いたわ」セオドシアは同情するようにほほえんだ。「大丈夫？」

セシリーはしばらくセオドシアを見つめていたが、やがて、おやという表情が目に浮かんだ。「セオドシアって、ティーショップのオーナーの？」

「そうよ」セオドシアはさらに数歩近づいた。「いまさっきテレビで知ったの。あなたが、その……襲われたって」そこで周囲に目をやった。「ここにいる人はみんな知ってるわ」

「暗がりで突然、飛びかかられたの！」セシリーは大声で訴えた。「大声で叫んで、撃退してやったからいいようなものの」そこで盛大にしゃくりあげた。「それに、近所の人も一緒になってそいつを追い払ってくれたし」

セオドシアは女性の救急隊員の肩に手を置いた。名札にはキャロライン・ボウイとある。

「ミス・ボウイ」と声をかけた。「セシリーの具合はどう？　怪我はどのくらい深刻なの？」

「犯人に抱きつかれ、歩道に投げ飛ばされたの」セシリーが涙声で言った。「おかげで顔をいやというほどぶつけたんだから」

キャロライン・ボウイがアーモンド形の目でセオドシアを見つめた。

「この方のお友だちですか？」

「ええ、そう。お願い、教えて。彼女は入院しなきゃならないの？」

キャロライン・ボウイは茶色の目をにこやかに細めた。「キャロラインと呼んでください。それと、今夜はセシリーさんを病院まで搬送する必要はなさそうです。とくに問題はないようですから。切り傷と擦り傷がいくつかありますけどね。それにもちろん、少し動揺もしていますが」

「少しなんてものじゃないわよ」セシリーが怒ったように反論した。どんなに怖かったかを切々と語りたくて、装着している酸素マスクを何度も何度もはずそうとする。「ほんと、むかつく。いまだって心臓がとまりそうなんだから！」

「でしたら、お薬を差しあげますね」キャロラインが言った。

「薬より一杯飲ませてよ」セシリーは吐き捨てるように言った。

「どうしてこんなことになったの？」セオドシアは訊いた。セシリーが話に応じてくれたことにいくらか驚いていた。なにしろ、ろくに知らない仲なのだ。きっとショックが大きすぎて、脳からの指令がちゃんと伝わっていないのだろう。だからわたしがマックスといい仲なのも忘れているんだわ。

「わたし……わたしが……」セシリーは涙で声をつまらせた。

「あせらなくていいのよ」セオドシアは励ました。

「レディ・グッドウッド・インから出てきたところだったの」セシリーの頬を涙が次々にこぼれ落ちた。「お食事をして……お酒も少しいただいたわ」そこで強調するように両腕を広げた。「自分の車に向かう途中……」

「酸素マスクをはずさないでください」キャロラインが声をかけた。

「そこで何者かに飛びかかられたのね？」セオドシアはうながした。

「変質者にね！」セシリーは言った。「もう恐ろしかったわ。茂みから飛び出してきたの。だからわたし……必死で抵抗するしかなかった」

セオドシアはセシリーの肩を軽く叩いた。

「大変だったわね」

「まったくもう、なんでこんな目に遭わなきゃいけないの?」セシリーはきんきんした声を張りあげた。「ここは平穏なチャールストンなのよ。教会がたくさんあって聖なる街とも呼ばれてるのに!」

「襲った人はまじめに教会に通うような人じゃないのよ、きっと」セオドシアは言った。横に目をやると、ティドウェル刑事が制服警官ふたりになにやら指示を出している。彼はそれから、救急車のほうを見ることなく、それがあるほうを親指でしめした。このあとセシリーから話を聞こうとしているのなら、セオドシアはそろそろ退散したほうがよさそうだ。

「お大事にね、セシリー」セオドシアは小さく手を振った。「はやく元気になるよう祈ってる」

「わたし……わたしはただ……」そこまで言うとセシリーは盛大に泣きじゃくった。

セオドシアは暗いロングティチュード・レーン経由でもとの道に戻った。これまではこの界隈をジョギングするときも、パーティから歩いて帰るときも、危険を感じたことなど一度もなかった。セシリーが襲われたことで、それも変わるかもしれない。

しかし、ジープに乗りこんでエンジンをかけたとき、べつのことで頭がもやもやしはじめた。マックスのこと。彼とセシリーのにらみ合い。このもやもやした思いを言い換えるなら……疑惑?

しかし車を運転しながら自分に言い聞かせた。ありえない。マックスがそんなことをするはずがない。

13

「ゆうべはどこにいたの？」セオドシアは訊いた。朝の七時になるかならないかの時間で、外はまだ暗かった。起きると真っ先に受話器を取って、マックスの番号をダイヤルしたのだった。

「ふああ……うん？」マックスは眠そうな声で答えた。

「ゆうべ、なにがあったか知ってる？」

「うーん……さあ。どうして？」マックスの側から、ばさばさいう音が小さく聞こえてくる。寝具を押しのけ、体を起こそうとしているようだ。やがてマックスは不機嫌な声で言った。

「勘弁してくれよ、セオ。いま何時かわかってるの？」

「そっちこそ、ゆうべなにがあったかわかってるの？」

「その質問にはいま答えたじゃないか。なにがあったか見当もつかないって」

セオドシアはごくりと唾をのみこんだ。なんだかすごく……機嫌が悪そう。

「ごめん……」マックスは咳払いした。「悪かった。つっけんどんな言い方をするつもりじゃなかったんだ。きみがそんなに動揺するなんて、いったいなにがあったんだい？」

「動揺なんかしてないわ。不安なだけ」

「で、その原因は……？」

「きのうの夜、セシリー・コンラッドが襲われたの」

「なんだって！」

「だからセシリーが……」

「わかってる。ちゃんと聞こえたよ。でもなんで……？　どこで……？　くわしいことを話してもらったほうがよさそうだ」

「わたしも一部始終を知ってるわけじゃないの」セオドシアは言った。「でも、レディ・グッドウッド・インから帰る途中に襲われたみたい。何人かのお友だちとディナーとお酒を楽しんだんでしょうね。とにかく、何者かがいきなり……飛びかかってきたんですって」

「大怪我をしたの？」

「あざができて、激しいショックを受けてたわ。警察が救急車を呼んだけど、病院に搬送しなきゃいけないほどのひどい怪我じゃなかった」

「ちょっと待って。その口ぶりからすると、きみもその場にいたみたいじゃないか」

「夜のニュースで見たのよ。それで、現場まで行ってみたの」

「で、本人と話したんだね？」

「ええ」

「金曜の夜にぼくと言い合いになったことでなにか言ってた？」

「なんにも」

マックスは数秒ほど黙りこみ、それから口をひらいた。「いまの話からすると、セシリーはあとをつけられていたみたいだね。そんなことをする人間に心あたりはある？」

「そうねえ……ウェブスターさんを殺した犯人とか？」

「本気でそう思ってる？」

「ありえなくもないでしょ」セオドシアは言った。

「それにしたって理由は？　なぜセシリーをつけまわす必要がある？」

「そんなのわかんないわよ」マックスが事件をあまり深刻にとらえていないのが、急に気にさわりはじめた。「シャーロットがセシリーを目の敵にしているからかもしれないし、セシリーがなにか秘密を知ってしまったからかもしれない。ウェブスターさんを殺害したのはセシリーで、何者かが仕返しをしようとしたのかもしれない。動機なんかいくらだって考えられる」

マックスがあくびをする声が聞こえた。「でなければ、通りすがりの犯行だったのかもしれないな」

「なんとなくだけど」セオドシアは言った。「そうじゃないような気がする」

シティ・マーケットに寄ることなど頭からすっかり抜け落ちていた。そんなことより、早くインディゴ・ティーショップに行って、このあらたな展開をドレイトンとヘイリーに伝えたくてたまらなかった。マックスには見当もつかなくても――そもそも彼には見当をつける気などないのかもしれないけど――ドレイトンたちなら、なにかわかるかもしれない。

けれども、正午少し前に着いてみると、ドレイトンもヘイリーもセシリーの件はすでに知っていて、あれこれ仮説を披露しているところだった。現場に行ったことをふたりに伝えると、おしゃべりはいっそうヒートアップした。

「昨夜、襲われたのなら、セシリーは殺人事件の犯人ではないということになるな」ドレイトンが言った。「エドガー・ウェブスターの耳にアイスピックを突き刺した人物ではありえないわけだ」

「つまり、無実で潔白ってこと？」ヘイリーが訊いた。彼女はまっすぐな髪を顔から払い、問いつめるようにドレイトンを見つめた。

「必ずしも潔白というわけではないよ」ドレイトンは言った。

「じゃあ、今度は犯人はセシリーをねらってるってこと？」ヘイリーは言った。

「襲ったのが殺人犯だったら」セオドシアは話に割りこんだ。「殺されてもおかしくなかったでしょうね。セシリーの肺が丈夫で本当によかった。大声で助けを呼んだから、みんなが一斉に出てきたんだもの」

「ちょっと整理させて」ヘイリーは細かいところまではっきりさせないと気がすまない性分だ。「セシリーは容疑者リストから除外されたの？」

「そうとも」とドレイトン。

「いいえ」とセオドシア。

「ふうん」ヘイリーはセオドシアの顔をのぞきこんだ。「セオってば本当に疑り深いんだね」

「だって、セシリーの怪我は全然たいしたことなかったのよ。すべて彼女が……なんていうか……仕組んだことかもしれないでしょ」それは頭のなかでずっと温めてきた考えだったが、口に出して言ったのはこれが初めてだった。

「襲われたふりをしたってこと？」ヘイリーが言った。「捜査をべつの方向にそらすために？　警察に誰でもいいから適当な人を捜させるため？　ふうん……だとしたら、セシリーはそうとう頭がいいってことよね」

「それほどでもないと思うぞ」ドレイトンが言った。「狂言だったのではないかとちょっとでも疑われれば、警察が向ける目はますます厳しくなるのだからね」

「向ける目だけじゃなく、捜査もよ」セオドシアは言った。

「行動のひとつひとつが見張られるもんね」ヘイリーが言った。

「思うに」とドレイトン。「セシリーはなにか知っているのではないかな。だから、殺されかけたのだよ」

「なにを知ってるんだと思う？」ヘイリーが訊いた。

ドレイトンはあざやかなピンクの蝶ネクタイに手をやった。「それはまだなんとも言えんよ」

「ウェブスターさんに関することなんじゃない？　あるいは彼の会社に」セオドシアは言っ

た。新株公開の件も考慮する必要がある。今後の事業のとっかかりとして、新株公開はなにがなんでも実現させなくてはならないはずだ。セシリーもなんらかの形で関与していただろうか。うん……ありえなくもない。

「そうだな」ドレイトンが言った。「ウェブスターの会社についてなにかつかんでいた可能性はある。事業上の秘密のようなものを。会社の名前はなんといったかな……デイトレックス社？　とにかく、きみの意見に賛成だ」

それからさらに数分ほど三人は意見を交わしたが、やがてヘイリーは厨房に引っこみ、セオドシアとドレイトンはティーショップの準備にかかった。タイタニックのお茶会が始まるのは五時だが、手をつけておきたかったのだ。まずは全部のテーブルに糊のきいた白いリネンのテーブルクロスをかけ、つづいて上等なクリスタルのグラスを並べ、バロニアルオールドという模様のついたゴーハムのスターリングシルバーのナイフとフォークも並べた。

ヘイリーがサウサンプトンの桟橋を離れるタイタニック号の写真と一等客室の乗客の写真を見つけてきてくれたので、ポスターサイズに拡大して壁に飾った。ドレイトンが持ってきてくれたのは、秘蔵のロイヤルクラウンダービーの骨灰磁器《ボーン・チャイナ》で、梱包を解くのも並べるのも神経を遣った。

「いい感じ」セオドシアは各テーブルの中央に白ユリのブーケを置きながら言った。

「その科白《セリフ》はわたしが用意したものを見てからにしてほしいね」ドレイトンが言った。

「じゃあ、見せて」セオドシアはびっくりさせられるのが好きではない。じらされるのが好きではないと言い換えてもいい。とにかく、いますぐ喜びを味わいたいタイプだ。

ドレイトンはカウンターに引っこんで、大きな白い箱を出した。

「なにを用意したの？」セオドシアは早く知りたくてうずうずしていた。

ドレイトンはふたをあけ、なかが見えるようセオドシアのほうに箱を傾けた。

「まあ」

「勝手なことをして悪かったのだが」ドレイトンは少し得意そうな顔で言った。箱をカウンターに置き、ホワイト・スター・ラインのロゴがところどころに入った白い紙ナプキンの束をひとつ出した。「ひとつめは、通りの先にあるなじみの文具店で仕入れた、組み合わせ文字入りのナプキンだ」

「その組み合わせ文字、いかにも本物っぽいわね」セオドシアは言った。「救命ボートはどこかと探しまわるお客さまが続出しそう」

ドレイトンは指を一本立てた。「いや、まだあるのだよ」そう言うと、ふたたび箱に手を入れ、小さな白い船を取り出した。長さは十インチほどで、船首にホワイト・スターのロゴがついている。「実は、各テーブルに飾ったらいいと思って、同じものをもう十個用意した」

「すごくいいわ。ちょっと不気味な感じもするけど」

「それから、きみが紙のランチョンマットを嫌っているのは知っているが、これを見たら、考えが変わるのではないかな」ドレイトンが差し出したランチョンマットの束は、《ロンドン・ヘラルド》紙の一面を再現したものだった。見出しには〝タイタニック号沈没〟の文字が躍り、タイタニック号を描いた古めかしい版画が添えてある。

セオドシアはマットに触れた。「すてき。うまいこと考えたわね」

「最後にもうひとつ」ドレイトンは小さな紅茶の缶を出した。「ハーニー&サンズの知り合いが、こんなすてきなタイタニック・ティーをこしらえてね。うちのためにわざわざつくってくれたと言いたいところだが、実はしばらく前から売っていたそうだ」

金色の舷窓をかたどった円のなかに不運なタイタニック号が描かれた上品な缶を見るうち、セオドシアの顔に満足の笑みが浮かんだ。「最高」缶を手にのせた。「これは粗品にするの？」

ドレイトンはうなずいた。「氷山はごめんだがね」

「さすがだわ。ハロウィーンにも使えるテーマのあるお茶会を本当に考えつくなんて。怖くはないけど、絶対に忘れられないものになりそう」

ドレイトンの顔がぱっと輝いた。「そうしようという話だったろう？」


セオドシアがヘイリーの様子を見に厨房に足を踏み入れたとたん、コンロからただようおいしそうなにおいと、オーブンで焼いている英国風ティーブレッドとエクレアのにおいがつづけざまに襲ってきた。

「本格的なレストランみたいなにおいがする」セオドシアはほほえんだ。

ヘイリーがコンロから顔をあげた。「こんなちっちゃな厨房が仕事場なのに？」

「もっと大きな店に移ろうなんて考えてもいないと言ったのはあなたよ」

「うん。それにドレイトンもね。ふたりとも、ここが大好きなんだもん。それに、あたしは仕事場まで歩いて通えるし」ヘイリーはいま、店の二階の部屋に住んでいる。以前はセオドシアが住んでいた部屋だ。たしかに便利ではある。

「きょうも働いてくれてありがたいわ」セオドシアは言った。「日曜日はお友だちと過ごすのが好きなんでしょ」

「ベッドで本を読むのも好きよ」ヘイリーはそう言うと、いたずらっぽく笑ってつけくわえた。「お友だちとね」

「それ以上は言わなくてよろしい《トゥー・マッチ・インフォメーション》」ドレイトンの声が響きわたった。彼は凛《りん》としたところを出そうとしながら出入り口に立っていた。「きみの世代の言いまわしを借りるなら、ＴＭＩだ」

「ドレイトンもずいぶんくだけてきたじゃない」ヘイリーは笑いながら言った。「新しいもの好きになるのも時間の問題ね。全身黒ずくめにして、細いネクタイを締めるようになるかもよ。ジャスティン・ティンバーレイク風のポークパイハットをかぶったりして」

「ありえんよ」ドレイトンは言った。

「ジャスティン・ティンバーレイクって誰だかわかる？」ヘイリーは訊いた。

「知らんね。知りたいとも思わんな」

「そんなわけないでしょ」セオドシアも一緒になってからかいはじめた。「たまにＭＴＶをちらっと見たりしてるくせに。ケーブルテレビを契約してるの、知ってるんだから」

「歴史と自然の番組が見られるから譲歩しただけだ」ドレイトンはそう言うと、くるりと背を向け、厨房を出ていった。

「いじめすぎちゃったみたい」セオドシアは言った。

「そんなにいじめてないってば」ヘイリーはキュウリの薄切りが入った大きなステンレスのボウルを手にした。

「明日のお葬式のあとの会食のことも、話し合わなきゃ」セオドシアは言った。

「セオはどんなふうにしようと考えてる？」ヘイリーは生のハーブをひとつかみくわえながら訊いた。

「シャーロットには、なるべくシンプルなメニューにしたほうがいいと言ってあるわ。サラダかフルーツプレート、スコーン、それにティーサンドイッチの盛り合わせにしようかと思うの」

「だったら超簡単よ。シトラスサラダに蜂蜜のスコーン、ティーサンドイッチは三種類あればいいかな。そうねえ……チキンとアボカド、砕いたクルミを混ぜたクリームチーズ、ローストビーフと薄切りのチェダーチーズにしようか。それにデザートもあったほうがいいよね。こんなのでどう？」

「文句なしだわ。明日の朝いちばんに必要なものを揃えられる？」

「午後のうちにリストをつくってメールしておく。そうすれば朝のティータイムをこなしてるあいだに、配達してもらえるでしょ。あ、そうそう、会食のお客さまは何時頃、いらっしやるの？」

「お葬式が始まるのが十時だから、十一時十五分過ぎあたりから三々五々集まりはじめるんじゃないかしら」

「ふうん、だったら、ドアのところに〝本日貸し切り〟の表示を出したほうがいいかもね」

「朝のティータイムはやらないってこと？」

「そうしないと、ちょっと面倒なことになりそうだもん」

「たしかにそうね」セオドシアはしばらく考えこんだ。「うん、それがいいわ。一時までは貸し切りにして、午後のティータイムからの営業にしましょう」

「あたしはかまわないわよ」ヘイリーは言った。

セオドシアは口をすぼめた。「ドレイトンも賛成してくれるといいけど」


ところが、ドレイトンもその段取りでかまわないと言ってくれた。

「うまいこと考えたな」彼は言った。「そうすれば、こちらも複数のグループを満足させようと骨を折らずにすむわけだ」

「おまけにわたしたちもお葬式に出られるし」セオドシアは言った。

「きみはお葬式に出るといい」ドレイトンは言った。「わたしは店に残って、準備が整っているか確認しているよ」

「来てくれたお客さまを断る役もお願いね」

「それなんだが……スコーンとお茶のテイクアウトを差しあげるのはどうだろう?」

「もうそのつもりなんでしょ」セオドシアは言った。

「シャーロットから明日のお茶はなにがいいか聞いているかね?」

「あなたにまかせると言ってた」

「賢明だな」ドレイトンはお茶の缶が並ぶ床から天井までの棚を見あげ、目を細めた。「シウプル茶園のアッサム・ティーにしようかと考えている。それに、イングリッシュ・ブレックファストだな。どちらも気持ちを引き締める効果があるから、お葬式のあとの会食にはぴったりだ。だが、もう少し、検討してみるよ」

ドン、ドン、ドン、ドン。

セオドシアもドレイトンもドアに目を向けた。

「誰か来たようだ」ドレイトンが言った。

「せっかちなお客さまでないといいんだけど」セオドシアは言いながら店内を突っ切り、揺れるガラスごしにうかがった。ビル・グラスだった。

「グラスだわ」彼女は言った。

「入れなくていい」ドレイトンは言った。「ほうっておけ」

けれどもセオドシアはもう掛け金をはずしはじめていた。「だって、なにか情報をつかんでるかもしれないじゃない」

「どうかしたの?」いきおいよくティールームに入ってきたグラスにセオドシアは訊いた。

ぶかぶかしたカメラマンベストを身に着け、首からカメラをさげた彼は、乱暴者を意味する言いまわしにあるように、〝陶器店に迷いこんだ牛〟そのものだった。

「信じられるか？　なんだかすごいことになってるぜ」グラスは昂奮のあまり、高笑いしそうないきおいだった。「ウェブスターのやつが殺されたと思ったら、今度は元交際相手が襲われたんだとよ。とてつもなくおかしなことになりそうだ」

「ちっともおかしくなんかないわ」セオドシアは言った。「むしろ、なんだか裏があるような気がして恐ろしいくらい」

「だな。だが、誰が黒幕なんだ？」

セオドシアは肩をすくめた。「問題はそこよ。それを突きとめようと頭を絞ってるんじゃない」

「あんたらもあらたな情報はなにも聞いてないってことか」

ドレイトンが探るような顔で、ぐっと身を乗り出した。「そうだ。そっちはどうなのだね？」

「んー……知り合いの警官数人から話を聞き出そうとしたんだが、今度の事件についてはみんな口が堅くてな」グラスはセオドシアの顔色をうかがった。「セシリー本人の話は聞いてないんだろ？」

「きょうのところはね」セオドシアは言った。襲われた直後のセシリーと話したことも、実は犯行現場に駆けつけたこともグラスに話す気にはなれなかった。

「おれはこのあと」グラスは言った。「美術館関係をもうちょっと嗅ぎまわってみるよ」

「マックスが休職中なのは知ってるわよね」セオドシアは言った。

「ああ。容疑者だからだろ」

「でも、犯人じゃないわ」セオドシアはいくらか語気を強め、あわてて言った。

「そうだとも」ドレイトンも加勢した。

グラスは考え事を中断しないでもらいたいというように、ふたりをちらりと見やった。

「それが終わったら、ここに戻って、今夜おたくで開催されるでっかいパーティを何枚か撮らせてもらうよ」

「タイタニックのお茶会の写真を撮るつもりかね？」ドレイトンは怯えたような声を出した。

「そうとも」グラスは言った。「いいじゃないか。ただで宣伝してやるってのに、なにかまずいことでも？」

「べつに」セオドシアは言った。今夜のイベントにグラスが首を突っこんでくるとは思ってもいなかった。とは言うものの、手綱をしっかり握ってさえいれば、彼がいてくれたほうが盛りあがるし話題になるから、べつに悪いことではない。「いいわ。でも、五時半より早くは来ないでちょうだいよ、わかった？　お客さまを席にご案内するのが先だから」

グラスはにやりと笑い、軽薄にも親指を立てるまねをした。「五時半だな。了解した」

ようやく彼が出ていくとドアを閉め、掛け金をきちんとかけた。ドレイトンが言った。

「あの男をコントロールする自信はあるのかね？」

「さあ。牛追い棒はどこで買えるかしら」

「笑えるね。だが、なぜあの男をお茶会に同席させるのか、わたしには見当もつかんよ」

「グラスもわたしと同じで、ウェブスターさんの死をいろいろ調べてるからよ。この先、彼がなにか見つけないともかぎらないでしょ」そこでセオドシアは人差し指をドレイトンに向けた。「だいたいにして、ドレイトン、あなたが陰の捜査を望んだんじゃない」

「たしかに」ドレイトンは言った。「だが、陰の捜査員がグラスになるとは思ってもいなかったのだよ」

「とにかく、いま使える駒は彼しかいないの。とりあえずは頼るしかないわ」

「あの男がぶちこわしにしないかぎりはな」ドレイトンはいつも遅れている腕時計に目をやった。「さて、準備はほぼ完了だ。まだ少し時間がある」

「ラッキー。あなたの天敵のグラスのおかげで、ちょっと思いついたことがあるの」

「訊いてもかまわんかね？」

「セシリーに電話して、自宅に寄ってもいいか確認する」

「それはまたずいぶんと大胆だな」

「かもね。でも、冴えてるでしょ？」

「どうだろう」ドレイトンは言った。「彼女が犯人かどうかわからんのだから、その質問には答えようがない」

「セシリー」セオドシアは電話に向かって早口で言った。「電話してお見舞いを言いたかったの。どんな具合か知りたくて」

「どんな具合かですって？」セシリーは言い返した。「最低の気分よ。ぼろぼろだし傷だらけだし、おまけに……」

「あの、お宅にうかがってもいいかしら」セオドシアは相手の憤慨の声をさえぎった。「お見舞いの品を届けたくて」

「お客さんに来てほしい気分じゃないの。ひとりにしておいて」

「わかるわ」セオドシアは、これ以上ないほどやさしい口調で言った。「でも、時間は取らせないと約束するから」

「まじめに言ってんのよ、セオドシア。わたしがどんなにひどいショックを受けたかわかってんの？」

「十分ほどで行くわね」だめだなんて言わせない。

ロシアのお茶会

おいしいロシアンキャラバン・ティーがテーマのお茶会です。古くからあるこのブレンドはボリュームのあるお料理と一緒に出すのが一般的。そこでクリームチーズを塗ったブリヌイ、ナスのスプレッドを塗った黒パン、ジャガイモ団子、ビーツを使ったボルシチなどからメニューを選びます。デザートにはケーキや小ぶりのペストリーがぴったり。そうそう、お砂糖もお忘れなく。ロシアンキャラバン・ティーには角砂糖を二個、人によっては三個も入れるのが普通なんです。

14

この三日間で三度めになるが、ヘイリーのスコーンがまたもセオドシアの調査（いらぬおせっかいと言う人もいるけれど）の道をひらいてくれた。

「本当に訪ねてくるなんて信じられない」セシリーは不快感をあらわにしながらも、ドアをあけてなかに入れてくれた。彼女が住んでいるのはレガーレ・ストリートに建つ大きなお屋敷の一部である、庭つきの小さなアパートメントだった。住所はたしかに高級住宅街だけれど、入り口はひび割れた煉瓦の通路伝いに家をまわりこんだ先にあった。

セオドシアは枝編みの小さなバスケットを差し出した。「クランベリーのスコーンとイングリッシュ・ブレックファスト・ティーを持ってきたわ。一日を明るくして、ゆうべのいやなことを忘れさせてくれることまちがいなしよ」

セシリーは鼻で笑った。「それはどうかしらね」そう言いながらも彼女は先に立って狭い廊下を進み、小さな部屋にセオドシアを案内した。花柄のラブシートと鉢植えのヤシが置かれた、感じのいい部屋だった。フレンチドアの向こうは小さな庭になっていて、十月下旬の陽射しがこれでもかと降り注ぎ、どの葉も陽の光を浴びて金色に輝いている。

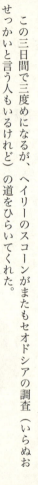

「具合はどう？」セオドシアはラブシートのひとつにすわり、セシリーはその真向かいの椅子に腰を落ち着けた。

「二トントラックに轢《ひ》かれた気分ってところ。アスピリンと痛みどめを飲みまくってるけど、ちっとも効かなくて」

「痛みが引かないのは精神的な要因が大きいんじゃない？」セオドシアは言った。

「冗談言わないでよ、女探偵さん。あなた、変質者に襲われたことはある？　乱暴に、地面に投げ飛ばされたことはある？」セシリーは眉根を寄せ、声に怒りをにじませた。「あるわけないわよね」

なにを隠そう、襲われた経験ならある。撃たれたことだってある。だけど、その話を持ち出すにはタイミングも場所もふさわしくない。だから、こう言うにとどめた。「襲ってきたのが男の人なのはたしかなのね？」

「ええ。大きくて腕っぷしの強い野獣みたいなのが、フットボール選手よろしくタックルしてきたんだから。骨の二、三本折れてもおかしくなかったけど、運がよかったわ」セシリーはおそるおそる肩をさすった。「鎖骨とか肋骨とか」

「警察には犯人の特徴をちゃんと伝えた？」

セシリーは肩をすくめた。「真っ暗だったから、ろくに見えなかったの。顔なんか全然見てないし」

つまり、人相はまったくわからないということね。セオドシアは身を乗り出した。

「だいたいの感じでいいんだけど、犯人はどんな男だった?」

「どういうこと?」

「頭に血がのぼって衝動的な感じがしたとか、冷静で計画的な感じだったとか。あなたを本気で傷つけるつもりだったのか、それとも単に怯えさせようとしただけか」

セシリーは上の歯で下唇を噛んだ。「大きくて力が強かったのはたしかよ。それに、あなたの言うとおり、なんだかちょっと……こう言うと変に思われるかもしれないけど……あまり必死な感じがしなかったのよ。それと息がくさかったわ。タマネギかニンニクでも食べたんじゃないかしら」

「その話は警察にもした?」

「警察の連中ときたら」セシリーは吐き捨てるように言った。「それはもうひどかったんだから! わたしのことなんか、これっぽっちも気遣ってくれなかった。もう、またなのって言いたくなったわ」

「美術館で刺殺事件があったときの対応のことね?」

「そう」セシリーは言った。「あのときも警察はドジで間抜けな集団だと思ったわ。今度のことでわかったのは……とにかく、わたしがひどい目に遭ったことなんか、あの人たちにはどうでもよかったのよ」

「そんなことないわ」セオドシアはなだめるように言った。「警察はウェブスターさんを殺した犯人も、あなたを襲った犯人も捕まえようと懸命に捜査しているはずよ」

セシリーのほうからウェブスター殺害を持ち出してくれたことを、セオドシアはひそかに喜んでいた。おかげで、さらにいくつか質問ができる。

「ゆうべの襲撃はウェブスターさん殺害に関係あるとは思わない？」セオドシアは訊いた。

セシリーは両手で頭を抱えこんだ。「そんなのわからない。わたしには答えようがないわ」

「あなたとウェブスターさんが、なんて言うか、親密だったことを考えると、ゆうべの出来事は単なる偶然とはとても思えないの」

「言っておくけど」セシリーは顔を思いきりゆがめて言った。「いまのわたしは、エドガー・ウェブスターなんかと出会わなければよかったと思ってるから。つき合うなんてもってのほかだった」

「それでも、彼とつき合っていた事実は変わらないでしょ」

「人生における最大のあやまちだわ」

「でも、ウェブスターさんからお店の資金を出してもらったんでしょ。少しは感謝してもいいんじゃない？」

「あなたはウェブスター夫妻をろくに知らないんでしょ？　昔からの知り合いというわけじゃなさそうだし。あのね――」セシリーは指をぱちんと鳴らした。「別れて二分もしないうちに、エドガーはお金を返せと言ってきたの。美術館にあるおかしな茶館に融資するんだからって。しかも、あいつが死んだと思ったら、今度はあのえげつない奥さんの出番よ。全額返せと迫ったうえ、支払わないなら恐ろしい弁護士連中を差し向けると脅してきたんだから」

「いまのシャーロットがいちばん気にかけているのがお金だなんて、どうしても思えないわ」セオドシアは言った。「だって、明日はご主人のお葬式があるのよ。それだけでも大変なはずでしょう？」

「ふうん、そう。そんなふうに思ってるんだ。だったら、けさ、シャーロットが留守電に残したメッセージを聞いてみる？」

セオドシアは一瞬、言葉に詰まった。「そうね、聞かせて」

本当に留守電なんか入ってたのかしら？

セシリーは必死の形相でプラダのハンドバッグを引っかきまわした。財布と鍵束が出てきた。ポケットティッシュと真っ赤なマニキュアが飛んでいった。最後にようやく、携帯電話が見つかった。「とにかくこれを聞いて」彼女はボタンを押した。

突然、シャーロット・ウェブスターの声が電話のスピーカーから雑音に混じってキンキン響きわたった。「貸したお金はなにがなんでも返してもらいますからね！　いますぐ金策に走らないと、とんでもないことになるわよ！」

「ね」セシリーは言った。「まるで獰猛《どうもう》なロットワイラー犬でしょ。犬用のガムをあたえてやりたいくらい」

「声の感じからするとそうとう……昂奮しているみたいね」セオドシアは言った。

セシリーはセオドシアを見つめた。口をぽかんとあけ、目を大きく見ひらき、いくらか正気を失ったような表情をしている。「お墓からよみがえったエドガーが襲いかかってきたみたいでしょ。奥さんの仮面をかぶったエドガーが！」

ティーショップに戻る道すがら、無数の疑問がセオドシアの頭のなかを渦巻いた。ゆうべセシリーを襲ったのはシャーロット・ウェブスターだったの？　セシリーはショックと恐怖で頭が混乱したせいで、襲撃者の体格を勘違いしたの？　いずれにせよ、シャーロットが残した留守電が悪意に充ち満ちていたのはたしかだ。となると、シャーロットがふとしたことから──われを忘れたとしてもおかしくない。

でなければ、シャーロットがロジャー・グリーヴズをたきつけ、セシリーを震えあがらせようとしたとか？　だとしたら、その理由は？

あるいは、グリーヴズが独断で行動を起こしたのかも。やり残した仕事を片づけるために。とはいえ、犯人はそれ以外の人物ということもありうる。問題は──誰なのかだ。美術館の館長のエリオット・カーンが関与しているのだろうか。

セオドシアは頭を左右に振り、想像上の怒ったスズメバチの大群を追い払おうとした。疑問はあまりに多く、危険な容疑者も山のようにいるが、答えはほとんどないにひとしい。そのせいか、妙に不安で胸騒ぎがする。

それでも狩りをあきらめるつもりは毛頭なかった。

タイタニックのお茶会にぴったりの衣装を見つけるのはドレイトンにまかせてあった。

「ドレイトンを見てやって」セオドシアが裏口からこっそり入るとヘイリーの声がした。

「お茶会用にすっかりめかしこんでる」

「ドレイトンがどうかしたの？」セオドシアはバッグをデスクにぽんと置き、革のジャケットを椅子に放ってティールームに足を踏み入れ、そこでぴたりと足をとめた。「あら、まあ」

「どうだね？」ドレイトンは両腕をひろげ、衣装を見せようと、百八十度まわった。

「純白の美男子だわ」セオドシアは言った。ドレイトンは肩飾り、金色のモール、ワシの絵の記章、いくつかの金色の星で飾りたてられた白い上着を身に着けていた。そして、揃いの白のスラックスを穿き、粋な船長の帽子をかぶっていた。

「不運なタイタニック号の船長そのものだと思わない？」ヘイリーが言った。

セオドシアは思わず噴き出した。というのも、本当に操舵室から出てきたばかりに見えたからだ。「たしかに、いまからブリッカー医師と客室係のスミスに会うため、リドデッキに向かうみたいに見えるわね」

ヘイリーは体をふたつに折って大笑いした。「なつかしのテレビドラマ『ラブ・ボート』ね！　うん、言えてる」

「好きなだけ笑うがいい」ドレイトンは言った。「だが、全員分の衣装を手に入れるのがわたしの仕事だったのだからね」

とたんにヘイリーが笑うのをやめた。「ちょっと待って」警戒するような表情になっている。「全員分って、あたしの分もあるってこと？」

「わたしたちもその恰好をするの？」セオドシアはコスプレまでするとは思っていなかった。

「そのとおり」ドレイトンはフリルたっぷりの白いレースのエプロンと、揃いのレースのヘッドピースをふた組、かかげた。「どうだね？」

ヘイリーは衣装を見るなり口をあんぐりあけた。「それ、エッチなメイド服じゃないんでしょうね？」とうさんくさそうに尋ねた。

ドレイトンは唇を尖らせた。「まさか。わたしがそんなものを用意するはずがないじゃないか」

セオドシアは思わず忍び笑いを洩らした。たしかに、黒のスラックスと白いブラウスの上から着けないと、ヴィクトリア・シークレットっぽくなってしまいそうな衣装だ。

ヘイリーはおずおずとエプロンを受け取り、体にあてた。「これ、本当に一等船室担当のウェイトレスが着てたもの？」

「いや、そうじゃない。それは三等船室のウェイトレスの制服だ。嘘ではないぞ。百パーセント正確につくられているのは保証する」ドレイトンの口の両端がくいっとあがった。「まさかわたしの調査がいいかげんだと思っているわけではあるまいね？」

「まったく、どんな調査をしたのよ？」ヘイリーは言った。

「ここまでやってくれてありがとう」セオドシアは笑いを噛み殺しながら言った。「お客さまもきっと感謝してくれると思うわ」

「歴史的に正確であることはどんな場合でも大事だからね」ドレイトンはそう言うと、手を叩いた。「さて、いいかな。氷山《アイスバーグ》に向かってまっしぐらだ」

「なに言ってんの」ヘイリーが言った。「アイスバーグ・レタスでしょ」

十分後、三人が一九一二年からワープしてきたように変身したところへ、マックスがやってきた。

「やあ」彼はおどおどしたようにティーショップ内を見まわした。「へえ、とてもいい衣装だ」そこでふと足をとめた。「入ってもかまわないかな？　お邪魔じゃない？」

「邪魔なわけないでしょ」セオドシアはきっぱりと答えた。「でも、わかってると思うけど満席なの。一週間前から。席はひとつもあまってないの」

「いや、いいんだ」マックスは言った。「食事をしにきたわけじゃないから。厨房の手伝いくらいはできるかなと思ったんだ」

セオドシアはしばらく考えこんだ。「そうねえ……」

「奥に来て！」ヘイリーの鋭い声が飛んだ。「レモンの皮をすりおろせるんだったら、あたしのスーシェフとして働いてもらう」

「ですって」セオドシアは言った。「厨房のスタッフに採用されたみたいよ」

ヘイリーは本当にマックスに仕事をさせた。彼はアスパラガスの皮を剝いて薄切りにし、レモンの皮をすりおろし、前菜の皿を並べ、ヘイリーの言いつけにすべて従った。かくして、五時ちょっと前、お客がぽつぽつ入りはじめる頃には、キャンドルの炎が揺らめくなかで目を閉じ、想像力を働かせれば、インディゴ・ティーショップはタイタニック号のAデッキにある一等用食堂そのものに姿を変えた。

お客全員を（豪華客船ならどこでもするように）出迎え、それぞれのテーブルへと案内し、それから大急ぎで熱々の台湾産の金萱《キンセン》烏龍茶とドライシェリーを出すのに、セオドシアとドレイトンのふたりがかりでもかなり時間がかかった。

五時十五分、ドレイトンが通りの先にあるボートショップで借りた真鍮の鐘を鳴らした。全員の目が自分に向けられると、彼は背筋をのばし、開会の辞を述べる体勢に入った。それを合図にセオドシアが照明を落とすと、ガラスの風防つきランプのなかで揺らめくキャンドルがムードを一気に盛りあげた。

「ようこそ」ドレイトンの声が響きわたった。「インディゴ・ティーショップにおける第一回タイタニックのお茶会へ」

熱烈な拍手がそこかしこであがった。

ドレイトンは話をつづけた。「一九一二年四月十五日の夜、残念ながら消滅してしまった不吉の代名詞である、ホワイト・スター・ライン社が誇るタイタニック号の一等船室の乗客は、十品からなる豪勢なディナーに舌鼓を打っておりました。その数時間後、彼らを乗せた船は氷塊に激突し、三時間とたたぬうちに大西洋の底に沈むことになります。痛ましい形でこの世を去った二千二百二十四人の乗員と乗客のことは、いまも忘れられておりません。映画、小説、いくつものドキュメンタリーという形で人々の記憶に残っております」彼はいったん息を継いだ。「今夜は、歴史に残る不運な〝最後の晩餐〟で一等船室の乗客が楽しんだごちそうを、そっくりそのままみなさまにお出しいたします」

そこでセオドシアが進み出た。「前菜はアスパラガスの冷製ヴィネグレットソースあえになります。ふた皿めはリヨン風チキンソテー、メインにはゆでたサーモンにキュウリを添え、下にライスを敷いたものを召しあがっていただきます。食後ですが、紳士のみなさまに喫煙ラウンジへの移動をお願いすることはありません。そのまま席におすわりいただき、ウォルドーフ・プディングとチョコレート・エクレアという絶品もののデザートをお召しあがりいただきます」セオドシアは芝居がかったように間をおいた。「でも、どうぞご安心を。今夜は沈没するおそれはまったくありませんので」

口上が終わると、セオドシアもドレイトンも忙しくなった。それぞれが大きなシルバーのトレイを手に、お客ひとりひとりの前にアスパラガスのヴィネグレットソースあえを盛りつけた皿を置いていった。それが終わると、ヘイリー特製のイングリッシュ・ティーブレッドをひと切れのせたパン皿を配った。お客がおしゃべりに興じ、テーブルコーディネートをべた褒めするなか、セオドシアはぐるりと店内を一周し、入り口近くのカウンターに戻った。

「うまいことといってると思う？」ドレイトンに訊いた。

「泳ぐようにすいすいといっているね」彼は答えた。

セオドシアは片方の眉をあげた。「それ本当、ドレイトン？」

「べつにしゃれを言ったわけではないよ、賭けてもいいが」ドレイトンはそう言うなり、そそくさといなくなった。

セオドシアがティーポットを手に大きめのテーブルのひとつをまわっていると、誰かにつかまれた。

「やあ」ハーラン・デュークだった。「また会えた」

「あら」セオドシアは笑顔で応じた。「ここでお会いできるなんて意外だわ」

「タイタニックのお茶会があると聞いて、興味がわいたものでね」デュークは〝タイタニック〟をテキサスなまりで〝ダイタンック〟と発音した。「そしたら友人がチケットを一枚余分に持っていて、一緒にどうかと誘ってくれたんだよ」

「いらしていただけてうれしいわ」テキサスから来たデュークが生粋のチャールストン市民の輪にうまく溶けこんでいる様子に、セオドシアはよかったと思った。

「例のティーポットはまだわが家にある」デュークが言った。「乾隆帝時代のあれだ」

「持っていらっしゃらなかったの？」

「今夜のきみは忙しいと思ってね」

「あら、ますます興味がわいてきたわ」

「そりゃよかった。いまのは脈があるってことだね」

セオドシアはふた皿めのリヨン風チキンソテーを給仕する途中、エドガーの共同経営者であるロジャー・グリーヴズ夫妻のテーブルで足をとめ、少しおしゃべりをした。

「セオドシア」グリーヴズが言った。「こちらは家内のドローレスだ」

「ドリーよ。ドリーと呼んで」女性は言った。青い目はきらきら輝き、光のかげんでシャンパンの色になったりアンズの色になったりする髪を大きくふくらませている。赤い半眼鏡を鼻先にちょこんとのせているせいで、ちょっぴりお高くとまった司書のような雰囲気がある。

「感激だわ、お会いできて」彼女は小さく身震いした。「ここに来れたこともね。もう楽しくて楽しくて」

「おいでいただけてうれしく存じます」セオドシアは言った。「足りないものはありませんか？　なにかお持ちしましょうか？」

「充分、いただいているよ」グリーヴズは言うと、チキンにかぶりついた。

石造りの暖炉の横にあるテーブルには、パーシー・ケイパーズが美術館の学芸員ふたりとともについていた。

「ぼくたち、応援してます」ケイパーズはセオドシアに言った。「マックスを」彼はあたりを見まわした。「彼も来てますか？」

「マックスはヘイリーと奥の厨房にいるわ。臨時のスーシェフとして」

「あの、なにもかもがすばらしいのひと言です」ケイパーズの同僚のひとりが言った。「どんなものが出てくるのか、まったく想像がつかなかったんですよ。ここはティーショップだって言うし。でも、どれもおいしくいただいてます」

「では、ぜひまたおいでくださいね」セオドシアは三人に言うと、全員が気持ちよく食事をしているか確認しながら、テーブルのあいだをすり抜けていった。隅まで行くと向きを変え、厨房に飛びこんだ。

まさしく大混乱だった。コンロには湯気をあげるポットやフライパンが散らばり、そこらじゅうに皿が置かれ、おまけに三十度以上はありそうに暑い。ヘイリーは頭に赤いバンダナを、マックスは青いバンダナを巻いていた。

「あらまあ」セオドシアは言った。

15

ヘイリーがサーモンを並べたトレイから顔をあげた。「どうかした？」

「なにかあったの？」セオドシアは言った。料理が失敗したのかもしれない。

ヘイリーはわけがわからないという顔をした。「どうして……そんなことないけど。セオのほうこそなにか問題でも？」

「だって、ほら……」セオドシアは両手でしめした。「見た感じ、なにもかもがすごく……」

「めちゃくちゃってこと？」ヘイリーは言った。「うん、まあ、めちゃくちゃなりに秩序があるのよ。本当だってば。あたし、ちゃんと把握してるもん」

「ぼくもさ」マックスが言った。彼は一枚一枚の皿にちぎったケールを盛りつけているところだった。皿にはグリルしたトマトとライスも盛りつけてある。あのライスの上にポーチドサーモンをのせるのだろう。

「うん、マックスがいてくれてすごく助かってる」ヘイリーが言った。「きまじめな広報担当が厨房で力を発揮できるなんて、思いもしなかった。それにマックスってば、野菜の皮をむくピーラーと、トウモロコシの身をはがすジッパーの区別がちゃんとつくんだから」

「そう、わかったわ」セオドシアが言うと同時に、ドレイトンがうしろから顔をのぞかせた。

「店のほうは次の料理が出せる状態になったぞ」ドレイトンは言った。「メインディッシュのサーモンの準備はいいかね？」

「どんとこい、よ」ヘイリーが言った。

「了解」ドレイトンはそれだけ言うと、あっという間にいなくなった。

「実際にはあとどのくらいかかるの？」セオドシアは訊いた。

ヘイリーは指を二本立てた。「二分。あと二分でメインディッシュを盛りつけて、出せる状態にすると約束する」


ポーチドサーモンはまさしく至高の味だった。なぜわかったかって？　お客が口々にべた褒めし、絶賛したからだ。

「すばらしい」ロジャー・グリーヴズが言った。「たまらないおいしさだ」

「このレシピをもらうためなら、ひざまずいて頼みこんだっていいわ」これはドリー・グリーヴズの言葉。

「こんなおいしいサーモンは生まれて初めてです」パーシー・ケイパーズはシャルドネを注ぎにきたセオドシアに言った。

「大成功だな」テーブルをまわっているセオドシアと鉢合わせしたドレイトンが小声で言った。

「サーモンにかかってる、このうまいクリームソースはなんてやつだい？」ハーラン・デュークが質問した。

「ベシャメルソースとヴルーテソースを混ぜ合わせてみました」セオドシアは答えた。「当店のシェフのオリジナルなんです」

「たいしたもんだ」デュークはなんと、皿に残ったソースをフォークでかき寄せていた。

十分後、シャルドネとコート・デュ・ローヌの白のボトルが数本あき、メインディッシュがあらかたたいらげられると、お客は席を立ち、あちこち見てまわりはじめた。テーブルからテーブルへと歩きまわり、握手をし、音だけのキスをかわし合った。チャールストンは社交的な街だし、住民も社交好きな人が多いから、ほぼすべてのディナーパーティとチャリティイベントが友好的でにぎやかな集いと化す。

もちろん、デザートが運ばれるや、全員がふたたび席についた。

セオドシアがカウンターのなかで平水珠茶《ガンパウダー・グリーン》をポットに淹れていると、パーシー・ケイパーズがやってきて声をかけた。

「すてきなお茶会でした」ケイパーズは言った。「すばらしいのひとことです」

「うれしいわ」セオドシアはブルー・ウィローのティーポットに茶葉を四杯、量り入れた。

ケイパーズは人に聞かれないよう、声を落とした。

「ゆうべは必要なものはすべて見つかったんですよね？　お客のリストなど、あなたが探していたものは」

「ええ。きのうのあなたは、輝く鎧をまとった騎士のように頼もしかったわ。わざわざ駆けつけて、新しい暗証番号を教えてくれるなんて。あなたにとっても危ない橋だったんじゃない？」

「とにかくあなたが心配で」ケイパーズは言った。「木曜日のお披露目パーティで刺殺事件があったばかりなのに、美術館に忍びこむなんて。おまけに、昨夜は襲撃事件があったわけだし」

「セシリー・コンラッドの事件のこと？」

ケイパーズはうなずいた。「けさの新聞記事を読みました。襲われた女性はエドガー・ウエブスターさんがつき合っていた人なんですよね？」

「ええ。でも、怪我はたいしたことないみたい。実はね、きょう、お見舞いに行ってきたの」

「彼女が襲われたのは奇妙な偶然だと思いますか、それとも……？」声がしだいに小さくなった。

「ううん」セオドシアは言った。「偶然なんかじゃないと思う」

「本当に？ ふうん、そうか。でも、まずいですよね。だって、なにか裏があるってことでしょう？」

「偶然とは思えない事態がもうひとつあるの」セオドシアは言った。「エリオット・カーン館長がゆうべ、オフィスにいたわ」

ケイパーズは急に心配そうな顔になった。「忍びこんだときに館長がいたんですか？　なんとまあ。まずいことになっていたかもしれませんね」

「マックスのオフィスで必要なものを見つけたあと、廊下に光が洩れているのに気づいたの。それで足を忍ばせて近づき、オフィスの外で聞き耳をたててみたというわけ」

ケイパーズはセオドシアをじっと見つめた。

「あなたは危ない橋を渡るのが好きなようですね」彼はささやき声にまでトーンを落とした。「それはともかく、ぜひ聞きたいな。なにを目撃したんですか？　あるいはなにが聞こえたんです？」

「カーン館長が〝大金〟がどうのとか、〝疑いは晴れた〟とかぼそぼそ言うのが聞こえただけよ」

「大金というのは、なんのお金でしょうね？」ケイパーズは言った。

セオドシアは肩をすくめた。「見当もつかないわ」

「美術館に関係したこととか？」

「さあ」

ケイパーズの目が細くなった。

「館長は本当に、疑いが晴れたというようなことを言ったんですね？　誰かの容疑が晴れたという意味だと思いますか。つまり……」彼は顔をしかめた。「ウェブスターさん殺害の容疑が」

「そ……そういう意味かもしれないわね」

「だとすると、あなたはそうとう用心しないと」

「それはあなたにも言えることだわ。だって、これからもあの館長のもとで働くんだもの」

「いまの話を捜査の担当者にちゃんと話すと約束してください。刑事さんに話すと」

「そうしなきゃいけないでしょうね」セオドシアは言った。「はっきり聞き取れたわけじゃないけど」

そのときフラッシュがたかれ、ふたりは目がくらんだ。

「つづきはのちほど」ケイパーズは言った。

「おれが来ないんでさびしかったかい？」ビル・グラスが言った。彼はカメラ一式でぱんぱんになった重そうなキャンバス地のバッグをカウンターにどさりと置いた。「遅れて悪かったな。野暮用で時間を食っちまったんだ」彼はお客にカメラを向け、六枚ほど連写した。

「それでも、ちゃんと来ただろ」

そう言うと前かがみになって、ファインダーをのぞいた。「お、こいつはいい被写体だ」ともごもご言った。「あっちも悪くない」グラスはセオドシアを見あげ、おざなりにほほえんだ。「調子はどうだい、スイートハート？」

「わたしはあなたのスイートハートじゃないわ」セオドシアは言い返した。

「だが、そうならないとはかぎらないだろ」

「お客さまの邪魔をしないようにお願いよ。壁沿いを移動するのはかまわないけど、テーブルにはいっさい近づかないこと。それから、顔のアップを撮るときは、事前に必ず断りを入れること。いい？」

「頭ごなしにあれこれ言いやがって、まったく」

「なに言ってんの」セオドシアは言った。「こんなのは最低限のエチケットでしょうに」

セオドシアは各テーブルをまわってはお茶を注ぎ、お客と歓談し、ドレイトンとヘイリーが配ってくれたチョコレート・エクレアとウォルドーフ・プディングにぱくついている様子に見入った。

「平水珠茶はいかがですか？」とロジャー・グリーヴズに声をかけた。妻のドリーはすでに席を立って店内を探索し、ギフト商品をひとつひとつながめている。

「いただくよ」彼は言うと、カップをセオドシアのほうに押しやった。「ところで、このエクレアはじつにうまいね」

「チョコレートがお好きなんですね」

「カカオにテオブロミンが含まれているからだろうな」グリーヴズは答えた。「中枢神経を刺激する物質のことだよ。だがドリーは……ドリーはあまりチョコレートが好きではないようだ」彼は妻のほうにちらりと目をやった。「いちばんの関心事はショッピングだ。ショッピングには目がないんだよ」

セオドシアはグリーヴズの視線を追った。ドリー・グリーヴズがスイートグラスのバスケットを手に、デュボス蜂蜜の瓶やらセオドシア考案の〈T・バス〉製品やらを放りこんでいる。

ドリーはふたりに見られているのに気づくとにっこり笑い、セオドシアにこっちに来てと仕種で伝えた。

「ご主人に聞いたわ。ショッピングがお好きだとか」セオドシアは言った。

「売っているのがこういうすてきなものならね」ドリーは言った。「このバスオイルはあなたのオリジナルって本当?」

「ええ。実を言うと、オイルは〈T・バス〉というシリーズの一部なの。お茶の成分を配合したボディケアとスキンケアの製品です。たとえば、カモミールを配合したカーマインローション、レモンバーベナ配合のハンドローション、新製品のハイビスカスと蜂蜜のボディバターなどなど、十数種以上あるんですよ」

「どれもひとつずついただくわ」とドリー。

「承知しました」うわあ、ものすごい売り上げになりそう。

ドリーはバスケットにさらにいくつか品物を詰めこんでいたが、急にまじめな表情になって振り返った。「あなたは素人探偵としてちょっとしたものなんですってね。主人に聞いたわ」

「いいえ、そんなんじゃ。ミステリドラマのファンというだけです。『CSI:科学捜査班』や『クリミナル・マインド』なんかの」

「主人の話では、シャーロット・ウェブスターがあなたに助けを求めたとか」

「シャーロットさんが求めたのは精神的な支えだと思います」

「シャーロットはものすごく頭の切れる人よ」ドリーは言った。「ご主人とは対照的で、あの人ならデイトレックス社の新株公開に反対票を投じたりはしないでしょうね」

「反対はしないって？」セオドシアは言った。いつの間にか話が変なほうに進んでいた。

「新株公開をおこなうと何百万ドルという資金が集まるし、会社の価値は何十億ドルにまで跳ねあがることが多いの」ドリーは言った。「だって、ほら、西海岸のＩＴ企業には超お金持ちの株主がついてるじゃない。たとえば……マイクロソフト社の共同創業者のポール・アレンはヘリコプターや海底探査機を搭載できる船を所有してる。普通じゃ考えられないわよね。なのに、エドガー・ウェブスターはそんなものにはまったく興味をしめさなかったんだから」彼女は鼻で笑った。「これまでどおり、低空飛行でやっていければいいだなんて。お話にならないわ！」

「でも、これで状況は変わりますね」セオドシアは言った。質問したのではなく、事実を述べただけだ。

「まあね」ドリーはちょっと得意げに言った。「今後、新株の公開の話が進むのは確実よ」舌の先端がちらりとのぞき、唇をなめた。セオドシアのおばのリビーが暮らすラトレッジ・ロード沿いの農場の周辺を音もなく、しかし不気味にうごめくヌママムシの舌に似ていなくもない。

　セオドシアは髪を二色染めにした、したり顔のドリー・グリーヴズを見つめた。すると突然、ロジャー・グリーヴズの頭の弱そうな妻が、それほど頭が弱そうには見えなくなった。

「その口ぶりからすると、秘密の情報をいろいろご存じのようですね」

　ドリーはうなずいた。「ひと株十二ドル二十五セントで七万五千株を新規公開すると……あらまあ、九十万ドルをちょっと上まわるじゃないの」

「しかもそれは公募価格なんですよね」セオドシアは言った。

「そうなのよ」ドリーは力強くうなずいた。いつの間にか彼女が、緑色のバイザーをつけ、コンピュータが打ち出したスプレッドシートに目を落としているように見えてきた。「株価がうまいこと上昇してくれるものと期待しているわ」

「どのくらいまで値上がりすると思いますが」

「想像もつかないわ」ドリーは言った。

「気になりますね」セオドシアは淡々とした声に聞こえるように言ったが、心臓の鼓動がいくらか速くなっていた。なにしろ、エドガー・ウェブスター殺害によって新株公開が加速するのだ。そして、ショッピングが好きなだけの美人のドリーは、ウェブスターが殺された晩、パーティ会場にいた。

　セオドシアは、ドリーから聞いた新株公開の話もヘリコプターを搭載できる船の話も、とりあえず頭から追い出そうとした。ドリーがデイトレックス社の金融取引について精通しているらしいことも忘れようとした。正面ドアのそばにいたビル・グラスをどかして、そこにドレイトンと並んで立ち、ぼつぼつと帰りはじめたお客と握手をし、さよならを言い、何度も何度も感謝の言葉を述べた。

お見送りは、ハグしたり音だけのキスを交わしたりで、とにかく時間がかかった。それでも最後には誰もいなくなった。

「終わりだ」ドレイトンが言った。「ドアに錠をおろし、跳ね橋をあげ、人食いワニを放て」

ヘイリーがエプロンで手を拭きながら、厨房から出てきた。彼女は帽子が妙な角度に傾いているドレイトンに目をやると、にやりとした。「『ラブ・ボート』のエンディングテーマが聞こえる気がする」

「その意味、ドレイトンにわかると思う?」セオドシアはくすくす笑いながら言った。「彼がその曲を聴いたことがあると思う?」

「べつにいいじゃない」ヘイリーは甲高い声で曲を歌いはじめた。「胸躍る新しい愛。ぼくらはみんなの乗船を待っている」

ドレイトンはヘイリーをしげしげと見つめた。「なんだね、それは」彼にはおもしろくもなんともないようだ。

ヘイリーは歌うのをやめて背を向け、セオドシアを引っ張っていった。

「厨房に来て。ふたりの分の食べものを残しておいたんだ。おなかがすいて死にそうでしょ?」

厨房のなかは、さっきの半分も散らかっていなかった。使った皿は業務用食器洗い機にきちんとおさめられ、コンロはヴェスヴィオ火山のようにもうもうと湯気をあげてはおらず、マックスがカウンターのそばのスツールにちょこんとすわって、ひとり黙々とサーモンをつまんでいた。

「どうだった？」マックスは訊いた。

「上出来よ。というより、最高の出来だった」セオドシアは言った。「パーシー・ケイパーズと同僚の学芸員の方がふたり、いらしてた。応援してるって言ってたわ」

「うん、見たよ」マックスは言った。「きみがメインディッシュを配った直後に、隅っこから店内をながめたんだ。みんなおいしそうにがっついてたね」

「ええ、本当に」

「がっつくというのはかなり品性に欠ける表現ではあるがね」ドレイトンがいつの間にかドアのところに来ていた。

「ドレイトンもポーチドサーモンを食べる？」ヘイリーが訊いた。「何切れか残ってるの。ソースもね」

「もちろんいただくよ」ドレイトンは言った。「だが、元気の出るお茶を飲むのが先だ」

「だったら、みんなで飲みましょう」セオドシアは言った。「そうだわ、あなたが気に入ってるチャールストン茶園のお茶を淹れましょうよ。特別なときのためにとってあったでしょ？すべてがうまくいったときのために」

「そうするか」ドレイトンは言った。

「お茶はまかせたわ」ヘイリーが言った。「あたしはサーモンの用意をする」

セオドシアとドレイトンは厨房を出てティールームに入った。

「大丈夫？」セオドシアは訊いた。

「少し疲れたけどね」ドレイトンは答えた。

「長い一日だったもの」

「まったくだ」ドレイトンはお茶の缶に手をのばした。

「それが例の……？」

セオドシアが最後まで言い終わらないうちに、ドアを軽く叩く音がした。

「いったいなんだ？」ドレイトンは言った。「そうか、忘れ物をしたお客さまだろう」

セオドシアは忍び足でドアに近づき、外をうかがった。

「お客さまじゃないわ。ティドウェル刑事よ」

「やれやれ」ドレイトンは言った。

セオドシアはほんのちょっぴりドアをあけた。

「完全に出遅れたわね。ディナーはとっくの昔に終わって、みんな帰ったわ」

「ほう」刑事は肉づきのいい手でドアをあけた。「ディナーをいただきにうかがったわけではありません。あなたのお友だちにいくつか質問がありまして」

ドレイトンがあとずさった。「なんですと？　わたしにですか？」

「いやいや。そうではありません。ミス・ブラウニングのいい人のことです。マックス・スコフィールドですよ」

「マックスがここにいると、どうしてわかったの？」セオドシアは訊いた。

ティドウェル刑事は口もとをひきつらせた。「頼みます」

厨房から現われたマックスは、冴えない表情をしていた。「今度はなんですか？」

「すわって話しませんか」刑事は言った。

「そうね」セオドシアは言った。どういうことか、気になってしかたがなかった。

ティドウェル刑事はさっそく本題を切り出した。「昨夜、ミス・セシリー・コンラッドが襲われたのはご存じですね？」

マックスはそれとわからぬほど小さくうなずいた。

「それがマックスとなんの関係があるの？」セオドシアは訊いた。

刑事は片手をあげた。「黙っていてください」それから大きな頭をマックスのほうにさっと向けた。「あなたにはアリバイがあるようですね」

「セオドシアと一緒に過ごし、そのあと、シガー・バーに寄った」

「店の名前は？」

「〈DGストージーズ〉です。ウェントワース・ストリート沿いの」

「その店に何時から何時までいましたか？」

マックスは目を軽く閉じて考えこんだ。「たしか、十時半から日付が変わる頃までだったと思う」

「ほかにも人がいたのですね？」

「五、六人はいたんじゃないかな。カロライナ・パンサーズの試合の再放送をやっていて、みんなで観ていたんだ」

「そのフットボール仲間に訊けば、あなたのアリバイは証明されるんですね？」

「もちろん。あたりまえじゃないか」

「知りたかったのは以上です」刑事は言った。

「それだけ？」セオドシアは言った。やけにあっさり終わった感じがした。

「それだけです」刑事は小さくほほえんだ。「あくまで形式的な質問ですよ」

「そう、だったら……ポーチドサーモンを召しあがる？」セオドシアは訊いた。

ティドウェル刑事の顔が一気にほころんだ。鼻をひくつかせ、目をきらきらさせている。

「ほう？」

「ぼくが持ってこよう」マックスは言った。「火あぶりにされるんじゃないとわかったからね」彼はいきおいよく立ちあがり、厨房に姿を消した。

セオドシアがドレイトンに目を向けると、彼は大急ぎでお茶を淹れはじめていた。

「今夜、とても興味深い人物に会ったわ」セオドシアは片づいたテーブルに刑事を案内しながら言った。

「うかがいましょう」ふたりは腰をおろした。

「ロジャー・グリーヴズの奥さんの、ドリー・グリーヴズよ」

「ロジャー・グリーヴズは殺害されたミスタ・ウェブスターの会社の共同経営者でしたな」

「ええ」セオドシアは言った。「で、そのドリーなんだけどね……ご主人の会社の金融取引にかなり感心がある様子だった」

「というと？」

「ドリーは好感の持てる陽気な人よ。でも、ビジネス感覚がおそろしく鋭いの」

「女性はたいていそうでしょう」ティドウェル刑事は言った。

「そうだけど、ドリーはデイトレックス社の新株公開が、ウェブスターさんが引きのばしをはかっていた新株公開が、まもなくおこなわれるという事実を歓迎しているように見えた」

ティドウェル刑事は肉づきのいい手をあげた。「もうけっこう。つまり、ミセス・グリーヴズが容疑者であると言いたいわけですな。あくまであなたの意見ですが」

「ええ」セオドシアは言った。「そういうこと。ドリーがウェブスターさんを殺したとしてもおかしくないもの。なにしろ、ウェブスターさんをとてもよく知っていたし、木曜の夜のイベントにも来ていたし」

「興味深いですな」刑事は言ったが、その言い方は、これっぽっちも興味を持っているようには聞こえなかった。

「まあ、あくまでわたしの意見だけど」

セオドシアは立ちあがると、カウンターからナプキン、ナイフ、フォーク、それにスプーンを持ってきて、刑事の前に並べた。

三十秒もしないうちに、マックスが刑事の前にポーチドサーモンの皿を置いた。皿にはヘイリー特製のクリームソースと、残りもののアスパラガスのヴィネグレットソースあえが添えてあった。

ティドウェル刑事はシャツの襟にナプキンをたくしこみ、おいしそうに食べはじめた。

「うん」最初のひとくちを食べるなり、声を洩らした。「うまいですな」

「このサーモンはみんなのお気に入りになったみたい」セオドシアは言った。

ティドウェル刑事はもうひとくち食べた。

「実にうまい。冗談でなく、うれしくて体が震えてきます」

「そんな反応をする人は初めてだわ」セオドシアは言った。

ティドウェル刑事は料理を口に運びながら、あたりを見まわした。「きょうはどんなイベントがあったのですか？」

「タイタニックのお茶会よ」

「タイタニックですと？　あの沈没した船ですか？　冗談でなく？」刑事は驚きもせずに言った。

「ワンランク上のハロウィーンのイベントとお考えください」ドレイトンが口をはさんだ。

刑事はセオドシアのほうに頭を傾けた。

「だとすると、オーケストラを雇って、『主よ御許に近づかん』を演奏させたのですかな？」

「まさか」セオドシアは言った。「それはいくらなんでもやりすぎだわ」

「いや、非常に適切だと思いますね。あなたの頭が殺人事件で占められていることを思えば」

16

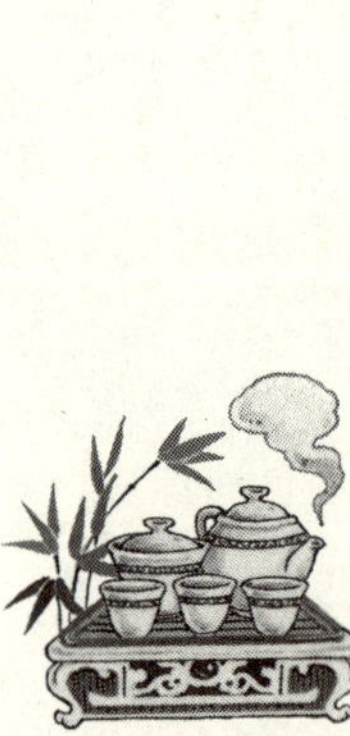

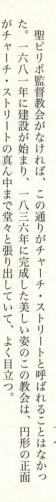

聖ピリポ監督教会がなければ、この通りがチャーチ・ストリートと呼ばれることはなかった。一六八一年に建設が始まり、一八三六年に完成した美しい姿のこの教会は、円形の正面がチャーチ・ストリートの真ん中まで堂々と張り出していて、よく目立つ。

何世紀もの歴史を持つ墓地に三方を囲まれた聖ピリポ教会は、月曜の朝におこなわれたエドガー・ウェブスターの葬儀にこのうえなくふさわしい場所に思えた。聖歌隊が「輝く日をあおぐ時」をおごそかに歌いあげるなか、参列者が次から次へと入ってきた。後方の会衆席にすわっていたセオドシアは、ロジャー・グリーヴズと妻のドリーがいるのに気づき、デイトレックス社の社員とおぼしき一団がふたりを取り囲んでいるのが見えた。ウェブスター家の親族の姿もあった。

エリオット・カーンも参列しており、美術館からはほかにも学芸員や理事会のメンバーが多数、顔を見せていた。

当然よね、とセオドシアは心のなかでつぶやいた。ウェブスターさんが亡くなったのは美術館だったんだもの。絵のように美しい庭園かギャラリーでなかったのは気の毒としか言いようがない。真っ黄色の写真ボックスで息を引き取るなんて、彼はどんな思いだったんだろう。セオドシアには想像もつかなかった。ボックスは縁日か花の十六歳のバースデーパーティでレンタルするような代物だった。よりによってマックスがレンタルしたのがそれだった。残念なのは、ウェブスター氏にはボタンを押して写真を撮る冷静さがなかったことだ。そうしていれば彼の死――と犯人――が記録されて、役にたったのに。

すわったままあっちこっちに体をひねっていると、ティドウェル刑事が最後列で小さくなっているのが目に入った。周囲にはなんの関心もないようによそおっているが、鷹のようにしっかり目を光らせていると思われる。それに首からカメラを何台もさげたビル・グラスが、ここそこ動きまわっているのも見える。決定的瞬間をとらえようというのだろう。でも、後世に残すためじゃない。きょう彼が撮影する写真はどれも、彼が発行しているくず同然のタブロイド紙に一日か二日存在するだけで、翌日のごみと一緒に捨てられる運命だ。

聖歌隊が悲しみに満ちた曲を歌い終え、オルガンの音色が静けさのなかにゆっくり消えていくと、うしろのほうが騒がしくなった。ドアのあく音、ざわざわとしたささやき声、人が動く音、そして金属の車輪がまわるカタンカタンという音。

うしろを向くと、台車にのせられたエドガー・ウェブスターの棺《ひつぎ》が見えた。棺にはサウス・カロライナの州旗――あざやかな青の地に白いヤシの木と三日月が描かれている――がかけられ、白いユリの豪華な花束が置かれていた。

偶然ね、とセオドシアは思った。ゆうべのタイタニックのお茶会で使ったのと同じお花だわ。もっとも、こっちのほうが大きくて、インパクトがあるけれど。

教会内がしんと静まり返ると、オルガンの演奏がふたたび始まり、シャーロット・ウェブスターがハーラン・デュークの腕につかまりながら入ってきた。襟がぴんと立った黒いジャケットとラッフル・スカートに身を包み、ストーブの煙突と絵本の『キャット・イン・ザ・ハット』で主人公の猫がかぶっている帽子を足して二で割ったような黒い帽子をかぶっていた。ふたりのすぐうしろを、エドガー・ウェブスターの遺体をおさめた棺がつづく。けわしい表情をした六人の付添人にくわえ、黒いスーツ姿の儀仗兵四人にはさまれる恰好で、棺はキイキイと耳障りな音をさせながら通路を進んだ。

みんながみんなダークスーツで、まるでカラスの集団みたい。セオドシアは胸のうちで思った。でも、集団というのは正しい言い方じゃないかも。カラスの場合は群れ《マスター》というべき？ それとも殺人《マーダー》？ あとで調べなくちゃ。

でもいまは、前に向かってしずしずと進んでいくシャーロットから、一瞬たりとも目を離さずにいた。

シャーロットはいつ、ハーラン・デュークとあんなに親しくなったのかしら。そう首をかしげてすぐに思い出した。そもそもデュークが上海で茶館を見つけたのだ。エドガー・ウェブスターが多額の資金を調達した、あの茶館を。

棺が前まで運ばれ、押したり引いたりしたあげくに所定の位置におさまり、参列者が全員席につくと、式が本格的に始まった。

葬儀そのものはとてもすてきだった。祈りの言葉、賛美歌、静かに考える時間、そしてすばらしい哀悼の言葉の数々。ロジャー・グリーヴズが前に立ち、ウェブスターがデイトレックス社で果たした多大な貢献について熱っぽくスピーチした。つづいて、べつの男性――おそらくは社のCEOだろう――が、これまた陳腐な文言を並べた、短めのスピーチをおこなった。

つづいて主の祈りが捧げられ、それが終わると、最後の祈りと結びの賛美歌のために全員の起立が求められた。

聖歌隊の最後の切ない歌声がいまだ残るなか、セオドシアはそっと外に出て、インディゴ・ティーショップを目指してチャーチ・ストリートを急いだ。葬儀に参列した人たちが店に押し寄せるまで、あと五分か十分しかない。厳粛な式を終えたあとだ、みんなおなかをすかせているだろう。すべての準備が整い、店内がこざっぱりしているか、ちゃんと確認しなくては。

しかし、おもてのドアから店に飛びこんだセオドシアを出迎えたのはあたふたしたドレイトンではなく、穏やかな表情のドレイトンだった。

「お帰り。式はどうだったかね?」ドレイトンはさりげなくカウンターにもたれ、お茶を飲んでいた。茶色いツイードのジャケットに黄色い蝶ネクタイで決めたその姿は、カウンターに並んだ半ダースほどのお茶の缶がなければ、まさに有閑階級の紳士そのものだ。どうやら、どれを出すか、まだ決めかねているらしい。

「よかったわ」セオドシアは答えた。「あ、楽しかったっていう意味じゃないのよ。本当にお気の毒で」そこで目をしばたたいた。「会食の準備は全部できてる？」

「自分の目でたしかめてごらん」

セオドシアは店内を見まわした。小さなガラス容器のなかでキャンドルがゆらめき、テーブルにはロイヤルアルバートのオールドカントリーローズ柄の食器が並び、昨夜使ったブーケが、ひとまわり小さく、いくらか落ち着いた感じにアレンジし直されて、シンプルなミルクガラスの花瓶にいけてあった。

「すてき」セオドシアは言った。

ドレイトンの顔がほころんだ。「ありがとう。ヘイリーのこともねぎらってやってくれないか。あれこれ微調整してくれたのは彼女だからね」

「貸し切りのお知らせを見たお客さまとのトラブルはあまりなかったみたいね」

「それはどうにかなったよ」

「そう……よかった。じゃあ、もう準備のほうは心配ないわね」セオドシアは壁にかけてあったロング丈の黒いエプロンを取ると、以前はなかったはずのイーゼルを指差した。「あれはなんなの？」

「デイトレックスの社員が葬儀の直前に置いていったのだよ」ドレイトンは言った。

「ふうん、そう」セオドシアはエプロンを首からかけ、イーゼルに立てかけられたボードに見入った。エドガー・ウェブスターの生涯を記憶にとどめるためにつくられたのはあきらかだ。クーソー・クリークで友人とゴルフを楽しむウェブスターの写真、陽がさんさんと降り注ぐ庭で、にこやかにほほえむシャーロットと並んでポーズを取るウェブスターの写真。広々したデスクを前に、いかにも責任ある立場らしく決めている写真は、デイトレックス社の役員室で撮影したものだろう。

でも、セシリーと一緒に写っている写真は一枚もない。というか、そんなものがあるわけない。

あたりまえだわ。彼を讃えるこのボードは細かいところまでシャーロットのチェックが入っているから、写りがよくて、この場にふさわしい写真が厳選されているはずだ。

写真の下には何十というカードや哀悼の手紙がはさみこんであった。どれもウェブスターの死を心から悼み、深い悲しみを記したものばかりのようだ。手紙の多くはデイトレックスの社員からのもので、美術館の理事会からのものもあり、上海の美術商からも届いていた。おそらくこの人が茶館の購入と移設の手配に協力した、中国の美術商なのだろう。

「お帰り」ヘイリーが灰緑色のカーテンをくぐって現われた。「どうだった？」

「無事、終わったわ」セオドシアは言った。「ティーサンドイッチづくりはうまくいった？ゆうべにつづいて、きょうも大きな会を引き受けてくれて、本当にありがとう」

「どうってことないわよ」ヘイリーは言った。「きょうの昼食会は、いつもの月曜の午前中とたいして変わりないもの」

「まあ、いくぶん忙しいかもしれんな」ドレイトンが言った。

ヘイリーは正面の窓に歩み寄り、更紗のカーテンをあけた。「あ、こっちに歩いてくる人がちらほら見える。きっとお葬式に参列した人たちよ」

ドレイトンはセオドシアにちらりと目をやった。「昼食会には招待された人だけが来るのだろうか？　カードかなにか、出してもらうようになっているのかね？」

セオドシアはちょっと考えこんだ。「正式な招待状はお持ちにならないんじゃないかしら。儀式の最後に全員にお知らせしただけだと思うの」

「儀式？」ヘイリーが訊いた。

「えっと……お葬式のことよ」セオドシアは言った。

「では、来た人は全員、入っていただくしかないわけだ」ドレイトンが言った。

「席が埋まるまでね」

「黒い服を着ている人だけを選んで、席に案内すればいいのだね？」

「みんな黒い服を着てるけど」ヘイリーが言った。

二十分前に葬儀の席で見たのと、まったく同じ顔ぶれだった。シャーロットとウェブスター家の親族が数人ほど。ロジャーとドリーのグリーヴズ夫妻にデイトレックス社の社員が何人か。エリオット・カーン、ハーラン・デューク、美術館の理事がふたりほど。大勢いる歴史地区の住民についてはよく知った顔も、なんとなく知っている顔もあった。

ドレイトンはまず、シャーロットの関係者を大きな丸テーブルに案内し、その他の参列者をできるかぎり席に案内した。あと三席か四席だけになった頃だろうか、デレインとアストラおばさんが入ってきた。

「あなたもお葬式に出ていたの？」セオドシアはデレインに訊いた。「だって、見かけなかったから」このふたりが呼ばれてもいないのに押しかけたとは思えない。でも……。

「ええ、出てたわよ」デレインはむくれた顔で言った。「あなたが来たのが遅かったのよ、きっと。遅かったんでしょ？」

「そんなことはないと思うけど」セオドシアはアストラおばさんに目を向けた。「またお会いしましたね」

「どうも」アストラおばさんは、少しふてくされた顔をしていた。

「お客さまはまだ滞在してらしたのね」セオドシアは言ったが、本当はこう言いたかった
——まだうるさいおばさんにつきまとわれてるのね。

「言われなくたってわかってるわよ」デレインは言った。

「よかったら、窓際の席に案内しましょうか」

「ありがとう」デレインは数歩進んで、キャプテンズチェアをしめした。「ほら、すわって」とアストラおばさんに言った。おばさんは素直に腰をおろした。

「〈コットン・ダック〉の景気はどう？」セオドシアは訊いた。「少し涼しくなってきたから、秋物と冬物が飛ぶように売れてるんじゃない？」

「もう絶好調よ」デレインは言いながら、膝にナプキンをひろげた。「綿のセーターなんか

入荷したって、すぐになくなっちゃう。スラックスもそう」彼女はポンと音をさせた。「どっちも、在庫が追いつかなくて」

「うれしい悩みじゃないの」

「まあね。売り上げと商品の話が出たついでだけど、持ち寄りマーケットに参加する話は忘れてないわよね？」

「ええ、忘れるもんですか。ところでいつだったかしら？」

「火曜日よ」

「今度の火曜日？　つまり明日ってこと？」

デレインはかぶりを振った。「ほーら、やっぱり忘れてた」

「べつに忘れてたわけじゃないわ。ただ、うっかりして……」

「あなたのテーブルもちゃんと用意してあるのよ」デレインは言った。「だから、なにがなんでも来てちょうだい。わかってると思うけど、売り上げの五十パーセントは慈善事業に寄付されるの。とてもりっぱな活動をしている三つの動物団体にね」

「行くわ。必ず」そう言ったものの、内心ではこう思っていた――まったくもう、うまく逃げるにはどうしたらいいかしら。

「セオ？」ドレイトンが真うしろに立っていた。

セオドシアは振り返った。しばらく意識が飛んでいたようだ。

「フルーツサラダを配る頃合いだ」

「さっそくかかりましょう」セオドシアは言った。

持ち寄りマーケットの件はひとまず頭の奥にしまいこみ、お客に料理を出すことに専念した。すでにひと品めの華やかなサラダ——ベビーリーフにマンダリンオレンジ、リンゴ、ナシのスライスを散らしてある——ができていた。一緒に出すのは、皿に山と積まれた焼きたての蜂蜜のスコーンで、それをクロテッド・クリームとともに各テーブルにひと皿ずつ配った。

ドレイトンが最終的に選んだお茶はニルギリとモロッコ産のミント・ティーで、セオドシアは片手にひとつずつポットを持って、店内をまわった。カップにお茶を注ぎ、おかわりを注ぎ、サラダとスコーンに対する褒め言葉を受け取った。

「信じられないほどうまくいってる」セオドシアはお茶を淹れ直しに戻るとドレイトンに言った。「始まるまではどうなるか、びくびくしてたけど」

「楽勝《ピース・オブ・ケイク》だな」ドレイトンは言った。「サンドイッチも楽勝だ。ヘイリーがケーキスタンドに並べたものを、お客さまに自由に取っていただくことにしたからね」

「サンドイッチの様子をたしかめてくる」セオドシアは言った。「だから……おかわりを注ぐ役をお願いしてもいい？」

「お安いご用だ」ドレイトンは応じた。

ヘイリーは厨房内をきっちり仕切っていた。

「大きなトレイは大きめのテーブルに、小さいトレイは小さめのテーブルに置くようにね」

ヘイリーは指示した。「そうすれば、めいめいが好きなように取れるから。足りない場合を考えて、数十個ほどよぶんにつくっておいたけど」

きょうのティーサンドイッチは全粒粉パンにチキンサラダ、カボチャの渦巻きパンに砕いたクルミを混ぜこんだクリームチーズ、黒パンにローストビーフとチェダーチーズの三種類だった。流れ作業式にパンに具をはさんでから、最後に耳を切り落として三角形に切ってあった。それをケーキスタンドにきれいに並べ、隙間に真っ赤なイチゴとエディブルフラワーをいくつか散らした結果、豪華で目を惹くものに仕上がった。写真に撮って雑誌の見ひらきページにのせるのにぴったりだ。

最後のトレイをテーブルに置いたとき、シャーロットが腕をつかんできた。

「とてもすてきな会になったわ」シャーロットは昂奮ぎみに言った。「やっぱりあなたは頼りになる」

セオドシアはシャーロットのごてごてした黒いスカートとハイネックの黒いジャケットに目をやった。お葬式にふさわしいとは言えないファッションで、お金に糸目をつけずに着飾った吸血鬼みたいだ。

おもしろいことに、ハーラン・デュークがシャーロットのすぐ隣にすわっていて、こまごまと世話を焼いている。

セオドシアはシャーロットの肩に触れた。「あらためてお悔やみを言わせてちょうだいね。昼食会のお手伝いくらいしか、わたしたちにはできなくて」

「本当にいい人ね」シャーロットは言うと、振り返ってデュークにほほえみかけた。「セオドシアはいい人だと思うでしょう?」

デュークは気遣うようにほほえんだ。「もちろんだとも」

冷水のピッチャーを手にした直後、セオドシアは正面ドアがひらきかけているのに気がついた。

あら、アフタヌーンティーのお客さまじゃないといいけど。いくらなんでも早すぎる。

その程度ではすまなかった。音もなく店に入ってきて、おずおずと周囲を見まわした女性は、誰あろう、セシリー・コンラッドだった!

17

セオドシアの胸のなかで心臓がどくんと脈打った。

まずい。これはとんでもないことになりそう。

ゴールラインを目指す短距離走者のように、セシリーのもとに駆け寄った。水がはね、椅子ががたんといい、数人が何事かと振り返った。

「なにしてるの？」セオドシアは噛みつくような声でセシリーに尋ねた。彼女の行く手をはばみ、まわれ右をさせ、まずいことになる前に追い出さなくては。

「わたしはただ……」セシリーの声はしわがれ、かすれていた。

「なにしに来たの？」セオドシアはまだ、最悪の事態は避けられると信じていた。なんとかセシリーをドアの外へと誘導し、気づいている人があまりいないうちに追い返せれば……。

しかし、セシリーは足が床に溶接されでもしたように動かなかった。セオドシアが腕を引っ張っても無駄だった。

「わたしも交ぜてほしくて」セシリーは咳きこむように言った。「だって、わたしは……」

「ちょっと！　あなた、ここでなにをしてるのよ？」きんきんした声が響きわたった。まぎれもなく、シャーロットの声だ。

セオドシアは肩を落とした。最悪。シャーロットが参入してきちゃうなんて。大変な騒ぎになりそう。

「よくもまあ、いけしゃあしゃあと顔を出せるものね」シャーロットは怒りで顔を真っ赤にして立ちあがるなり、セシリーをまっすぐ指差した。その騒ぎで西側諸国全体が異状を察したかのように、店内にいる全員の目がセシリーに向けられた。

「こちらの方はいまお帰りになりますから」セオドシアは言った。不機嫌そうにぶつくさ言う声と椅子がうしろに引かれる音が聞こえた。

「もう帰って」セオドシアはセシリーに言った。「ほら、早く!」

しかしセシリーは、入ってすぐのところにあるイーゼルを食い入るように見つめていた。「これ、あの女がやったの?」と強い口調で訊いた。「生きてるときにはちっとも気にかけてあげなかったくせに」

そのとき、ヒールの高いパンプスが近づくカツ、カツ、カツという音が響いた。セオドシアの耳には大災厄が迫ってくる音のように聞こえた。次の瞬間、真っ赤な風船のようなシャーロットの顔がセシリーの顔の隣に現われた。

「出ていきなさいよ、この泥棒猫!」シャーロットは大声で命じた。「放り出される前に、とっとと出ていくことね!」

「お願い」セオドシアはセシリーの袖を引っ張った。「いいかげん帰って」

「出ていくとしても堂々と出ていくわよ!」セシリーがかすれた声でシャーロットに言い返した。

シャーロットはびっくりし、顔をはたかれでもしたように目をしばたいた。すぐに目を剝き、口を醜くすぼめると、右腕を引いて大きく振りかぶり、セシリーの顔にパンチを叩きこんだ。

タイトルが取れるほど痛烈なパンチにはならず、こぶしは最後の最後でわずかにそれた。それでも、完全に不意打ちをくらったセシリーはうしろによろめいた。女性らしからぬ声を洩らしたかと思うと、体がぐらりと一回だけ大きく揺れ、安物のトランプ用テーブルみたいに床に倒れこんだ。

「なんとかして!」デレインが叫んだ。「誰かなんとかしてよ!」

目の前で繰り広げられている暴力行為に呆然としながらも、セオドシアとドレイトンはすぐさま行動を起こした。ドレイトンはシャーロットの腰を抱きかかえ、もみ合いから引き離した。セオドシアは膝をつくと、放心したように涙を流しているセシリーに腕をまわして乱暴に立ちあがらせた。

「その女を追い出して!」シャーロットは怒りがおさまらない様子で言った。シューシューと威嚇するコブラのように、すごみのある声だった。

「すぐに帰ってもらうから」セオドシアは動揺しているセシリーをカーテンの奥に押しやると、厨房の前を通りすぎ(ヘイリーが啞然として目を丸くしていた)、オフィスに連れこんだ。

「どういうことなの？」セオドシアは問いただした。すっかり頭に血がのぼり、いつ爆発してもおかしくない。

けれどもセシリーは出血している鼻をしきりにこすって顔じゅうを血だらけにしつつ、とめどなく流れる涙をぬぐうばかりだ。やがて彼女は赤く腫れた頬に、おそるおそる手を触れた。「あの女、わたしを殴ったわ」そう言ってしゃくりあげた。「あなたも見たでしょ？　あの女、わたしを殴ったのよ」

「さあ、すわって」セオドシアはセシリーの両肩をつかみ、張りぐるみの椅子にすわらせた。それから厨房に飛びこんで、タオルと氷を手にしてオフィスに戻った。「これを顔に当てて冷やしなさい。腫れがおさまるわ」

セシリーはタオルを受け取って顔に押しあてた。「痛い」と弱々しい声が洩れる。

「そりゃそうよ」セオドシアは言った。気の毒だと思う。だけど、その一方、セシリーがシャーロットを挑発したのも事実だ。セオドシアは目の前の女性を見つめた。「なにもあんなことをしなくてもよかったのに。そうでしょう？」

「騒ぎを起こすつもりなんかなかったわ」セシリーはむっつりと言った。またも顔をぬぐい、血をさらに塗り広げる。

「でも、けっきょくは騒ぎを起こしたのよ」セオドシアは言った。「ほかに、ここに来る目的があったわけ？　ほら、タオルを鼻の下に押しあてて」そう指示し、大きくため息をついた。「まったく、手の焼ける子なんだから」

セシリーは盛大にしゃくりあげた。「パパにもいつもそう言われたわ」

「だったら、よく聞いて。いいかげん大人になりなさい。歳相応の振る舞いをしなきゃ」

セシリーはセオドシアをにらみつけた。「どういうこと？」

「ねえ、セシリー、あなたはこの三日で二度も叩きのめされたのよ。そう言えばわかるんじゃない？」

「なにが言いたいの？」

「目立つような行動は少し慎んだほうがいいってこと」セオドシアは言った。「当分のあいだ、おとなしくしてるべきよ」

「わたしはただ……わたしはただ……」

「ただ、なんなの？」

セシリーは息を吸いこみ、またもしゃくりあげた。「エドガーのお葬式に行ったの。行かなきゃいけないという思いに突き動かされたんだと思う。それで行ってみたら、音楽やら弔辞やらを聞くうち……とにかく、いろいろな思い出が一気に押し寄せてきたの。そのせいで気持ちが不安定になったみたい」

「ふたりともまずい反応をしたものね」セオドシアは言った。「あなたもシャーロットも」

セシリーは顔をあげ、視線を横に向けた。「あの女が彼を殺したんだと思う？」

「シャーロットが……？」セオドシアは言いかけてすぐに口を閉じた。シャーロットが夫の死に一枚噛んでいるという思いが捨てきれないからだ。と同時に、セシリーを容疑者リストからはずす気にもなれない。

「警察があの女から話を聞いたのは知ってるのよ」セシリーは言った。

「警察はあなたからも話を聞いたんですってね」セオドシアは言った。

セシリーは驚いて口をぽかんとあけた。「まさかわたしを疑ってるわけじゃ……」たちまち顎がこまかく震え、またも涙腺がゆるみはじめた。

セオドシアはティッシュを何枚か渡してやり、セシリーが数分ほど泣くあいだ、辛抱強く待った。若い娘はやがて洟《はな》をすすり、涙をぬぐった。「目と鼻がものすごく痛い」

「わかるわ」

セシリーの顔の下半分が小刻みに震えた。「警察に通報したほうがいいと思う？」

「よく聞いて」セオドシアはタオルと氷を仕種でしめした。「それは持っていっていいから。それと、裏口から帰るほうが賢明よ。わかった？　わかったのならいいわ」


ティールームに戻ってみると、すでに平穏な状態になっていた。お茶が口に運ばれ、音のレベルは平常状態までさがり、参列者たちはひと口ブラウニーやレモンクッキーを食べていた。シャーロットでさえ、かなり落ち着いた様子だった。

ドレイトンはセオドシアに気づき、眉をあげた。「彼女は帰ったかね？」

「もう二度と、うちの店の敷居をまたがないでほしいものだわ」セオドシアは言った。

「さっきのあれは、毎日のように目にする光景ではないがね」

「プロレス番組の『スマックダウン』はべつだけど」

入り口の上のベルがちりんと鳴った。

「今度はなんだ？」ドレイトンが言った。

ビル・グラスだった。彼は入ってくるなり、怪訝な表情で店内を見まわした。

「なんかあったのか？」グラスは訊いた。

「さてね」ドレイトンは言った。

「べつに」セオドシアは言った。

「セシリー・コンラッドがチャーチ・ストリートをとぼとぼ歩いて行くのが見えたんだよ。人生始まって以来の大喧嘩でもしたみたいな様子だったぜ」

「ふうん」セオドシアは言った。

グラスは彼女ににじり寄った。「えらく憔悴《しょうすい》しててさ……なんか変だなと思ったんだよ。で、こう推理したわけだ。ここでなにかあったにちがいないってな」

よくわかったわね、とセオドシアは心のなかでつぶやいた。セシリーがダウンさせられたのよ。尻もちをついたの。

しかし、こう言うにとどめた。「セシリーはちょっと顔を出しただけで、すぐに帰ったわ」

「残念ながら、入ってもらうわけにはいかなくてね」とドレイトン。

「それだけか？」グラスが訊いた。

「さしあたり、それだけよ」セオドシアは答えた。

グラスはふたりをいぶかしそうな目で見たが、すぐに店内に顔を向けた。「例のこじゃれたちっこいサンドイッチがいくらか残ってないか？」

セシリーの話題がおしまいになりそうなのに安堵し、セオドシアは言った。「ええ。そう言えば、デレインのテーブルにひとつあきがあるわ」そう言うとグラスを案内した。「どうぞ、かけて」

「なんなの？」デレインはぞっとした顔をした。「この人をここにすわらせるつもり？」

「なにか問題でも？」セオドシアは言った。

デレインはセオドシアが顎を引いたのを見て、言った。「ううん、べつに。どっちにしても、あたしたち、ちょうど失礼するところだったし」彼女は立ちあがると、帽子を頭にのせた。「行くわよ、おばさん」

「ごきげんよう、ご婦人方」グラスは敬礼のまねをした。

「ふん」アストラおばさんが言った。

ロジャー・グリーヴズと社員たちが帰る動きを見せはじめたのを見て、セオドシアは駆け寄った。

「時も場所もふさわしくないのは承知していますが」セオドシアはグリーヴズに言った。

「ぜひともお話ししたいことがあるんです」

グリーヴズは彼女を見つめた。「話とは？」

「いくつか質問がありまして」

「なぜあなたがわたしに質問を？」

「できるかぎりシャーロットさんの力になると約束したからです」ささやかで罪のない嘘だけれど、グリーヴズと一対一になって、問いつめたかったのだ。「覚えてますよね、シャーロットさんのところにお見舞いのバスケットを持っていったときのことです。あなたもいらしていたから、彼女がわたしに頼んだのをお聞きになっているはずですが」

グリーヴズは態度をやわらげた。「そう言われてみれば……たしかに」

「感謝します」セオドシアは彼の腕にそっと触れた。男の人は女の人に腕を触れられるのが好きだからだ。その仕種は頭が混乱していて、ちょっと心細くなっていると思わせ、本当はこちらが彼らをあやつっている事実を完璧に覆い隠してくれる。

「あとでわたしのオフィスに寄ってくれればいい。場所はわかるかな？」

「いえ……」

「わが社はデジタル・コリドーの一員だから、つい最近、ユニバーシティ地区に移転したんだよ」

「わかりました」セオドシアは言った。「本当にありがとうございます。またあとでお会いしましょう」

「うむ」グリーヴズは言った。

昼食会が終わりに近づくと、数人のお客が隅のハイボーイ型チェストに歩み寄った。セオドシアがみずから補充している、お茶、蜂蜜、〈T・バス〉製品各種、アンティークのティーカップ、デコレーションした角砂糖が並んでいる。

「みんな、すっかりきみの店のとりこだな」食事会のお客が歓談し、あるいはあちこち見てまわっているのを見ながら、ドレイトンがセオドシアに言った。

「そう？」

「ああ、もちろんだとも。きみは、みんなが思い描く理想のティーショップを創りあげたんだよ。インディゴ・ティーショップは小さくて、居心地がよく、更紗と磁器がいい雰囲気を醸している……完璧じゃないか」

「でも、お客さまの目当てはお茶よ」セオドシアは言った。「それに自慢のスイーツと料理も」

「きみに会うためでもあると思うよ」ドレイトンはほほえんだ。

「ちょっと失礼」男性の声がした。

振り返るとハーラン・デュークが食い入るように彼女を見つめていた。「はい？」

「シャーロットがあなたと少し話したいらしい」デュークは言った。

セオドシアは誰が亡くなって彼を使いに出したのだろうと首をひねりかけたが、すぐに思い出した——シャーロットのご主人が亡くなったのだ。だから、あまり不機嫌なところは見せないほうがいい。デュークが人のいいところを発揮して、わざわざ仲介役を買って出たのだから。

「かまいませんよ」セオドシアは言った。

「内緒の話だそうだ」

「わかりました」好奇心がむくむくと頭をもたげた。セオドシアは肩ごしにうしろを指差した。「ならば、わたしのオフィスでどうでしょう?」

「いいね」デュークは言った。「そっちに行くよう伝えるよ」


シャーロットは落ち着きなくもじもじしながら、セオドシアのオフィスに入ってきた。

「おかけになって」セオドシアは二十分ほど前までセシリーがすわっていた椅子をしめした。

なんだか皮肉だわ、と思いつつ。

シャーロットはすとんと腰をおろし、黒いスカートを念入りになでつけた。それから、笑顔になって目をあげた。「セオドシア、あのね、お願いがあるの」

「ええ」セオドシアの頭のなかで警報ベルが鳴りはじめた。〝セオドシア、あのね〟と切り出されるときは、ただでなにかを得ようとする場合がほとんどだ。でなければ、こちらをだまそうとする場合だ。でも、シャーロットだったら大目にみてもいい。なにしろ、大変な一日だったのだ。ここ数日も。

「わたし、今年の歴史地区の一大ハロウィーン・イベントの委員長を仰せつかってるの。でも、あんなことがあったでしょ……」シャーロットは途方にくれた気持ちをにじませながら、あたりを見まわした。

「ええ」セオドシアはさっきと同じ返答を繰り返した。

「でね、あなたもブラッディ・マリー・クロールとホーンテッド・ヘイライドは知ってるでしょう？」

「もちろん。ハロウィーンの夜におこなわれる肝試しと干し草トラックでめぐるツアーよね」セオドシアは先の展開が読めてきた。

「それだけじゃないの」シャーロットの声が熱を帯びた。「歴史のあるお宅はどこも飾りつけをされて一般公開されるし、ボランティアがブラッディ・マリー、アップルサイダー、ドーナッツを配ることになってるし。墓地を歩くガイドつきツアーもあるし、もちろん、本物の馬が引く荷馬車もあるわ」

「どのイベントも参加したことがないけど、聞いているだけで楽しそうね」セオドシアはなにを切り出されるのかと、ひたすら待った。

「でも、いまはちょっと」シャーロットは言った。「わたしが関わるのは……うん、あまり適切じゃないように思うの。ほら、だって、エドガーが亡くなったばかりだし――」彼女は乾いた咳をひとつしたが、少々、わざとらしかった。「――このあと埋葬もあることだし」

順番でいったらそうなるわよね、とセオドシアは心のなかでつぶやいた。

「とにかく」シャーロットはつづけた。「かいつまんで言うと、委員長の仕事をあなたに引き継いでもらえないかと思ってるの」

「具体的にどんなことをするの？」セオドシアはシャーロットに同情していた。心から同情していた。連れ合いの死とハロウィーンはあまりいい組み合わせとは言えない。その反面、あらたなプロジェクトを引き受けるのは不安でもあった。それも、こんな大きなものとあってはなおさらだ。

「それが都合よくできていてね」シャーロットは言った。「やることはたいしてないの。つまりね……なにもかも計画はできあがってるの。細部にいたるまで。ええ、もちろん、ブラッディ・マリー・クロールがスタートするときには集合場所にいてくれなきゃ困るし、ボランティアに目を光らせるという仕事もあるわよ。それに、お屋敷の一般公開がとどこおりなくおこなわれるようにしないといけないし、ガイドたちが参加者をゲイトウェイ遊歩道から墓地へとちゃんと案内するよう指導しなくちゃいけない」

「ボランティアは何人？」

シャーロットは目を閉じて考えこんだ。すぐに目をぱっとあけた。「少なくとも三十人の登録があるわ」

「まあ、ずいぶん大勢いるのね」

「馬と荷馬車はすべて無料で借りることになっているの。エキノクス乗馬センターから」

「そっちは心配しなくていいのね？」

「ええ、なにも。馬を運ぶ手配は荷馬車の御者がやってくれるし……ヘイライドのルートはあらかじめ全部決まっているし」シャーロットは大きくうなずいた。「というわけで、引き受けてもらえるかしら？」

「いいわよ」セオドシアは言った。「でも、あなたとあらためて会って、全部、さらっておかないと。都合はつく？」

「ええ。今夜、七時頃にうちにいらして。わたしのノートを一緒に確認しましょう。全部、ひとつのバインダーに整理してあるの。二秒もあれば重要ポイントがわかるようになってるわ」

「わかった、じゃあ、そのときにまた」セオドシアは言った。

シャーロットはセオドシアの手を取った。「本当にありがとう」そう言うと立ちあがった。

「そうそう、いいニュースがあるの。わたし、美術館の理事に選出されたわ」このときは、大きく顔をほころばせた。

「ご主人のポストを引き継ぐのね」セオドシアはゆっくりと言った。「それって本当にすごく……おもしろそう」

「ええ、おもしろいと思うわ」シャーロットは言った。「実は、明日の夜、初めての会合があるの」

十分後、すべて終わった。お客はいなくなり、セオドシアは使った食器を片づけ、ドレイトンは午後のティータイムに向けてテーブルをセットした。ビル・グラスだけはテーブルにいすわったまま、スコーンをたいらげ、三杯めのお茶を流しこんでいた。

「もう、すんだ？」セオドシアはグラスに訊いた。このままここに居着かれるのではと不安だった。

しかし、グラスはまともに聞いていなかった。彼の耳は特定の周波数の音しか拾わないようにできているらしい。

「ハーラン・デュークってやつはそうとうあやしいよな」グラスは言った。「あいつがシャーロット・ウェブスターに言い寄ってるのを、あんたも見たろ？」

「シャーロットの隣にすわって、かいがいしくなぐさめていただけよ。それが言い寄ることになるの？」

「あんたは葬式直後のふたりを見てないからさ。やつに付き添われて教会の外に出る途中、女のほうはあきらかにやつにしなだれかかってたんだぜ」

「体調がすぐれなかったからじゃないの？」

「あるいは、男のほうが口説いてたのかもな」

「それはどうかしら」セオドシアはそう言いながらも、深まりつつあるふたりの関係には興味をそそられていた。

「ハーラン・デュークがウェブスターを殺したとは考えられないか」グラスが唐突に言った。

「え？」

「ちゃんと聞こえたはずだ」

セオドシアは腰に手を置き、グラスをにらみつけた。「わかったわよ、うぬぼれ屋さん。じゃあ、訊くけど、デュークさんがウェブスターさんを殺す理由はなんなの？　あの人にどんな動機があるっていうの？」

グラスはいやみったらしくにやりと笑った。「そうだな……悲しみにくれる未亡人とお近づきになるためとか？　彼女の次の亭主になって、玉座を引き継ごうって魂胆なのかもな」

「玉座？」

「だから、あの女が隠し持ってる財産だよ」

「そんなの憶測ばかりじゃない」セオドシアは言った。「まあ、いいわ。話を進めるために、デュークさんがウェブスターさんを殺したものと仮定しましょう。だとすると、セシリー・コンラッドを襲ったのも彼ってこと？」

「ありうるだろうな」

「でもどうして？　いったいどんな理由があるっていうの？」

グラスはその質問にも答えを用意していた。「シャーロットに頼まれたからじゃないか？」

「つまり、ふたりが共謀してると言いたいのね？」

「可能性はある」

「いくらなんでもベースを離れすぎてると思うけど」本当にそう？

「まだベースをまわりきってないってことにしてくれ」グラスは言った。「おれとしてはそこそこのライナーを打ったつもりなんだけどな」

「あなた、どうかしてるわ。わかってるの?」

「認めたらどうだ。なにかおかしいってことをさ」

「なにかおかしいのはたしかよ。ただ、それがなんなのか、まだわかってないの」

グラスは指を一本立てた。「だが、おれたちは必ず突きとめる。突きとめてみせる」

ファン・ゴッホ風
ひまわりのお茶会

　このテーマでお茶会をするときは、静物画に描かれたテーブルらしくセッティングするのが大事。だから、ひまわりをいけた大きな花瓶、黄色いお皿にナプキン、オレンジを山盛りにした木のボウルなどを用意します。ゴッホの絵を使った絵はがきはギフトショップで簡単に手に入りますから、招待状にぴったり。ゴッホの絵をあしらったティータオルやティーポットなどもありますよ。お料理はひまわりの種のスコーン、ライ麦パンにクリームチーズを塗り、ローストしたパプリカをのせたもの、フランスパンにハムとリンゴのスライスをのせたものなど。お茶は口当たりのいい台湾産烏龍茶をチョイスして。チョコレートクッキーに黄色いフロスティングでひまわりの絵を描くのもいいですね。

18

「あの人たち、イーゼルを置いてっちゃったわ」セオドシアはそう言うと、イーゼルが勝手に歩き出すのを待つかのように、あたりを見まわした。「ドレイトン？」

ポットにアール・グレイを淹れていたドレイトンが顔をあげた。午後のティータイムは盛況で、半分近くのテーブルが埋まっていた。ヘイリーが焼いたオレンジのスコーンが、チョコレート・ヘーゼルナッツ・ティーやジンジャー・ピーチ・ティーとともに、みんなの口に入っていく。

「イーゼルのことだね」ドレイトンは言った。「うん、まだ置いたままだったな。シャーロットが持って帰るつもりだったんだろう。あるいはデイトレックス社の関係者が」

セオドシアは写真やメモを貼りつけたボードをつかみ、カウンターのなかに立てかけた。それから木のイーゼルをたたんで、オフィスに持っていった。「誰かがつまずいたら困るものね」とひとりごとを言った。

イーゼルを壁に立てかけ、麦わら帽子がいくつも入っている段ボール箱の角につま先を当てて、デスクのほうへと押しやった。たしかに、オフィスは散らかっている。それは素直に

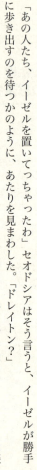

認めよう。でも、お茶、蜂蜜、〝Tea Shirt〟のロゴが入ったTシャツ、それにオリジナルの藍色《インディゴブルー》の紙袋がところ狭しと置かれているせいだ。スイートグラスでつくったバスケット、リース、それに赤い帽子は言うまでもない。

デスクにつき、椅子の背にもたれて、ふと思った――なんでオフィスに来たんだっけ。しばらくぼんやり考えた。そうそう、デレインの持ち寄りマーケットのことを考えようと思ったんだった。

もうすっかり忘れていた。参加するわと何カ月も前にデレインに約束したのに。同じように動員をかけられた四十ほどの商店主とともに、一日限定の露天市でお茶か〈T・バス〉製品をいくつか売るという話だった。

デレインは派手な性格だし、ちょっといらいらさせられるところもあるけれど、資金集めとなると八面六臂《はちめんろっぴ》の活躍を見せる。ヘリテッジ協会、チャールストン・オペラ協会、とくに動物保護団体は彼女の熱意あふれる活動に大いに助けられている。ドアをあけさせ、小切手を切らせ、寄付をたっぷり集めることに関して、デレインの右に出る者はいない。

セオドシアはお茶のカタログを手に取って、何ページかぱらぱらめくったが、すぐに落ち着かない気持ちになって、わきへ放った。まだ、持ち寄りマーケットに出すものが決まっていない。店のオリジナル・ブレンドのお茶を売ったらどうだろう。美術館の茶館のお披露目に使ったブレンドが、たっぷり残っている。中国の紅茶に柑橘類とショウガをちょっぴり混ぜたお茶が。それに、ハニーハイビスカス・ティーの在庫も充分ある。こっちは、マイルドな紅茶にハイビスカスの花、ローズヒップ、それに少量の蜂蜜をブレンドしたお茶だ。うん、それを使おう。

「むずかしい顔をしているな。考え事かね？」ドレイトンがドアのところに立って、ほほえんでいた。

「明日の持ち寄りマーケットで売るものを考えなきゃいけなくて」セオドシアは言った。

「ああ、デレインがしつこく言っていたのを聞いたよ」

「ど忘れしてたの」

「きみはいろいろ抱えて忙しい身だからね」ドレイトンは一歩進み出た。「実は、いましがた、新しいお茶のブレンドを考案したのだよ」

「新作？」

ドレイトンが考案するオリジナル・ブレンドは、どれも本当にすばらしい。そして、とてもよく売れる。

「ヘイリーとわたしとで三十分ほど残業して、いくつか袋詰めしようか」

「それをデレインのマーケットで売っていいの？」セオドシアは言った。「すてき。助けてくれてありがとう。恩に着るわ」

「よかったら、味見してみないかね？」

「まあ……ぜひお願い」

ドレイトンは指を一本立てた。「すぐに戻る」

午後届いた郵便を半分ほどチェックしたところで――ほとんどがごみ箱行きだった――ドレイトンがお茶の入った小さなポットを持って戻ってきた。

「もう飲めるよ。よく出ている」

そう言うと、カップに注ぎ、セオドシアに渡した。

「なんのお茶？」

「まずは飲んでみたまえ」

そう言われ、セオドシアは従った。

「おいしい。この味は……」セオドシアはほほえんだ。「野外の味がする」もうひとくち含み、温かな液体を舌の上で転がした。「なんていうブレンド？」

「イギリスの生け垣という意味でイングリッシュ・ヘッジグロウ・ティーというんだ」ドレイトンは言った。「コクのある紅茶にカモミール、レモングラス、矢車草、バラの花びらをブレンドしてある。花とハーブをブレンドさせることで、イギリスの田園と生け垣を表現してみたのだよ」

「すばらしいわ」セオドシアは言った。「あなたがブレンドする人で、わたしは味わう人なのも当然ね」

「袋詰めするとしたら……どのくらい必要かね？　四十ほどあればいいだろうか」

「充分よ」セオドシアは立ちあがった。肩の荷がおりた気分でデスクをまわりこみ、ティールームのほうに小さくうなずいた。「わたしもお店に出ましょうか？」

「そうしてもらおうか」ドレイトンは言った。

ふたり並んでティールームに向かう途中も、セオドシアはまだお茶を味わっていた。「このあと、デイトレックス社に行ってくる」

「どうしたわけで？」

「ロジャー・グリーヴズのことがどうしても引っかかるの。会社をこの目で見て、彼ともう少し話をすれば、すっきりするかもしれないと思って」

「今度の事件は本当に頭が痛いな」ドレイトンは言った。

「ええ。そうだ、あなたにお願いしたいことがあるんだった。ブラッディ・マリー・クロールとホーンテッド・ヘイライドを知ってる？」

「諸聖人の日の前夜におこなわれるイベントであろう？」

「でね、委員長の職を引き継いでもらえないかとシャーロットに頼みこまれちゃって」

「そいつは、かなりの大仕事のようじゃないか。頼むにしても、いささか急すぎやしないかね？」

「そうなんだけど、けっきょく引き受けると答えたわ。でね、今夜、彼女の家に寄って、最終案を確認することになったの」セオドシアはそこで言いよどんだ。「あなたも一緒に来てもらえないかしら」

ドレイトンの顔が青ざめた。「まさか、悪霊か幽霊の恰好をしろと言うのではあるまいね？」

「とんでもない。心の支えとして同行してほしいだけ。あなたは頭が切れるし、わたしはいまもシャーロットをちょっとばかり疑ってるし」ビル・グラスから突拍子もない推理を聞かされたせいで、よけいにね。

「そういうことか」ドレイトンは言った。

「で、行ってもらえる？　一緒にってことだけど」

「行くとも」

「ありがとう」セオドシアは言った。

ドレイトンは首を傾け、視線をセオドシアのうしろにやった。

「いったいなにをしているのだね、ヘイリー？」

「あら」ヘイリーは大きな段ボール箱と格闘中だった。「ハロウィーンの飾りを出してたの。飾りつけをしようと思って」

「いま頃？」セオドシアは言った。

「もっと早くやるわけにはいかなかったんだもん」ヘイリーはちょっと言い訳がましく言った。「だってさ、飾りつけたらどうなるか思い描いてみてよ。あっちこっちに幽霊や骸骨がぶらさがってるなかで、お葬式に出た人が会食することになったんだよ。そんなの、考えただけでぞっとするでしょ。でもいまなら……」

「まあ、かまわんだろう」ドレイトンが苦々しい顔で言った。「ほんの三日ほど、美しいティールームがダンテの『地獄編』のようになるだけだ」彼は背を向け、棚からお茶の缶をひとつ取った。「もっとも、永遠にも思えるだろうが」とつぶやいた。

「いまの、聞こえたわよ」ヘイリーは言った。


セオドシアが帰ろうとしたとき、ティドウェル刑事が大股で入ってきた。くたびれたように見える茶色の革のジャケットを着た刑事が一緒で、その男性はタック・サミュエルズと名乗った。土曜の夜、セシリーが襲われた現場に来ていたひとりだ。

「ミス・ブラウニング」ティドウェル刑事の大きな顔に笑みが広がった。「あやうくすれ違うところでしたな。どこかへお急ぎですか？」

「ちょっと用事があって」セオドシアは言った。ロジャー・グリーヴズに会いに行くなんて、この人に言うわけにはいかない。

「わたしからお訊きしたいことがいくつかありまして」刑事は言うと、サミュエルズのほうに目をやった。「いや、正確には、われわれからお訊きしたいことがいくつかあると言うべきですな。少しお時間をいただけませんか？」

「少しだけなら」セオドシアは言い、ドレイトンに顔を向けた。「ドレイトン、お願いしても……？」

「もちろんだとも」

セオドシアはふたりの刑事をテーブルに案内した。「どうぞおかけになって。ドレイトンがお茶とスコーンをお持ちしますから。あいにく、わたしはそれほど長くはご一緒できませんけど。予定があって……」

「すばらしい」サミュエルズ刑事が言った。彼はさっきから、張り切りすぎの鳥猟犬のように鼻をくんくんさせていた。お茶とマフィンとスコーンのいいにおいに陶然としているようだ。

「サミュエルズ刑事が言っているのは、軽食を出してもらえるとはすばらしいということです」ティドウェル刑事は言った。「そうだろう、刑事？」

サミュエルズ刑事はうなずいた。「そのとおりです」

「ミス・ブラウニングに訊きたいことがいくつかあるんでしたな？」ティドウェル刑事は言った。

「質問があるのはあなたのほうだと思ってた」

セオドシアはティドウェル刑事に言った。いったい、これはどういうこと？　いい警官と悪い警官の焼き直し？

「どうか、少しがまんして聞いていただきたい」

ティドウェル刑事が言うと、サミュエルズ刑事は上着のポケットからせん綴じのメモ帳とペンを出した。

サミュエルズ刑事は咳払いをした。「マックス・スコフィールドと知り合ったのはいつですか？」

「なんでそんなことを訊くんです？」セオドシアは言った。

「彼の容疑を晴らそうとしているだけです」サミュエルズ刑事は素っ気なく答えた。

セオドシアは冷ややかな目をティドウェル刑事に向けた。「マックスの容疑はもう晴れていると思ってたけど」

「美術館の理事会から、関係者全員をさらに慎重に調べるよう要請がありましてね」ティドウェル刑事は答えた。

「全員？」セオドシアは訊き返した。「茶館のお披露目パーティの場にいた全員ということ？」

「ほぼ全員です」サミュエルズ刑事は言った。

「ほかに誰から話を聞いているのか、教えてもらえますか？」セオドシアは言った。

「それはできかねます」ティドウェル刑事が答えた。

「そういうことはできませんので」サミュエルズ刑事が言ったとき、ドレイトンがお茶の入ったポットとスコーンをのせた皿を持って現われた。

「よろしければ、ブルーベリーのマフィンもございますが」ドレイトンは言った。

「ううん」セオドシアは言った。「これで充分。そのくらいしかお時間がないようだから」

ティドウェル刑事の顔に落胆の色が浮かんだのを見て、さらにつけくわえた。「おふたりとも、ものすごくお忙しいんですって。これからたくさんの人に話を聞かなきゃいけないそうよ」

デイトレックス社に向かってカルフーン・ストリートを車で走っているときも、まだ腹の虫がおさまらなかった。

まったくティドウェル刑事ときたら。わたしのことはよく知ってるはずじゃない。マックスがウェブスターさん殺害に関わっていると気づいていながら、彼との関係をつづけると本気で思ってるわけ？

むしゃくしゃした気持ちに拍車をかけるように、セオドシアは携帯電話を出して、マックスにかけた。彼はすぐに出た。

「もしもし？」

「ハーイ、わたし。なにをしてたの？」

「履歴書を書いていた」マックスは言った。

「それ、本当？」

「うん。チャールストン界隈では当分のあいだ、ぼくは好ましくない人物とされそうだからさ」

「じゃあ、本気でべつの仕事を探すつもりなのね？」セオドシアの気持ちがざわついた。

「それで……どのへんで探すの？」

「実はね、二カ月ほど前にサヴァナから誘いがあったんだ。美術デザイン大学の仕事なんだけど」

セオドシアの心臓が口から飛び出そうになった。

「それ、どういうこと？」本当に訊きたかったのはこうだ——それでわたしたちはどうなるの？　百マイル近くも離れて暮らすことになるの？

「つまり、本気で職探しをしてるってことさ」マックスはしばらく黙っていたが、やがて口をひらいた。「食事会はどうだった？」

「つつがなく終わったわ」本当はつつがなくなんかじゃなかったけれど、セシリーとシャーロットの遺恨試合など話して聞かせる気にはなれなかった。「あなたがどうしてるかと思っただけ」

「例の走りに行く話はまだ生きてる？　明日の夜、五キロを走る前に、最後の練習をするってことだったよね」

「ええ。でも、遅くなりそう。九時頃になるかな」

「じゃあ、そのときに」


デイトレックスの本社は、バウハウスの機能主義とテレビドラマ『二十五世紀のバック・ロジャース』のような未来的なデザインのいいとこ取りをした建築学専攻の学生が考えそうな外観だった。アイビーリーグ風のビルとチャールストン独特の間口の狭い住宅が並ぶ界隈では、異様に目立つ。しかし、来客用の駐車スペースはあるし、受付係は愛想がよく、ロビーの床にはオービュッソン・カーペットが敷かれていた。

《フォーチュン》誌の最新号をめくる間もなく、どうぞこちらへと言われ、ロジャー・グリーヴズのとても居心地のいいオフィスに案内された。

「いらっしゃい」グリーヴズは大きなデスクをまわりこみ、セオドシアと握手した。

「お忙しいのに時間を割いていただき感謝します」セオドシアは言った。「もっとも、午前中に葬儀があって、きょうはお仕事があまり進んでいないかもしれませんね」

古めかしいボタン留めのついた革椅子をしめされ、セオドシアはそこに腰をおろした。

グリーヴズはデスクについた。本社ビルは時代の先端をいくデザインだが、グリーヴズのオフィスはかなり伝統的な家具で飾られていた。木のぬくもり、大きな観葉植物、壁には絵画が何点かとシャドーボックスとおぼしき工芸品がかかっている。

「さっきはやけにわたしと話したそうな様子だったが」グリーヴズは愛想よくほほえんだ。

「わざわざ訪ねていらっしゃるほどの大事な用件とはなにかな?」

「さきほども言いましたけど、シャーロットさんから調べてほしいと頼まれましたので」

「それは警察の仕事だと思うが」

「おっしゃるとおりです」セオドシアは言った。「なのでわたしは一般市民の目で調べてるんです」

「それはおもしろい」グリーヴズは言った。「だが、わたしからあらたに聞き出せることがあるとは思えないな。というのも、シャーロットとわたしは、彼女のご主人が殺害されて以来、頻繁に話をしているのでね。わかったことはすべて彼女に伝えるようにしているんだよ」

「新株公開を進めることについて、シャーロットさんのほうに異存はないんですね？」

「それについてはさきほどの会食のときに話し合ってね。もう解決済みだ」

セオドシアはグリーヴズのデスクに置かれた写真に目をやった。大勢の役員たちが半円形に並んで写っている。エドガー・ウェブスターが真ん中にいた。

セオドシアは写真をしめした。「エドガー・ウェブスターさんは共同経営者だったんですよね」

「ええ。だが、創業資金の大半を彼が出したというだけのことだ。エドガーはＩＴそのものにくわしかったわけじゃないのはご理解いただきたい。そっちはわたしの管轄なんだ。九〇年代にシリコン・ヴァレーで働き、データベースとデータマイニングの経験を積んだのでね」

「その結果、国防総省との契約に漕ぎ着けたと？」

グリーヴズはうなずいた。「うちのヴァーサスという製品を納入したんだよ。製品は各種揃えているが、そいつが当社のおもな収入源になったというわけだ。うちの主力製品に」

「そのヴァーサスですが」セオドシアは言った。「それが新株公開を推し進める要因ですか？投資家の注目を集める要因になりうると？」

「だといいんだがね」グリーヴズはこぶしを握り、デスクを軽く叩いた。「そうなるよう、こうして願掛けしておこうか。本当なら、二年前にやっておくべきだったんだが」

「新株公開によって、大金が手に入るんでしょうか？」セオドシアは言った。

「不自由しない程度にはね」グリーヴズは両手をデスクについて、立ちあがった。「つまり、仕事にかからなくてはということだ」そう言って、作り笑いを浮かべた。「お話しできてよかった」

短すぎるけど、とセオドシアは心のなかで言い返した。それでも立ちあがって、オフィスをぐるりと見まわした。グリーヴズが追い出しにかかっているのには気づいていた。カチンときた。

「すてきな美術品をお持ちですね」セオドシアはチャールストン港を描いた油彩画のほうにゆっくり歩いていった。お粗末でぞんざいな絵で、まったく好みではない。「これなんか見事だわ。ほら、この色遣い」

「イーズリー・ハーパーの作品だ。彼の作品はご存じで?」

「ええ、少し」

セオドシアは答えたが、一度も聞いたことのない画家だった。それから、隣のシャドーボックスに視線を移した。昔の標本箱みたいに、いろんなサイズの小さな仕切りがいくつもあって、深さは二インチほどで、上面をガラスで覆ってある。仕切りにはそれぞれ小さな勲章や袖章がおさめられていた。

「これ、おもしろいですね。ミリタリーグッズを収集なさっているんですか?」

チャールストンには記念品の収集家が数多くいて、その大半は南北戦争マニアだ。しかし、目の前の袖章には見覚えがなく、さして古そうにも見えなかった。

「ああ、それか」グリーヴズはちょっと照れたように言った。「それは個人的なものなんだ。はるか昔のね」

「なるほど」セオドシアはくわしく教えてほしいというように、期待するようにほほえんだ。

「どれもわたしが授与されたものだ」

「軍にいらしたんですね」セオドシアは言った。なにか進展がありそうだ。

「ええ」

セオドシアはさらに大きく顔をほころばせた。「所属は？」

「特殊部隊」

「かっこいいですね。それにやりがいもありそう」セオドシアはグリーヴズに向き直った。あらためてじっくり見ると、たしかに、地味な三つ揃いのスーツの下には引き締まった筋肉質の体が隠れているようだ。いまもしっかり鍛えているのだろう。

「世界のどのあたりに派遣されたのですか？」セオドシアは顔をいっそう輝かせたが、言葉は歯切れがよく、的を射ていた。

「あちこちだよ。アンゴラ、モガデシュ……」古い記憶をよみがえらせたくないのか、声が途切れた。あるいは、危険で無法な赴任先をあかしたくないのかもしれない。

「つまり」とセオドシアは言った。「素手で人を殺すすべをご存じなんですね」

グリーヴズはおぼろげにほほえんだ。

「そんなことはないよ」

しかし、その言い方からすると、人の首をマッチ棒のようにぽきんと折りそうな気がした。あるいは、汗のひとつもかかずに、人の耳にアイスピックを突き刺しそうな気がした。

19

ドレイトンが住んでいるのは、チャールストンの歴史地区の中心にあるセオドシアの自宅から、ほんの数ブロックのところだ。築百六十年にもなる風情ある家は切妻屋根をのせた平屋建てで、煉瓦造りの間口の狭い正面に気品ある群青色の鎧戸がついている。歴史遺産として登録されているこの家は、かつて南北戦争に従軍した著名な医師が所有していた。

最後に残ったわずかな陽射しが薄れゆくなか、セオドシアはでこぼこした玉石敷きの通路を進み、網戸のついたポーチに向かった。なかに入り、キッチンのドアをノックした。

「お入り《エントレ》！」ドレイトンのイタリア語が聞こえ、セオドシアはなかに入った。たちまち、しっとりした暖かさにくわえ、食欲をそそるいくつものにおいに包まれた。セオドシアの鼻が嗅ぎわけたのはベイリーフ、コリアンダー、それに……まあ、ひょっとしてカレーのにおい？

「なにをつくってるの？」セオドシアは訊いた。「インド料理？」

ドレイトンは茶色いツイードジャケットをはおり、財布を内ポケットに入れた。「カントリーキャプテンを大鍋いっぱいにこしらえているところだ」

「ああ、たしかに」カントリーキャプテンは低地地方《ロー・カントリー》の伝統的な料理で、挽きたて、炒りたてのスパイスをふんだんに使った鶏肉のカレー煮込みだ。

「においが気にならないといいんだが」

「とてもいいにおいよ。一年のなかでも、滋味豊かな料理や煮込みが恋しくなるこの時期にはぴったりだわ」セオドシアはドレイトンのキッチンを見まわした。きちんと片づいた独身者のキッチンで、上等なカロライナマツの戸棚には、人目を惹く趣味のいい品が並んでいる。カウンターにはスターリングシルバーのクリーム入れと砂糖入れのセットが置かれ、莫大なコレクションから選ばれたティーポットがいくつか、棚の上から見おろしている。きらきら輝くカトラリーをおさめた小さな箱がのっている小ぶりのキッチンテーブルは、華奢な造りで不安定にも見えるが、本物のヘップルホワイト式のものだ。セオドシアはカトラリーをしめした。「あれは新顔？　正確にはなんなの？　フォーク？」

ドレイトンは満足そうにほほえんだ。「ずっとほしいと思っていたキッパー用のフォークをようやく見つけてね」

「キッパー用のフォーク」セオドシアは言った。さすがはドレイトン、キッパー用のフォークなんていう奇妙でよくわからないものを見つけるのがうまい。

「ほら、ごらん」彼はフォークを一本取って、刺すような仕種をした。「なかまで火がとおったら、キッパーの後頭部の下に、この二本の長い先端を差し入れるのだよ」

セオドシアは鼻にしわを寄せた。「いやだわ、そういうのはあなたのキッパーに充分火がとおったときだけにして」彼女はあまり魚を食べるほうではないし、頭がついたままの魚を食卓に出すなんて考えただけでぞっとする。にらみ返してくるような料理は好きになれない。「それから骨を取って」とドレイトンは話をつづけた。「頭から尻尾までひらくという具合だ」

ふたりしてセオドシアのジープに乗りこむときもまだ、ドレイトンはキッパー用のフォークがいかにすぐれものかを語っていた。セオドシアはエンジンをかけ、車を発進させた。

「本当にわたしが同行していいのだね？」ドレイトンが唐突に尋ねた。

「いまになって気にするなんて、ちょっと遅すぎるわ。でも、ええ、どうしても一緒に行ってほしいの」

「もう一度、理由を言ってもらえるかね」

「心の支えになってもらうためよ、もちろん」

「それに、シャーロットが危険人物かもしれないと考えているからだね」

セオドシアはハンドルを握る手に力をこめた。「それもあるけど、あなたに話しておかなきゃいけないことがほかにもあるの」

「というと？」

「さっき、ロジャー・グリーヴズを訪ねたときにね……」

「オフィスにだね」

「特殊部隊にいたときの袖章や記章が、しゃれた感じにディスプレイしてあったの」

「特殊部隊の隊員というのは、つまり……？」

「そうよ」セオドシアは交差点を突っ切りながら言った。「まちがいなくそう」

「つまり、ロジャー・グリーヴズは簡単に……」

「そうよ」セオドシアはまたも言った。「彼ならやれたはず」

シャーロットは二年ぶりに会ったかのような歓待ぶりで、ふたりを自宅に招き入れた。

「セオドシア」シャーロットは甘ったるい声で言った。「それにドレイトン。さあ、くつろいでちょうだいな」ピンクと紫のひらひらしたカフタン風ドレスで装った彼女は、先頭に立って廊下を進むと、展示した絵画の前を通りすぎて、ごちゃごちゃしたサンルームに入った。外はもう真っ暗だったから、ガラス張りの部屋には、まぶしい陽光が射しこんでいるときのような存在感も効果もなかった。

「さあ、おすわりになって」シャーロットは言った。「なにかお飲みになる？　さっぱりしたものでもいかが？」そこで顔をぱっと輝かせた。「それともワイン？　もっと強いものがいいかしら」

「ううん、けっこうよ」セオドシアは言った。

「お気遣いなく」ドレイトンは言った。

「さっさと取りかかりたいみたいね」シャーロットは言った。

「ノートをまとめているんだったわね？」セオドシアは言った。べつに素っ気なくするつもりはないが、親交を温めにきたわけじゃない。それに、このあと、マックスとジョギングをする約束がある。

「ええ、そう」シャーロットはちょこまかとテーブルに歩み寄り、白いプラスチックのバインダーをつかむと、セオドシアのもとへと持ってきた。「これに全部書いてあるわ。各種イベントとそのプランが」

セオドシアはバインダーの中身にざっと目をとおした。シャーロットの言っていたとおり、ブラッディ・マリー・クロールもホーンテッド・ヘイライドも充分に練られているようだ。シャーロットが見た目ほど頭に血がのぼるタイプではないのか、あるいは物事をまとめる能力のある経験豊富なボランティアにめぐまれているのだろう。おそらくは後者だ。

「わかってると思うけど」とシャーロットが言った。「今回のイベントには三つの目玉があるの。住宅の一般公開と……」

「見学者が見てまわれるお宅は何軒あるの？」セオドシアは訊いた。

「すてきなお宅が四軒よ。そのうちの三軒はミーティング・ストリート沿いにあって、一軒は角を曲がってすぐのところ。ほら、公開する家の写真もあるわ」シャーロットはビニールのページを指でとんとんと叩いた。

「ひじょうにりっぱなお宅だな」ドレイトンが言った。二軒は個人の住宅を一般公開するもので、あとの二軒は朝食つきホテル《B&B》だった。

「どれもハロウィーン用の飾りつけをするんでしょう？」セオドシアは言った。「そしてブラッディ・マリーをふるまうのよね？」

「ええ」シャーロットは言った。「もちろん、飾りつけは家の所有者にすべておまかせしてる。好きなだけ凝ってもらってかまわないの。でも、本当にすばらしいのは、どのお宅もちょうどいい広さの裏庭とパティオがあるから、テーブルと椅子を運びこむのが可能なところね」彼女はほほえんだ。「ブラッディ・マリーを出すバーも設営できるし」

「ノンアルコールの飲み物も出すんでしょう？」セオドシアは訊いた。子どもたちにも楽しめるイベントだと思ったからだ。だって、ハロウィーンだもの。ハロウィーンが嫌いな子どもなんている？

シャーロットはうなずいた。「あったかいココアとアップルサイダーを出すわ」

「軽食も出すのかね？」ドレイトンが訊いた。

「ええ、そっちはすべてヴィックス＆ヴォン・ケータリングに用意してもらうことになってる」シャーロットは言った。「ハロウィーンのイベントだけど、高級なイベントでもあるの。というのもね、チケットが安くないのよ。一枚四十ドル」

「全部売れたのかね？」ドレイトンが訊いた。

「きのう売り切れたわ」突然、電話が鳴り、シャーロットはあわてて受話器を取った。セオドシアたちに「失礼」と詫び、それから電話に出た。「もしもし？」

電話口から大声がするのがセオドシアにもドレイトンにも聞こえたが、正確になにを言っているのかまではわからなかった。

けれども、シャーロットはむろん、わかっていた。「いいえ」彼女は電話の相手に言った。「ぜんぜん、お邪魔なんかじゃないわ」そう言うと振り返り、セオドシアとドレイトンにウインクした。「あら、そうなの？」そこでふたたびふたりに背を向けると、肩を丸め、声を落とした。「ええ、すてき。そうしてもらえるとうれしいわ」

「彼女をよく見たまえ」ドレイトンがセオドシアに耳打ちした。「声の感じからすると、相手の気を惹こうとしているようではないか。ふむ……悲しみに暮れている未亡人のはずだが」

ふたりが辛抱強く待つ一方、シャーロットはさらに三分か四分、しゃべっていた。ようやく電話を切った。

「ごめんなさいね」シャーロットはふたりの向かいに腰をおろした。「ハーラン・デュークからだったわ。本当にいい方なの。この二、三日、とっても支えになってくれて」

「そうね」セオドシアはふと、デュークが二番めの夫の座をねらっているという、ビル・グラスの言葉が頭をよぎった。

ドレイトンはシャーロットのバインダーにすばやく目をとおしていた。「では、さっそく本題に入るが、イベントとしておこなうのは住宅見学、ブラッディ・マリー・クロール、そしてホーンテッド・ヘイライドということでいいのだね」

「ゲイトウェイ遊歩道を散策するツアーもいくつかあるのよね」セオドシアは言った。ゲイトウェイ遊歩道は、アーチデール・ストリートを起点にキング・ストリートを横断し、チャールストン図書館協会とギブズ美術館の前をくねくねと通り、聖ピリポ教会の裏の古い墓地で終わる、距離にして四ブロックほどの通路だ。

「ええ」シャーロットは言った。「この地域一帯が、いわばハロウィーンの聖地みたいになるの」

「ゲイトウェイ遊歩道を案内するガイドも揃えるんでしょう?」セオドシアは言った。

「ええ。そのバインダーに全員の名前を書いたリストが入ってる。全イベントのボランティアの名前がリストされてるわ」

ドレイトンはちょっと小ばかにしたように笑った。「ゲイトウェイ遊歩道か。幽霊が出るという噂が絶えないな」

「だって、本当に出るんだもの」シャーロットが大声で反論した。「夜になると、不思議な現象が頻繁に見られるの。幽霊に気味の悪い蜃気楼に人魂、それに……」

ガシャン!

いきなり、庭を見わたせる床から天井までの窓から火炎瓶が投げこまれた。ガラスのかけらが四方八方に飛び散り、火花と針のような破片が雨あられと降り注ぐ。火炎瓶はゴンと大きな音をたててタイルの床に落ち、不気味なボトルまわしゲームよろしく、すごいいきおいでくるくるまわった。吐き出された小さな炎が部屋のあちこちに飛んでいった。

「なによ、これ!」シャーロットは叫ぶと、はじかれたように立ちあがり、カーテン、敷物、布で覆われた椅子に火花が次々と穴をあけていくのを、目を丸くして見つめた。ほどなく、オレンジ色と黄色の炎がまばゆく揺らめき、小さなテーブルから垂れた麻布をなめるように這い進んだ。

「大変！」セオドシアはハンドバッグをつかみ、携帯電話を出した。震える指であたふたと９１１を押した。

セオドシアが通信指令係にあれこれ説明する一方、しだいに広がる炎に対してシャーロットがやったことと言えば、飛びはねたり、腕を大きく振りまわしたり、声をかぎりに叫びつづけることくらいだった。

「あの声が聞こえるでしょ？」セオドシアは電話に向かって言った。「だから消防車に来てほしいんです！」

ドレイトンはさすがで、バーに突進して流しの下を引っかきまわし、小型の消火器を探し出した。しばらく、あれこれいじったのち、もっとも激しく燃えている場所にノズルを向けて、赤いつまみを押しさげた。白い泡が一気に噴き出した。

「カーテンに気をつけて！」シャーロットがわめいた。「ブルンシュウィク＆フィルスの生地なのよ。一ヤード九十ドルもするんだから！」

ドレイトンはシャーロットの言うことなどどこ吹く風で、小さな焼け焦げがくすぶるようになるまでカーテンを消火剤でずぶ濡れにした。

セオドシアは消防車がこっちに向かっているのを確信すると、裏口に駆け寄り、いきおいよくドアをあけて、裏庭に飛び出した。

もしかしたら、本当にもしかしたらだけど、火炎瓶攻撃の犯人を捕まえられるかもしれない。あるいは、路地を逃げていく姿が見えるかもしれない。あるいは車に乗りこむところが。あるいは、なにも見えないかもしれない。

裏庭は静かで闇に沈んでいた。ヤシの葉が夜風にそよぎ、小さな噴水がパティオの隅で静かな水音をたてている。窓から火炎瓶を投げこんだふとどきな輩《やから》の姿はどこにもなかった。

そもそも、なぜ火炎瓶なんか？　シャーロットをねらったの？　だって……。はあ、動機にはまったく心当たりがない。

彼女を脅すため？　警告するため？　あるいは、これまでの事件とは無関係の単なるいたずら？

そのとき、まぎれもないサイレンのけたたましい音が近づいてくるのが聞こえた。セオドシアは落ち着かない気持ちで家のなかに引きあげた。

いたずら？　それはないと思う。すべてどこかでつながっている気がする。どうつながっているのかはわからないけれど。

消防隊員はすばらしかった。白馬にまたがった騎士のように駆けつけるや、全員を落ち着かせ、炎を最後まできっちり消した。そのあと、燃え残りがないか、くまなく調べた。

「即席の焼夷弾だな」カイゼルひげにおだやかな茶色の目、名札にウィル・シェーファー隊長とある消防士が言った。「めったにおめにかからない代物だ。近所の子どものいたずらかな？」

「いえ」セオドシアは言った。「この家の持ち主を死ぬほど怯えさせようとした者の仕業だと思います」

「ええ、犯人はものの見事にやってのけたわよ」シャーロットは声をうわずらせた。顔にハンカチを押しあて、力なく椅子に倒れこみ、咳きこむようにしゃくりあげている。

べつの消防隊員が黒い箱をあけ、燃えて炭になった破片を拾い集めていた。分析用の試料にするのだろう。「ガソリンかテレピン油じゃないですかね」隊員は言った。「二、三日もすればはっきりするでしょう」

いつの間にか、ドレイトンは右腕に小さな火傷を負ったらしく、消防隊員が応急キットを出してきて、火傷した場所にコルチゾン入りのクリームを塗っていた。そのあと、やわらかい包帯を巻いてくれた。

シェーファー隊長はシャーロットから話を聞こうとしたが、彼女はまったく役にたたなかった。泣くか、あえぐか、大切なリモージュの人形をひとつでも壊したら承知しないわよと消防隊員たちを脅しつけるばかりだった。

セオドシアはシェーファー隊長をわきへ引っ張った。「この家の所有者は最近、大変な事件に巻きこまれたんです。ご主人が木曜の夜に美術館で殺されて……」

隊長は眉根を寄せた。「ほう。興味深い」

「バート・ティドウェル刑事をご存じですか？」

「知っているが」

「彼にもこの件は知らせたほうがいいと思います」

シェーファーはセオドシアにうなずいた。

「ここでの管轄権はわれわれにあるが、ティドウェル刑事とも情報を共有するよう心がけよう。こちらの出動報告書を整理し、早急に送ることにする」

「感謝します」

すべて終わったあとも、まだ涙が少し浮かんでいた。消防士たちは引きあげた。シャーロットはすすり泣きながら、バーボンの水割りをこしらえ、セオドシアは白いバインダーをわきにはさんだ。

「ひどい夜だったわ」シャーロットは飲み物をひとくち含み、次は長々とあおった。

セオドシアは、シャーロットにとって、このあとの夜もあまりいいものにならない気がした。あんなふうに飲みつづけたら、朝はもっとひどいことになるだろう。

「じゃあ」とドレイトンが言い、三人でドアに向かった。彼は振り返らなかった。

　シャーロットはそっけなく手を振った。「しばらくのあいだ、どこかに引っこもうかしら」

「そうしたほうがいいわ」セオドシアは言った。

彼女はドレイトンと並んで歩道を歩いていった。空気は澄み切ってさわやかで、大西洋から吹きつける風のせいで、ちょっぴり塩の香りがする。枯れ葉が通りをくるくると転がっていく。夜の闇に街灯がオレンジ色に輝いていた。

「やれやれ」ドレイトンはジープに乗りこんだ。「さんざんな夜だったな」

「怪我をした手の具合はどう？　大丈夫？　予約なしで診てもらえるお医者さんに寄りましょうか？」セオドシアはドレイトンを近くの火傷専門の医療機関に連れていくつもりで、シートベルトを締めた。

「わたしなら大丈夫だ。たいした傷じゃない」ドレイトンは怪我をしたほうの手をかばってはいるものの、あの騒動からはすっかり立ち直っているように見えた。彼はセオドシアに目を向けた。「火炎瓶がたまたま投げこまれたとは思ってないだろうね？　子どもが適当な家をねらったとか、近所の頭のおかしな者の仕業だとか」

「思ってないわ」

「では、どう考えているのだね？」

セオドシアは肩をすくめた。「はっきりとはわからない。シャーロットが美術館の理事になるのに強く反対している人の仕業かも」

「疑り屋と言われるかもしれないが、六十代、七十代の男性が火炎瓶を投げこんで路地を逃げていくのは想像しにくいな」つまり、その仮説はちがうと言っているのだ。

「ご主人を殺した犯人がふたたび現われ、奥さんも始末しようとしたとか」

「それはまた、ずいぶんと恐ろしい推理だな」

「あるいは彼女の目をそらそうとしただけかも」

「むしろ、きみの目をそらそうとした可能性のほうが高いと思うね」

セオドシアの心臓がいきなりひっくり返った。「え……いまなんて？」

「考えてもみたまえ。きみはあちこちで探りを入れているじゃないか。あの火炎瓶はきみを脅そうとしたものだとしてもおかしくない」

イグニションに挿したキーを強くまわすと、ジープが息を吹きかえした。

「これからは、もっともっと気をつけなくてはな」ドレイトンは言った。

「わたしをねらっての犯行だったら」セオドシアは怒りのこもった顔で言った。「これで終わりにはしない。徹底的に追いつめてやる！」


セオドシアはドレイトンを降ろし、車を自宅に向けた。マックスが前庭で待っていた。レッグスイングやウォーキングランジなど、ジョギング前のストレッチに励んでいた。

セオドシアの姿を目にしたとたん、彼は大きく相好《そうごう》を崩した。「やあ」しかし、すぐに彼女の顔に深い当惑の色を見てとった。「あれ、どうかした？」

セオドシアはシャーロットの家の窓から火炎瓶が投げこまれたこと、破片が四方八方に飛び散ったこと、ドレイトンが火傷したことを話して聞かせた。

「火傷をするような危険をおかすからだよ」マックスは言った。「いかれたシャーロットなんかにつき合うからだ」

「あなたの言うとおりかも」

「だったら、こんなことからなんとしても足を洗うべきだ。あとは警察にまかせたほうがいい」

「警察はとっくに真剣に捜査してるわ。あまり成果はあがってないけど」

「そうとはかぎらないんじゃないかな。いまこの瞬間にも、誰かを連行しているかもしれない」

「どうかしら」ウェブスター殺害事件の解決、セシリーを襲った犯人の逮捕、シャーロットの自宅に火炎瓶が投げこまれた事件の解明。どれひとつとっても警察のほうが自分より先を行っているようには思えない。そもそも、三つの事件をばらばらに扱っているふしがある。でも、セオドシアはそれぞれが密接につながっているように……。

「ねえ、セオ」マックスの声が思考に割りこんだ。「発生する事件を片っ端から解決するなんて無理だって」

「そんなつもりはないの、本当よ」彼女は言った。「でも、このところの出来事はどうも……わたし個人に向かっているような気がするものだから」

マックスは呆然と彼女を見つめた。「ちょっと待って。それってつまり……犯人のねらいはきみだと思っているのかい？」

「ドレイトンがそう思っているの」

「ドレイトンは聡明な人だ」マックスは言った。「いや、ずば抜けた洞察力の持ち主だ。その彼がきみの身が危ないと考えているのなら、こんなことからはいますぐ撤退すべきだよ」

「そうかもしれない」セオドシアは言ったが、心の奥ではこう考えていた――絶対にいや。なにがあってもあきらめない。

20

ハーラン・デュークのギャラリーはチャールストンの骨董街でもいちばんの中心部、キング・ストリートにあった。入居先は、このあたりに多く見られる赤煉瓦の建物で、間口は狭いながら三階まであり、縦長のアーチ形の窓に品のいい白い鎧戸がついていた。

火曜の早朝、セオドシアはショーウィンドウをのぞきこみ、デュークのギャラリーがどんな品を扱っているのか見きわめようとした。日本の茶器一式、アンティークの日本刀、中国の青銅器、アンティークの筆一式、中国の翡翠《ひすい》像の数々。どれも格別に美しい。

入り口のドアを押しあけたところ、どうやらセオドシアがこの日最初のお客だったようだ。着ているシルクのブラウスとまったく同じ銀白色の髪をした年配女性が、一八〇〇年代のものとおぼしきマホガニーのカウンターからほほえみかけた。

「いらっしゃいませ」女性店員は声をかけた。「なにかお探しですか?」

「ハーラン・デュークさんに会いに来たのですが」セオドシアは言った。「おいでになりますか?」

「すみませんが留守にしていまして。なにかお約束でも?　こちらがうっかり忘れているな

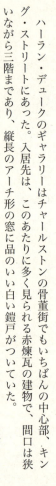

んてことはありませんよね」いたずらっぽい笑みが店員の顔をよぎった。「デュークさんのところで働くようになって、まだ六週間ほどですが、かなり大局的にものを見る方のようですね。買ったり、売ったり、あちこちに出かけたり、取引したり。でも——」彼女は小さく肩をすくめた。「——小さなことはすぐに忘れてしまうらしくて」

「いえいえ」セオドシアは言った。「お約束はしてません。近くまで来たので、ちょっと寄ってみようかなと思っただけなんです」そこでちょっとためらった。「デュークさんからアンティークの中国のティーポットがあるとうかがったのですが」

「ええ、わかります」女性は対になった白地に青い柄の花瓶が置かれた供物台の前を急ぎ足で過ぎ、コロマンデル屏風をまわりこんだ。「何点かありますが、お客さまのおっしゃっているのはこちらでしょう。美しい一品ですよ」

そのポットは黒い漆塗りの台と見事に調和していた。しかも、美しかった。丸くてぽてっとしており——これぞティーポットという形だ——光沢のある赤茶色に仕上げられ、縁と底に金色の縁取りがしてある。ポット本体の中心によくわからない毛筆の文字が書かれた白い紋章がついていた。

セオドシアが興味を惹かれたのを察し、店員はティーポットをカウンターまで持ってくると、黒いビロードの四角い布の上にそろそろと置いた。「ティーポットを集めていらっしゃるんですか？」

「そこそこ持っています」実際、所有しているティーポットの数は、もうじき五十になろうとしていた。ドレイトンのコレクションには遠くおよばないものの、少しずつ近づいている。

「これはかなりの年代をへたものです」店員の女性が言った。

「すてきね」セオドシアは言った。「乾隆帝の頃のものかしら」

「あら」店員はほほえんだ。「中国のアンティークにおくわしいんですね」

「焼き物に関してちょっとばかり。でも、学ぶことはまだまだたくさんあって」

「おっしゃるとおりです。わたしも、日夜、新発見の連続ですから」

セオドシアはティーポットのほうに手をのばした。「いいですか？」

「どうぞ」店員は言い、セオドシアはポットを手にして上下をさかさまにした。

底につけられた制作者の印を見て、セオドシアは言った。「官窯で制作されたものなんですね」

「ええ、そうです」

「で、お値段はいかほど？」

女性店員は小さな白い値札に触れた。「ここには二千二百ドルとありますが、デュークさんはいつもお値段の交渉に応じていますよ」

「そう」

「あのですね」店員は秘密めかして言った。「わたしではお値段の交渉はできませんが、デュークさんとお話しになりたければ、きょうはお友だちのお宅に用事があって、そのあとエキノクス乗馬センターに行くと聞いています。マウント・プレザントの町の先の。いまはそちらにいるはずで、訪ねていったらきっと喜ばれますよ」

デュークが会いに行った友人とはシャーロット・ウェブスターだろうか。

「デュークさんは馬もお好きなようですね」

「サラブレッドを二頭、はるばるテキサスから連れていらしたくらいですから。ご自分でトラックを運転なさって」

「いろいろとありがとう」セオドシアは言った。


車に戻り、インディゴ・ティーショップに電話をかけた。

最初の呼び出し音でドレイトンが出た。

「インディゴ・ティーショップです」彼の品よく響く声が言った。

「ドレイトン、わたし。手の具合はどう？」

「大丈夫だ。問題ない」ドレイトンは答えた。「お茶を淹れているときに、もっとひどい火傷をしたこともあるからね。熱湯がかかったりして」

「それでも、申し訳ない気持ちだわ。火傷はわたしのせいだという気がして。無理に同行を頼まなければ……」

「うしろめたい気持ちになるのは勝手だがね、本当にそんな必要はないのだよ」ドレイトンはいったん言葉を切った。「店に来る途中なのかね？」

「そのことで電話したの。いま、ハーラン・デュークのギャラリーに寄ったんだけど、彼はいなくて。きょうはエキノクス乗馬センターまで出かけてると店員の人が教えてくれたの」

「推察するに、きみはそこに向かっているわけだ」

「そういうこと」

「ヘイリーがロンドン塔のお茶会のことで、うるさくいってくるのだよ。明日のメニューやらなにやら、しっかり決めておきたいそうだ」

「ヘイリーのことだもの、わかるわ」セオドシアは言った。

「そうそう、デレインの持ち寄りマーケットに出すイングリッシュ・ヘッジグロウ・ティーの袋詰めはすべて終わったよ」

「どうお礼をしたらいいのか」セオドシアは言った。「あなたは命の恩人だわ」

「わたしへのお礼なら、こうしてくれるだけでいい。用心することだ」

「つまり……?」

「頼むから、少しは用心してほしいのだよ。このところ、妙な出来事が多すぎる。そのせいで、ちっとも気が休まらなくてね」

「ちゃんと気をつけるって知ってるくせに」セオドシアは言った。

ドレイトンはため息をついた。「正直なところ、ちっとも知らなかったよ」

まだ興味があるという以外、ハーラン・デュークと話をしたい理由はとくになかった。ビル・グラスの言うとおりかもしれない——デュークはシャーロットの人生にあっさり入りこんだ。でも、夫が身を焦がすような不倫をしていたのだから、単に愚痴を聞いてくれる人がほしかっただけかもしれない。

もしかしたら、だけど。

エキノクス乗馬センターの敷地に乗り入れたとたん、セオドシアは頬がゆるむのを抑えきれなかった。白いフェンスの向こうに広がる十以上ものパドックで草をはんでいた馬たちが、顔をのぞかせてくる。放牧地では二歳馬がたわむれている。馬場ではジャンプの練習がおこなわれていた。ビロード地の帽子――その正体はエレガントなヘルメット――をかぶった乗り手たちは両腕を前にのばし、手綱を馬の首のところにゆったりとたらした状態で、高さ一フィートの障害を悠然と飛び越していく。基本を叩きこんでいるところのようだ。

生まれたときから馬に乗っているセオドシアは、馬にまつわる音もにおいも大好きだ。革の鞍《くら》が放つ豊潤なにおい。新鮮な干し草の青くさいにおいは、日本の緑茶に近い感じがする。音楽のようながちゃがちゃという轡《くつわ》の音、馬が足を踏みならす音や小さくいななく声もいい。

ハーラン・デュークは寄棟屋根の大きな白い納屋で作業中だった。馬房の列と列のあいだの通路に立って、大きな栗毛の馬の横腹に金属のくしをかけていた。格子柄のシャツ、カーキ色のスラックス、英国風の乗馬ブーツといういでたちで、腰には茶色い革のエプロンを巻いている。蹄鉄工が服を汚さないためと道具を入れるために着けるタイプのエプロンだ。

「ギャラリーにいた女の人から、ここに来れば会えるとうかがいました」セオドシアは声をかけた。

その声に振り返ったデュークは、セオドシアとわかったとたん、顔をぱっと輝かせた。

「やあ。元気かい？　もしかして一緒に食べようとピクニックランチでも持ってきてくれたのかな」彼はおかしそうに笑った。「あなたの店のすばらしい料理が何度も夢に出てきてね。とくにあの、蜂蜜のスコーンが」

セオドシアはゆっくりした足取りでデュークと馬に近づいた。「残念ながら手ぶらで来ちゃいました。でも、いつでもお好きなときにティーショップにいらしてください」セオドシアは馬の形のよい鼻、ビロードの手ざわりのマズル、さらには剛毛の生えた顎の下に手を這わせた。「いい馬をお持ちね」

「この子はレディ・ヴェロニク・ベゴニアというんだ。わたしは短くベゴニアと呼んでいるが」

「はじめまして、ベゴニア」セオドシアは言った。

「あなたも乗馬を？」デュークは訊いた。

「ええ」

「障害レースは？」

「置障害に挑んだことはあるけど、たいしてうまくならなくて」セオドシアは最後にもう一度ベゴニアをなで、デュークに向き直った。「昨夜、シャーロットさんのお宅に火炎瓶が投げこまれたことはお聞きになってますよね」

デュークはとたんに深刻な顔になった。「ああ、もちろんだとも！　あなたが帰ってすぐ、シャーロットが電話してきた。消防士が引きあげた直後に。気の毒に、半狂乱だったよ。すっかり気が動転しているようだった」

「あなたに慰められて、彼女も落ち着いたんじゃないでしょうか」セオドシアは言いながら、デュークを注意深く観察した。

「ああ、彼女にとってつらい一週間だったからな」デュークはかぶりを振った。「かわいそうで見ていられなかったよ。あと少しでも気力が欠けていたら、身も心もぼろぼろになっていただろう」

実際、ぼろぼろだったわ、とセオドシアは心のなかでつぶやいた。それともあれは、名人級の演技だったの？　シャーロットは『アクターズ・スタジオ・インタビュー』に出演できるほどの実力があるの？

「シャーロットから聞いたが、あなたがかわりに委員長をつとめるそうだね。ブラッディ・マリー・クロールとやらの」

「それにホーンテッド・ヘイライドも。ええ、そうです」

「ここの馬を使うんだ。隣の納屋にいる四頭のりっぱなペルシュロン種をね」

「まあ」セオドシアは言い、さらにつづけた。「きょうはシャーロットさんと話をされました？　消防署からなにか報告があったかご存じないですか。あるいは警察から」

「けさ、五分ほど立ち寄ったよ」デュークは言った。「ふさぎこんでいたな。当然と言えば当然だが。例の刑事からの電話を待っているんだと言っていた。ティドロウといったかな」

「ティドウェルでは」

「そうそう、そいつだ」

「警察がちゃんと捜査してくれているようで、ほっとしました」セオドシアはデュークの手の動きを追っていた。ブラシを置き、革のエプロンのポケットを探っている。

「シャーロットの体調がよくなって」デュークの手のなかで金属片が光るのが見えた。「初の理事会に出席できるといいんだが」

その言葉ははるか遠くから聞こえるように思えた。デュークがもてあそんでいる金属製の道具に目が釘づけになっていたからだ。彼はそれを片方の手からもう片方の手へと行ったり来たりさせたのち、前屈みになると、慣れた手つきでベゴニアの右前脚をひょいと持ちあげた。

鋭い金属のフーフピックという道具がベゴニアのひづめにもぐりこむのを、セオドシアは呆然と見ていた。そして思った——ああいうステンレスのフーフピックでエドガー・ウェブスターは殺されたのだろうか？　あの道具は人の耳に滑りこませて、命の光を永遠に消すだけの長さと鋭さをそなえているだろうか？

セオドシアは一歩さがった。

おおいにありうる。

セオドシアは仮面のような笑顔を貼りつけ、デュークのおしゃべりに耳を傾けていたが、内容はひとつとして頭に入ってこなかった。

ハーラン・デュークが犯人なの？　そればかりを考えていた。本当にこの人がウェブスターさんを殺したのなら、動機はなんなの？

「そ……そろそろ、失礼しないと」セオドシアは言った。

デュークは驚いたように顔をあげた。「うん、わかった。会えてよかったよ」彼はフーフピックを彼女にぴたりと向けてほほえんだ。「近いうちに、おたくの店に顔を出すかもしれないから、そのときはよろしく」

「ええ、ぜひ」セオドシアは言ったが、その言葉は乾ききってざらざらした味がした。

インディゴ・ティーショップに車で戻る頃には、みぞおちに感じたひんやりしたものが心臓まで這いあがっていた。

もしかして、ハーラン・デュークが犯人？　可能性はある。そして、セシリーを襲ったのも彼？　それもありうる。でも……そんな恐ろしい犯行におよぶとは、いったいどんな動機があるの？

本当にデュークはシャーロットにうまく取り入って、好意を得ようとしているの？　そしていずれは彼女の愛を勝ち取って、二番めの夫におさまるつもり？　少なくとも、のべつまくなしの欲求に応える存在になるつもり？

セオドシアはクーパー・リバー橋を飛ぶように渡った。いつもならば、目もくらむほど高くて、気が遠くなるほど長い吊り橋を渡るときには意識するし、ちょっとぞくぞくする。でもきょうはちがった。いまはエドガー・ウェブスター殺害の謎と、それを取り巻くおかしな出来事に気を取られすぎていた。

ベイ・ストリートを走っているとき、ある考えがセオドシアの頭に浮かんだ。ここ数日のおかしな出来事はどれも、茶館のお披露目イベントの夜にエドガー・ウェブスターが殺害されてから起きている。

だとすれば……茶館もなんらかの形で関係しているのかも。だいたいにして、上海であの茶館を見つけ、チャールストンに移設する段取りをつけた美術商はハーラン・デュークだ。そしてエドガー・ウェブスターはその事業のいちばんの支援者だった。

セオドシアはその思いつきを数分ほど頭のなかで転がした。茶館がにせものの可能性はある？　中国の骨董に関して豊富な知識を持つエドガー・ウェブスターがいぶかしんで、デュークと対決したとか？

その結果、ペテン師と名指しされるのを恐れたハーラン・デュークが、大胆かつ冷酷にウェブスターを殺害した？

あまりに突飛すぎる。というか、テレビ映画のなかで披露される程度の純粋な推測でしかない。それでも、自分の推理について考えれば考えるほど、昂奮で胸がはずんでくるし、目のつけどころがいいような気がしてきた。

「美術館に寄ろう」思わず声に出して言った。「茶館をもう一度見てみなくては」

ブロード・ストリートで右に折れ、ミーティング・ストリートで左に折れたのち、美術館の裏の路地に入った。〝美術館職員専用〟と表示のある駐車スペースに車を入れた。ここにとめるのはいけないかもしれないが、気にしなかった。追い出されたり、レッカー移動されたりすることはないはずだ。そこまで長居をするつもりはないのだし。

　けさは裏口に鍵はかかっていなかった。セオドシアは土曜の夜の秘密のミッションを思い出しながら、なかに入った。急ぎ足で廊下を進み、まっすぐパーシー・ケイパーズのオフィスを目指す。彼は友だちだし、アジア美術の専門家だから、知識に裏打ちされた意見を聞かせてくれるかもしれない。あるいはひょっとすると……あくまでひょっとするとだけれど、彼もなにか疑念を抱いているかもしれないし。

　セオドシアはくもりガラスのドアをノックした。ドアには金色のインクでふたりの名前と肩書きがステンシルされていた――〝アジア美術　パーシー・ケイパーズ　アメリカ美術　サムナー・モット〟

　セオドシアは返事を待たずにノブをまわし、なかに入った。

　男性が書類の束から顔をあげ、セオドシアを見てほほえんだ。「こんにちは」とにこやかに言った。頭はアルバート・アインシュタインみたいにぼさぼさで、細身の鼈甲《べっこう》縁眼鏡をかけ、黒いタートルネックセーターを着ていた。五〇年代のビート族に似ている。少なくとも典型的なビート族のような風貌だと思った。それにたしかこの人は、ケイパーズと連れだってタイタニックのお茶会にやってきた学芸員のひとりだ。

「パーシー・ケイパーズさんを探しているのですが」セオドシアは言った。

サムナー・モットは黄色い鉛筆の消しゴムがついているほうで鼻の先端に触れた。「行き違いでしたね。さっき、コロンビア市の美術館の人に会いに出かけちゃったんです。サウス・カロライナ版の『アンティーク・ロードショー』をやろうと考えていて、具体的なことを決めようと知恵を絞ってるところなんです」

「すごくおもしろそうね」セオドシアは言った。「会えなくて残念だわ」

「そう言えば、日曜日のお茶会はすてきでした。とても楽しかったです」モットは鉛筆をくるくるまわした。

「楽しんでいただけてよかった」セオドシアはあとずさるようにしてオフィスを出ながら言った。「ご参考までに、明日はロンドン塔のお茶会を開催するんです」

モットはほほえんだ。「ハロウィーンに合わせてそのテーマを選んだんですね」

「そうなの」

「あなたのお店には頭の切れる人が揃っているようだ」

セオドシアは小さく手を振った。「またいつでもいらしてください」

まだ好奇心は頂点に達したままだったので、廊下を急ぎ、中央広間に飛びこんだ。右のほうに美術学生の一団――おそらくここの美術プログラムの参加者だろう――が大きな紙に向かっているのが見えた。それぞれがデッサン用の木炭を手に、チャールストンの彫刻家ウィラード・ハーシュ作の像をスケッチしている。

セオドシアは左に折れ、美術館の最新の収蔵品――中国の茶館――を目指した。

やはり、青い屋根瓦、年代をへてすべすべになった板、建物全体とどれを見ても本物としか思えない。しんとした内部に足を踏み入れ、この前よりもさらに子細にながめた。

このときもまた、凛とした静けさに圧倒された。中国では茶館——茶寮——は、古くからお茶と密接に結びついていた詩情をはぐくむための、素朴で風雅な隠れ家として建てられた。たいていの茶館、とりわけ、いまここにあるようなものは、古くから質素の理想型とされてきた。素朴な雰囲気、なにも飾っていない壁、薄紙と竹の自然な色。茶を飲む人の五感を邪魔するものや、乱すものはいっさいない。茶館に流れるリュートの音色は蜂の羽音よりも小さくなくてはいけないという話も聞いたことがある。

セオドシアは壁に手を触れた。いかにも古いものらしいぬくもりが伝わってくる。無数の手でいつくしむようになでられた結果、表面はすべすべしていた。

セオドシアの顔は柔和にほころんだ。この茶館はまちがいなく本物だ。でも、これを取り巻くすべてが嘘くさくて、あやうい感じがした。

21

「あ、やっと来た」ヘイリーの声がした。セオドシアが急ぎ足で通りすぎようとしたところへ、厨房から顔を出したのだ。「話したいことがあるんだ」

「ロンドン塔のお茶会のメニューでしょ」セオドシアは言った。「わかってる。ドレイトンからも言われたわ」

「いつなら話せる？」

「あとでね」セオドシアは歌うように肩ごしに言うと、店のほうに歩いていった。そろそろお昼という時間だから、じきにランチ目当てのお客がぞくぞくと詰めかけるはず。まずやるべきなのは、ドレイトンと協力してすべてのテーブルをセッティングし、いつでもお客を迎えられる状態にすることだ。

すでにセッティングはすんでいた。それもハロウィーンらしく。いつもの白いキャンドルはオレンジ色のキャンドルに換えられ、薄いフィルムでつくった幽霊が梁からぶらさがり、プラスチックでできた骸骨が風に揺れてかちゃかちゃ小さな音をたてていた。更紗と磁器に囲まれたティーショップが、ひと晩で箒《ほうき》と骸骨ばかりの暗黒の世界にワープしたかのようだ

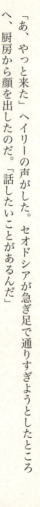

った。

「大変だったでしょうに」セオドシアは店内の変貌ぶりに少しびっくりしながら言った。

「もうランチの準備はばっちりみたいね」

「セッティングはしたよ」ドレイトンは言った。「わたしの好みではないが。見てのとおり、ヘイリーがすっかりハロウィーン気分にひたってしまってね」

ヘイリーがくり貫いてランタンにした大きなオレンジ色のカボチャを手に、ぶらりと近づいてきた。「セオ、電話が二本かかってきたわよ」

「誰から？」セオドシアはにやにや顔のカボチャの頭をこぶしで軽く叩いた。「トントン。誰かいますか？」

「なにやってんの」ヘイリーは愉快そうに言った。「一本めはティドウェル刑事から。できるだけ早くかけ直してほしいって」

「わかった」セオドシアは言った。「もう一本は？」

ヘイリーはくすくす笑った。「デレインよ。遅いって言ってた」

「遅いですって？」セオドシアはその場に凍りついた。「ちょっと待って。持ち寄りマーケットは何時に始まるんだった？」

「たしか一時にスタートするはずだが」ドレイトンが言った。

セオドシアは腕時計を確認した。「まだ十一時になったばかりじゃない」デレインは本当にせっかちだと、しみじみ思う。

「いつものことだ」ドレイトンは言った。「時間はたっぷりあるのだから、ランチづくりを手伝い、テーブルのセッティングをし、デレインがまちがっていると証明すればいいさ」彼は鼻息も荒く言った。

「そうよ、そうよ」ヘイリーも加勢する。

ドレイトンとヘイリーがカボチャのランタンをどこに置くか言い合う合間に、セオドシアはオフィスに戻ってティドウェル刑事に電話をかけた。永遠にも思えるほど待たされたのち、ようやく刑事と電話がつながった。

「なんですかな？」刑事は大声を出した。

「ちょっと、かけてきたのはそっちでしょ」セオドシアは言った。

「ああ、そうでした。たしかに」

書きなぐったメモの山をいらいらと調べているのだろう、がさがさいう音が聞こえた。

「ゆうべシャーロット・ウェブスターの自宅に火炎瓶が投げこまれた件でしょう？」セオドシアはうながした。

「あなたはなぜ現場にいたんです？」刑事はぶっきらぼうに訊いた。

「刑事さんには関係ないことだけど、ブラッディ・マリー・クロールを引き継いでほしいから自宅に寄って、とシャーロットに言われたの」

「というと、またあらたなイベントを仕切るわけですか」どうしたわけか、刑事は怒ったような声だった。

「これがわたしの性分なの。で……どの部分がいちばんお気に召さないわけ？　わたし？　ブラッディ・マリー？　それとも幽霊？」

刑事は質問を聞き流した。「いま、消防隊長から提出された報告書を読んでいるのですがね。発火装置はミセス・ウェブスター宅の裏の窓から投げこまれたんですね？」

「報告書にそうあるなら、そうなんでしょう」

「そのようなものを投げこまれる理由に、なにか心あたりはありますかな？」

「あなたはいつも言ってるじゃない。刑事なのはあなたで、わたしじゃないって」

「しかし、あえて見当をつけるとしたら？」

「憶測でものを言えということ？　ちょっと、刑事さん、いつもは憶測でものを言うなとうるさいくらいに言ってるくせに」セオドシアは楽しんでいた。ティドウェル刑事をからかうとすかっとする。おかげで気分が軽くなった。

「この会話をそこまで楽しんでもらえて光栄ですな」刑事は言った。「しかし、どうか忘れないでいただきたい。まだ殺人犯が野放しであることを」

「ストーカー、そして今度は放火犯。要するに事件がてんこ盛りってことね」セオドシアは口ごもり、もっと言ってやりたいと思ったが、やめておいた。「でも、さっきの質問については よく考えてから、返事をすると約束するわ」

「すぐにでもお願いしますよ」刑事は言った。かちゃっという音がはっきり聞こえた。刑事が電話を切ったのだ。

ハーラン・デュークが物騒な形のフーフピックを持っていたことを話しておきたい気持ちはあった。本当だ。それに、茶館にまつわる言いしれぬ不安な思い——どこか釈然としないものがあることも聞いてほしかった。あの茶館が、これまで起こった数々の出来事の中心にある気がしてしょうがない。なのに、あえてその情報を伝えることをしなかった。

なぜ？　からかわれるのがいやだったから？　ううん、そんなことはない。ティドウェル刑事はこれまで一度だって、セオドシアの仮説を鼻で笑ったことなどない。

セオドシアはただ、このささやかな情報をひとりじめしておきたかっただけだ。あれこれ考えをめぐらせたり、ぱっとなにかを思いつく可能性を残しておきたかった。

まだ持ったままの電話で、今度はマックスの番号にかけた。彼はすぐに出た。

「やあ、どうしてる？」マックスは訊いた。

「忙しいわ」セオドシアは答えた。「いつものように。そっちはどうしてた？」

「あちこち電話をかけてたよ。売り込みの」

悪いことを訊いちゃったわ、とセオドシアは心のなかでつぶやいた。「今夜、わたしたちと一緒に五キロのマラソンを走る予定に変わりはないかと思って」

「もちろんさ。なんたって、アール・グレイをがっかりさせるわけにはいかないからね。そうそう、彼の衣装はどんな具合？」

セオドシアはオフィスの棚に置いた茶色い毛皮に目をやった。「もうすぐ完成するわ」

「そうか。じゃあ、また夜に」

「じゃあね」セオドシアは横に体を傾け、アール・グレイの衣装になるはずの茶色い毛皮を手に取った。

先週、チアペット風の衣装をつくろうと思いついて、手芸店に出かけた。もこもこした緑色の生地があったら、それでアール・グレイの体に巻きつける衣装をつくるつもりだった。なのに、琥珀色のフェイクファーを見つけてしまった。ぱっと見たとたん、ライオンのたてがみを連想した。考えてみれば、ライオンのたてがみに似せたカラーをつくるほうが簡単そうだ。セオドシアは魔女に扮するのが決まっていたから、〈ナルニア国ものがたり〉シリーズの『ライオンと魔女』の扮装ということにすればいい。

セオドシアはかがり縫いの途中で刺しておいた針を抜いた。あと何針か縫えば……。

「そろそろ、ロンドン塔のお茶会のメニューのおさらいをしてもいい？」ヘイリーの声がした。彼女はドアのところに立って、手に持ったインデックスカードをひらひらさせていた。高さのある白いコック帽が、強い風にあおられてくるっとまわったように、粋に傾いている。

「いいわよ」セオドシアは言った。「でも、すべてあなた好みに考え抜いてあるんでしょう？」

「でも、セオも気に入ってくれるかわからないじゃない」ヘイリーは言った。「あたしとしては、あなたの意見も聞いておきたいの」

セオドシアはほほえんで、椅子の背にもたれた。彼女もドレイトンも、この店の本当のボスが誰かわかっている——鉄の鍋つかみを手に厨房を支配する、小柄なヘイリーだ。「いい

「わ、わかった。どんなメニューを考えたの?」

「ひと品めは王冠の宝石のスコーン」ヘイリーは言った。「砂糖漬けのフルーツがふんだんに詰まったクリームスコーンよ。つづいて出すのはアン・ブーリン風イチゴのチョコフォンデュ」

セオドシアは思わず笑みを洩らした。「王冠の宝石のスコーンと聞いた時点でやられたわ」

ヘイリーは指を一本立てた。「でも、まだまだあるわよ。ティーサンドイッチはキャラウエイシード入りのパンにハニーハムとイングリッシュマスタードをはさんだもの、ブラウンブレッドにイギリス産スモークサーモンとクリームチーズをはさんだものの二種類」

「すてき」

「デザートは」とヘイリー。「チャツネ入りクロワッサンとヴィクトリア・スポンジケーキにしようかと思ってる」

「どれもすばらしいけど、お茶はどうなってるの? ドレイトンはもう、お茶のメニューを決めたかしら?」

ヘイリーはうなずいた。「レディ・ジェーン・グレイっていうお茶を用意したみたい。アール・グレイをベースにしたブレンドなんだって。それと、ドレイトンのオリジナルでバラ戦争という名前のお茶も。セイロン・ティーにバラの花びらをブレンドしてあるの」

「完璧だわ」セオドシアは言った。「チケットは売り切れた?」

「うん。二、三日前に。明日はまた満員御礼よ」

「わたしたち、魔法の鍵を見つけたみたいね」セオドシアはぽつりと言った。「テーマのあるお茶会をひらくお店に鞍替えしたほうがいいかも」

ヘイリーは啞然とした。「毎日こればっかりやるってこと？」

「うーん……週に二、三回とか？」

ヘイリーは首をぶんぶんと振り、ブロンドのロングヘアがカーテンのように何度も肩をかすめた。「絶対だめ。そんなことしたら、みんな、テーマのあるお茶会を特別なことだと思わなくなっちゃう。特別な機会に限定したほうがいいってば」

ヘイリーの必死な様子にセオドシアは苦笑した。「言いたいことはよくわかったわ。そうね、あなたの言うとおりにする」

「ふー」ヘイリーは胸を手で押さえた。「事を荒立てるのは好きじゃないけど……」

「決まった習慣を守りたいのよね。ドレイトンと同じで」

ヘイリーはしたり顔でうなずいた。「習慣を守るのは大切よ。だからみんな、正気でいられるんだもの」

「わたしは人生にもう少し正気を注入したいところだわ」セオドシアは言った。「ここ数日、いろいろあったあとなのでよけいに」

「ぼろぼろになるまで、あちこち駆けずりまわってたもんね。で、このあとは例の持ち寄りなんとかってやつに行くんでしょ？」

「そうなの」

「自分のしっぽを追いかけてるような、無駄な努力のような気にならない？」

「言い得て妙だわ、ヘイリー。だって、ばかだと思われるかもしれないけど、アール・グレイとわたしは今夜、ハロウィーンの五キロマラソンを走るんだもの」

「へえ、アール・グレイがマラソンに挑戦するの？」

「そうなの。〈ビッグ・ポウズ〉のランニング部門にエントリーしたから」〈ビッグ・ポウズ〉はセオドシアとアール・グレイがボランティアとして参加している地元の介助犬組織だ。

「あなたたちはエナジャイザー社のピンク色のバニーと同じで、組織の顔だもんね。今夜のあたしは家にこもって、ソファでごろごろしながら女の子向けドラマでも観て、チップスアホイをひと袋食べちゃうんだ」

セオドシアは首をかしげた。「ヘイリー。それ本気？」

「自分で焼いたスコーンかマフィンにしたほうがいいかな？」

「ずっとずっといいわよ」

ランチタイムは忙しく、おかげでセオドシアもドレイトンもテーブルからテーブルへとひたすら飛びまわっていた。クロックムッシュ風ホットサンドを配り、シトラスサラダを配り、卵白のオムレツにはスパイスプラムとセイロンのブレンドを添えた。十二時四十五分、セオドシアは腕時計に目をやった。「大変！」

「どうしたのだね？」ドレイトンが声をかけた。

「デレインのマーケットまで行ってテーブルを設営するのに、あと十五分しかないわ」

「気休めになるかわからんが、お茶はジープの後部座席に積みこんであるよ」

「ありがとう」セオドシアはもう一度、腕時計を確認した。

「さあ、あと十四分だぞ」ドレイトンは言った。「急いで出かけたほうがいい」

「そ、その前にひとつ言っておかなきゃいけないことがあるの」

「なんだね？」ドレイトンはピンクの牡丹《ぼたん》が描かれたマイセンのティーポットを手に取った。

「けさ、ハーラン・デュークと話をしに乗馬センターまで出かけたんだけど……」

「あの男が馬を持っていたとは知らなかったな」

「馬を持ってるし、とても鋭利なフーフピックも持ってるの」

それを聞いたとたん、ドレイトンは色めきたった。

そこでセオドシアは鋭く光るフーフピックの件を話し、あれもエドガー・ウェブスターを殺害した凶器として考えられるのではないかと説明した。

「ありうるだろうな」ドレイトンは言った。「ティドウェル刑事にはもう話したのかね？」

「ううん」

「隠し事が多すぎるように思うが？　話さないでいいのかね？」

「さあ。よくないかも。たぶん、よくないわ」

「だったら、刑事さんに話す方向で考えてくれたまえ、いいね？」

「考えてみる」セオドシアはまた腕時計に目をやった。「わたしがいなくてもお店は大丈夫？

あなたとヘイリーだと、文字どおり、必要最小限の人員になっちゃうけど」

ドレイトンは無表情な目でセオドシアを見つめた。「いいから行きたまえ」

セオドシアはオフィスに駆けこむと、間髪をいれずにジャケットとバッグを取りあげ、裏口から外に出た。そこからは、デレインのマーケットが設営されている場所までクイーン・ストリートを車で五分走るだけだった。

運よく、一ブロック先に駐車スペースが見つかった。白いエスカレードに乗った女性がちょうど出るところで、セオドシアはあいた場所に車を突っこんだ。

ありがとう、駐車スペースの妖精さん。

お茶の入った段ボール箱を抱えて一ブロック走り、自分のテーブルについたときには、あと一分しかなかった。

デレインの姿はどこにもなく、ほっとした。あやうく、盛大にヒステリーを起こされるところだった。

セオドシアはテーブルに藍色のクロスをかけ、イングリッシュ・ヘッジグロウ・ティーのパッケージを何列かにわけて手早く並べた。用意してきた〝インディゴ・ティーショップイングリッシュ・ヘッジグロウ・ティー　一袋六ドル九十九セント〟の表示を、よく見えるようビニールのテーブルマットの下に入れた。

深呼吸をして、あたりを見まわした。右を見ても左を見ても、テーブルがえんえんとのびている。ドライフラワーのアレンジメント、ジャムとジェリー、陶器、アクセサリー、ひらひらしたスカーフ、おまけに古本まで並んでいる。

食べ物の屋台も出ていた。そういえば、フライドシュリンプ、焼きたてのマフィン、それに挽きたてコーヒーのにおいが入り混じっている。

本当にお客さんは来るのかしら、これだけ準備しても大失敗なんてことになるのではと案じていた矢先、俗に言う堰《せき》を切ったようにたくさんの人が押し寄せてきた。

セオドシアはなにがなんだかわからないままお茶を売った。イベントが始まって四十五分後、すでに半分以上のお茶が売れていた。さて、どうしよう？　そうだわ、ドレイトンに電話して、お茶とお茶関連の品を適当に見つくろってと頼もう。

実際、そのとおりにした。二十分後、ヘイリーが顔を真っ赤にし、大きな段ボール箱を引きずるようにして現われた。

「助けに駆けつけたわよ」ヘイリーは段ボール箱をセオドシアのテーブルにどさっと置くと、すかさず梱包を解くのを手伝った。

「ごめんなさいね。仕事をほっぽり出して駆けつけてもらっちゃって」三十袋のお茶のほか、ティーカップとソーサー、瓶入りの蜂蜜、それに〈T・バス〉製品もいくつか詰めてあるのを見て、セオドシアはうれしくなった。

「謝らなくていいってば」ヘイリーは言った。「ちっとも面倒なんかじゃないから。ちょうどそんな忙しくないときだったたし」彼女はあたりを見まわした。「みんなこっちに来てたのね」

「じゃあ、しばらくぶらぶら見ていく？」

「うーん……帰ったほうがいいと思う。ドレイトンをひとりぼっちにしておくのは気が引けるもん」

「ありがとう、ヘイリー」セオドシアは言った。「わざわざ持ってきてくれて。急に箱詰めを頼んだりして、ドレイトンにもお礼を言っておいて」

セオドシアは品物を並べ、お茶を売り、両隣のテーブルの女性と雑談をしたりと、またまた忙しくなった。ようやく、デレインの姿が見えた。

「セオ！」デレインは猛然と駆け寄った。クリップボードを手にし、疲れたような顔の見習いをふたり、子ガモのごとく従えている。「売れ行きはどう？」

「好調よ」セオドシアは言った。「あらたに搬入しなきゃならなかったほど」

「想像以上の人出よね」デレインは放心したようにあたりを見まわした。「本当に信じられない。動物保護団体の人たちは大喜びすると思うわ」そう言うと、脱兎《だっと》のごとくいなくなった。

セオドシアは買ってくれたお客のためにカップとソーサーを薄紙で包み、べつのお客には完璧なお茶を淹れるためのお湯の沸かし方を説明した。ようやくほっとひと息ついてあたりを見まわしたところ、エリオット・カーンが目の前に立っていた。彼はお茶を手に取り、ラベルを読んでいた。

「いらっしゃいませ」セオドシアはカーンがこのテーブルの前で足をとめたことに、ちょっと驚いていた。この前顔を合わせたときには敵意を剝き出しにしていたのに。

セオドシアの声にカーンが顔をあげた。声の主が誰かわかると、彼は煮立った油をかけられたかのように驚いた。

「あ……ど、どうも」カーンはたどたどしく答えた。それからふたたびお茶に目を落としてからセオドシアをちらりと見やり、渋々、そういうことかと理解した。「お茶を売っているのはあなただと察しがついたはずなのに」彼は抑揚のない声で言った。

「ええ、まあ、お茶を売っている人はほかにもいると思いますけど」セオドシアは答えた。

「いや、そうじゃないんだ」カーンはわずかにあとずさり、ばつの悪さを隠そうとした。

「このお茶はとてもよさそうだ。おたくのオリジナル・ブレンドだね？」

セオドシアはこわばった顔でうなずいた。「当店のオリジナル・ブレンドです、ええ」

カーンは横柄で挑発するような表情でセオドシアを見つめた。「わたしのことが本当は好きではないようだね」

セオドシアの頭に真っ先に浮かんだのは〝ええ、好きではありません〟だった。それは言わずに黙りこみ、蜂蜜でより多くのハエを捕まえるという古いことわざを自分に言い聞かせた。そのほうがより多くの情報も得られる。

「そこまでよくは存じあげませんから」セオドシアは言った。

「だが、マックスを休職させたことでいまも怒っているのだろう？」

「マックスを休職させたことで怒っているのはマックスです」

「たしか、彼にはべつの美術館からすでに接触があったそうだが」

セオドシアは探りを入れるようなカーンの発言を聞き流した。「いつ彼を復職させるおつもりですか?」

「それはなんとも言えんよ」

「そんなにむずかしいことではないと思いますけど。なんと言っても、あなたは館長なんですから。さまざまな選択肢を検討し、むずかしい判断を下すのがお仕事じゃないですか」セオドシアは、なかば威嚇するようにほほえんだ。「だからこそ、多額のお給料をもらっているんでしょう?」

カーンはいかにもばつが悪そうに咳払いをした。

「ところで」セオドシアはつづけた。「シャーロットさんがおたくの理事に就任して、そわそわされているんじゃないですか。ゆうべ、彼女の家に火炎瓶が投げこまれたことを考えればとくに。その話はお聞きになっていますよね?」

カーンはまじめくさってうなずいた。「聞いている。ひどい話だ」

「思うんですけど、シャーロットさんを邪魔に思っている人がいるんじゃないでしょうか。ご主人を邪魔に思った人がいたように」蜂蜜でもっとたくさんのハエを捕まえるもくろみは、すっかりわきへ押しやられていた。けれども、セオドシアはどうしようもないほど怒っていた。

カーンは眉根を寄せ、露骨に顔をしかめた。「そのどちらかにわたしが関係していると言いたいのなら……」

「そういうわけでは……。まさか関係しているんですか？　エドガー・ウェブスターさんが美術館の運営に首を突っこむのをよく思わない人がいたのはたしかです。その人物が、シャーロットさんに対しても同じような気持ちを抱いたとも考えられます」セオドシアは鋭い目つきで彼をにらんだ。

「これはいらん」カーンはとげとげしい声で言うと、お茶の袋をテーブルに放り投げ、セオドシアに背を向けた。そして人混みに消えてしまった。

セオドシアはそのうしろ姿を見ながら思った。エリオット・カーンが一連の事件を画策した人物なの？　人殺しの異常者なの？　それとも悪いのはほかの人？　まだわたしが出くわしていない誰かなの？　まだ誰も出くわしていない誰かなの？

22

セオドシアは五時ちょっとすぎ、疲労の色をにじませながら、インディゴ・ティーショップに戻った。

すでに営業が終わり、カーテンが引かれていた。ドレイトンはとっくの昔に帰宅し、上でヘイリーが動くたび、垂木がぎしぎしいうのが聞こえる。

よかった、と思った。この静かで落ち着いたひとときを利用して、少しじっくり考えよう。けさハーラン・デュークに会って彼も容疑者候補だと気づいたことが——エリオット・カーンとばったり出会ったことも含め——気にかかってしょうがなかった。どちらもエドガー・ウェブスターに反感を抱いていてもおかしくない。しかもどちらも昨夜、シャーロットを襲った可能性がある。デュークは彼女の気持ちを自分に向けさせるため、カーンは怯えさせて遠ざけるため。

ティールームに入ると、平水珠茶とインディアン・スパイス・ティーの残り香に誘われ、一杯淹れることにした。数時間後に五キロの距離を走ることを考えれば、カフェインを適量摂って活力をアップさせておきたい。

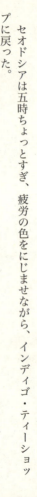

けれども棚からアッサム・ティーの缶を出したとき、さっきカウンターの奥に突っこんでおいたエドガー・ウェブスターを追悼するボードに目が行った。上海の美術商からのお悔やみ状がとめたままになっている。

セオドシアはボードからお悔やみ状をはがし、じっくりながめた。そして自問した——いま、上海は何時かしら？

日付変更線があるから、中国ではもう明日なのはわかる。上海は東部標準時よりも十三、四時間ほど進んでいるから、いまは水曜の早朝だろう。

この美術商に電話するべきかしら。たしか名前は……？　セオドシアは目をお悔やみ状のいちばん下にやった。

マンダリン美術骨董　ファン・リュウ

このリュウ氏に茶館のことを訊いてみようか。セオドシアはうなじを揉んだ。そして決めた……うん。そうしよう。

パソコンの前にすわり、海図にない海に漕ぎ出すような気持ちで、マンダリン美術骨董をグーグルで検索した。あった。場所は上海の莫干山路《モーガンシャンルー》で、電話番号からなにからすべて出ている。電話帳をめくり、国番号を調べた。あとは番号をダイヤルするだけだった。

かちゃかちゃかちゃという音が何度か聞こえたのち、きびきびした男性の声が電話に出た。

「你好《ニーハオ》」

「もしもし？」セオドシアは言った。声が反響して聞こえるのは、数秒の遅れがあるからだろう。

男性の声は教養のある英語に変わった。「おはようございます。ご用件はなんでしょう？」

「もしもし」セオドシアは言った。「リュウさんとお話ししたいのですが」

「わたしがリュウです」

「そうでしたか。わたしはセオドシア・ブラウニング、チャールストンからかけています。アメリカ合衆国の」

「はい？」リュウはいくらか警戒する口調になった。

「わたしども全員、中国の茶館がとても気に入ったとお伝えしたくて」セオドシアは思いつくはしからまくしたてた。「目の覚めるようなすばらしさです」

相手はそれで気をよくしたようだ。

「それはよかった」リュウ氏は言った。

「とても信じられません、あれが……本物だなんて」セオドシアは言った。

リュウ氏は愉快そうに笑った。「れっきとした本物だと断言しますよ。床板一枚にいたるまでね」

「ハーラン・デュークさんもそうおっしゃってました」

「ああ、ミスタ・デューク。あの方は中国の骨董に関してたしかな目をお持ちだ。彼と一緒に仕事ができて光栄でした」

「中国の茶館は最近では手に入りにくいものなんでしょう?」セオドシアは言った。お願いだから、話に乗ってきて、と心のなかで祈りながら。

「幸いにも、上海にはあの手の建築物がいまも数多く残っています。しかしながら、昨今の爆発的な建築ブームの影響で……」リュウ氏の声に無念そうな響きが混じった。「とにかく、あのような茶館が公立の施設の所蔵品となって珍重され、喜ばれていると知り、われわれとしてもたいへんに満足しています」

「こちらチャールストンの美術館でもとても愛されていますよ。本当に人気があります」

「いまちょうど、べつの美術館も茶館の保存を検討しているんですよ」リュウ氏は言った。

セオドシアの耳がぴんと立った。「まあ、そうなんですか? どこの美術館でしょう?」

「クレンショウ美術館です。ニューヨーク北西部の。購入に必要な資金を集めているところだそうです」

「ありがとうございました」セオドシアは言った。「お話しできて本当によかったわ」

電話を切り、クレンショウ美術館に電話するには遅すぎるだろうかと考えた。そうね、たぶん。でも、明日の朝いちばんに電話をかけよう。上海の茶館がここ最近の事件となんらかの形で関係しているなら、なんとしても真相を探り出さなくては。

「本当にかわいいわねえ」セオドシアは自宅のキッチンで、アール・グレイにほほえみかけ、陽気な声で褒めあげた。

愛犬はその手に乗らなかった。

ライオンの衣装を着せられたアール・グレイはマラソンへの参加を渋っていた。尻尾を下向きにし、肩をすぼめていた。その顔には……困惑の表情が浮かんでいた。

「ねえ」セオドシアはいくらかでも盛りあげようとして言った。「その衣装、わざわざあなたのために縫ったのよ。手芸店に出かけて、もこもこのオレンジ色のフェイクファーを見つけて、かっこいいライオンのたてがみに仕立てたんだから」

アール・グレイは小さなため息を洩らした。

セオドシアはべつの線から攻めることにした。「衣装を着けるのは一時間かそこらのことよ。ホワイト・ポイント庭園までジョギングしながら行って、〈ビッグ・ポウズ〉主催の五キロマラソンを走ったら、さっさと帰ってくればいいんだから」

するとアール・グレイは目を大きく見ひらいた。

「それに見て。わたしも衣装を着るのよ」セオドシアは魔女の帽子を頭にのせた。「ね？」そう言って、愛犬に期待のこもった目を向けた。「まだ、納得してくれない？　ねえ、聞いて。あなたの気持ちはよくわかる。一年で最悪の日だから、犬はハロウィーンが嫌いなのよね。絶え間なく鳴る玄関の呼び鈴、不気味な衣装に身を包んだ子どもたち、あなたが食べちやいけないチョコレート。それについては悪いと思ってる。心から。でも、今夜のイベントは大勢の犬と人間のためになることなの」

アール・グレイは鼻先をあげてセオドシアをじっと見つめた。

「そうよ、いいことをするの。もっとたくさんの介助犬を訓練できるよう、お金を集めるためなんだから」

アール・グレイはセオドシアに一歩近づき、彼女の手に鼻をつけた。そして軽く押した。

「ありがとう」セオドシアは言った。「やっと意見が合ったわね。じゃあ、ケープをはおって、ランニングシューズを履くわね。そしたら出かけましょう」

鈴なりの紫とオレンジの電球が闇に光っていた。なかにキャンドルを灯したカボチャのランタンが大きな円形に並べられ、それがあたかも魔女の集会のような雰囲気を醸している。ごとごというスモークマシーンがあやしい雰囲気の白い蒸気を大量に吐き出し、ホワイト・ポイント庭園はさながら幽霊のテーマパークと化していた。

セオドシアとアール・グレイは仮装した人々と犬でひしめくなかをゆっくり進み、〈ビッグ・ポウズ〉のボランティアが詰めている受付テーブルを目指した。

「こんばんは」セオドシアはボランティアでマラソン大会の実行委員のひとり、ヘレンに声をかけた。「ゼッケンをもらいに来たわ」

ヘレンは手もとのリストを調べ、十枚ほどのボール紙のゼッケンをめくった。「ええと、セオドシアとアール・グレイね。あった。あなたたちのチームナンバーは四十五よ」

セオドシアはゼッケンを袖にとめ、にっこりとした。「不気味な雰囲気がよく出てるわね」

「ねえ、すごいでしょう？」ヘレンは小柄でかわいらしく、くりくりの黒い髪をしていて、ショーンという名の白いすてきなプードルの飼い主だ。「スモークマシーンは借りなくてもよかったみたいだけど」そう言って、腕を振ってしめした。「大西洋から本物の霧がたっぷり流れこんでくるんだもの」

「たしかに雰囲気がぐっと増してるわね」セオドシアはうなずいた。「そうそう、マックスのゼッケンはある？　彼も一緒に走ることになってるの」

「彼はもう持っていったわよ」ヘレンは言った。

「来てるの？」

「そのへんにいるんじゃないかしら」ヘレンは言うと、赤い悪魔の衣装を着けた元気いっぱいのボクサー犬を連れた、次の参加者の受付にかかった。

「わかったわ、ありがとう」セオドシアは言った。

見つけたとき、マックスはファネルケーキをぱくついていた。「砂糖と脂肪をそんなに摂ったら、スピードが出ないんじゃない？」セオドシアは訊いた。

マックスは大ぶりのファネルケーキを口に入れたばかりだったので、嚙んでのみこんでから答えた。「そんなことないよ。炭水化物はパワーをアップしてくれるんだ」

「つまり、夕食を食べなかったのね？」

「実はそうなんだ」

「わたしもなの」

「じゃあ、ふたりともガス欠状態で走るわけだ」マックスは手をのばし、アール・グレイの耳のうしろをかいてやった。「やあ」

「短距離でよかったわね」セオドシアはマックスが着ているライクラのショーツとナイロンのパーカをとっくりとながめた。「仮装してないじゃない」

「時間がなくてね」マックスは言うと、アール・グレイに注意を戻した。「でも、相棒。その衣装、すごくいいよ」

「本人はいやがってるの」セオドシアは言った。

「なんでだい？」マックスはアール・グレイの耳をかいてやりながら言った。「その恰好をしてると、でかくて強いライオンになった気分がするだろ、え？」

アール・グレイはとんでもない間違いをしでかしてしまったという顔でマックスを見つめた。

「衣装が気に入らないんだな。きみの言うとおり、短距離レースでよかったよ」マックスはセオドシアに身をすり寄せた。「ところで、今夜のきみはいかしてるね。本物の魔女みたいで謎めいた感じがする」

「マックス」セオドシアは真剣な表情になった。「あなたに話しておきたいことがあるの」

マックスはセオドシアのほうに頭を傾けた。「なんだい？」

彼女は彼を人混みから遠ざけ、静かなほうへと引っ張っていった。「けさ、ハーラン・デュークのギャラリーに寄ったの」

「うん」

「店にはいなかったけど、エキノクス乗馬センターで会うことができたの」

「それは馬を買ったと言おうとしてるの？　それとも、ロデオに出るつもりとか？」

「ううん、そうじゃなくて……」セオドシアはひとつ深呼吸すると、デュークについての話をつづけた。彼が馬を持っていること、見るからに物騒なフーフピックという道具の扱いに慣れていること。

セオドシアの話を聞くうち、マックスの表情はちょっと興味がある程度から、かなり心配だというものに変化した。

「ふう、ちょっとタイム。つまり、デュークがフーフピックを使ってエドガー・ウェブスターを亡き者にしたと？」

「ええ、ちらりと思った」

「ウェブスター殺害をめぐる物語は、ますます混迷していくな」

「でしょう？」

「セオ、いまのフーフピックの話、ティドウェル刑事にはもうしたの？」

「するつもりだったのよ。ドレイトンからも言われたし。でもまだなの」マックスが困惑した表情をしたのを見て、セオドシアはつけくわえた。「きょうはランチもあったし、そのあと持ち寄りマーケットに行かなきゃいけなかったしで、ものすごく忙しかったのよ」

「でも、ちゃんと言わなきゃだめだ」

ふたりのわきを、二頭のジャック・ラッセルが吠えたり、うれしそうにくるくるまわったりしながら通りすぎていった。

「でも、問題があって」セオドシアは言った。「わたしがなにか思いついたり、ちょっとした情報を提供すると、ティドウェル刑事はすぐ、警察官モード全開で首を突っこむなとお説教してくるのよね」

「でも鋭くとがったフーフピックは思いつきなんかじゃない。しかもそれは茶館を見つけた地元業者と結びついてるし、茶館の発見にひと役かった被害者とも結びついてるんだから」

「そうは言うけど、直接証拠じゃないもの」セオドシアは言った。「せいぜい状況証拠という程度よ」

マックスは彼女の腕を取って、ゆっくりとスタートラインに向かった。ランナーたち——人間も犬も——が並びはじめていた。「よかったら明日、インディゴ・ティーショップに行って手伝おうか」

「ちょっと待って。どうして急に話題を変えるの？　ロンドン塔のお茶会を手伝ってくれるの？」

「というか、そばにいてきみの身の安全を守りたいんだ」

セオドシアはアール・グレイのライオンのたてがみの位置を直した。「わたしのことなら全然心配いらないわ」

「エドガー・ウェブスターだってそう思ってたんじゃないかな。それにセシリーもシャーロットも襲われる直前までそう思ってたはずだ」

「でも、まわりに大勢の人がいるんだし」

「エドガー・ウェブスターだって美術館ではそうだった」ふたりは三匹のダックスフンドとからまり合ったリードをまたいだ。

「じゃあ、こうしましょう」セオドシアは言った。「お茶会のほうはミス・ディンプルに手伝いを頼んであるの。夜のブラッディ・マリー・クロールとホーンテッド・ヘイライドのほうを手伝ってもらえる？」

「それでいいよ」マックスは言った。そのあとしばらく、彼は黙ってセオドシアを興味深げに見つめた。

「今度はなんなの？」

「なんでもない」

「なんでもないわけ、ないでしょ」彼のことはよくわかっている。なにか心のなかで温めているにちがいなく、それは絶対にお茶会のことではない。

「きょう、仕事の申し出があったんだ」マックスは言った。

「真剣なお話？」

「いや」マックスは言った。「たぶん、からかっているだけさ」

「ごめん」セオドシアは言った。「ただ……ちょっとびっくりしちゃって。でも、本当に仕事の申し出があったのなら……いい知らせということになるんでしょ」

「そう思う」

「話があったのは、例のサヴァナの美術デザイン大学から?」

「うん」

「そう。遠くなっちゃうわ」

「九十マイル程度だよ。きみだってお茶やらなにやらを買うときは、サヴァナまでひとっ走りするのも苦にならないじゃないか」

セオドシアはしばらく考えこんだ。「じゃあ、遠距離のおつき合いになるのね」

「うん」

「この街で復職する見込みはないの?」

「カーン館長はぼくにいられちゃ迷惑だろうし、ぼくも館長のもとにはいたくない」

「カーン館長が美術館からいなくなったとしたら? くびになるとか、そういう場合はどう?」セオドシアの頭の奥には、カーンも有力な容疑者だという思いがひそんでいた。彼がエドガー・ウェブスターを殺害した犯人だと証明されれば、すべてあるべき状態に戻るはずだ。

「あのさ」マックスが言った。「ぼくが知らないことをなにか知ってるんじゃない?」

セオドシアはひとつ息をついた。「ううん、そんなことないけど」

「そう」マックスがウォーミングアップに膝の屈伸を二度ほどすると、膝がポキッと鳴った。
「やれやれ、走るのがグレイハウンド部門じゃなくてよかったよ」

レースが始まると——犬が怯えるので、スタート用のピストルは鳴らさなかった——集団は一斉に猛然と走り出した。犬はわんわん吠え、しっぽを振り、首輪の鈴を鳴らしながら、公園を全力疾走していった。集団は、スティード・ボネットを頭とする海賊を絞首刑に処したことを記した銘板の前を轟音《ごうおん》とともに走り抜け、オレンジ色のランタンとまばゆく光る矢印でくっきりしめされたルートを進んだ。オイスター・ポイントをまわり、砲台が並ぶ一角を過ぎた。野外ステージを過ぎたところでコースはふたつに分かれた。片方は五キロ用で、もう片方はもっと短く、走り慣れていない人と小型犬のために用意されたコースだった。セオドシアもアール・グレイもマックスも経験豊かなランナーなので、五キロのコースに進んだところ、いつの間にか先頭を走って集団を率いる形になっていた。印のついたコースをたどってサウス・バッテリー地区に向かい、何十という大きなお屋敷の前を走りすぎた。昼間だと、ピンク、淡黄色、パステルブルーの淡い色合いに塗られたこれらのお屋敷は、お皿に並べたマカロンを見ているみたいで目に楽しい。いまはハロウィーンの時期ということで、多くのお宅がそれらしく飾りたてていた。

側面のポーチには魔女とぐらぐら煮立つ大釜のフィギュアが置かれ、フィニアルや手すりからは幽霊がぶらさがり、車用アプローチの両端には骸骨が門番のように立っている。ある家などは等身大の首なし騎手がおもての芝生に立っていた。

「こんなお屋敷まで派手な飾りつけをするとは思ってもいなかったな」マックスは言った。

「何軒かは、明日の夜のブラッディ・マリー・クロールに参加するんだと思うわ」セオドシアは言った。

「ホーンテッド・ヘイライドもあるよね。ヘイライドを忘れないでくれよ」

ふたりと一匹は息をあえがせながらキング・ストリートを走り、やがてラドソン・ストリートに入った。

「このまま行くと美術館の前を通ることになるな」マックスの声はあまりはずんでいなかったが、アール・グレイはしっぽを振った。

「元気出して」セオドシアは声をかけた。「いまはもうとっておきの切り札を手に入れたじゃない。いいお仕事の申し出があったんだもの」マックスがサヴァナに行くのはうれしくないが、なにしろ彼のキャリアと自尊心がかかっているのだ。

角を曲がり、美術館に向かってミーティング・ストリートを走った。近くまで来ると、美術館の外に少ないながらも人が集まっているのが見えた。彼らはセオドシアとアール・グレイとマックスが見えると盛大に手を叩いて声援を送り、次々と通りをやってくるランナーにもにぎやかな歓声をあげつづけた。

「ほらね」セオドシアは前を通りすぎると言った。「そんなに悪いものでもなかったでしょ。あなたのお友だちも何人か手を振ってるのが見えたわよ」髪を風になびかせたサムナー・モットとパーシー・ケイパーズの姿がたしかに見えた。しかし、エリオット・カーンは影も形もなかった。

アトランティック・ストリートを飛ぶように走っていると、いつの間にか数人のランナーがすぐうしろに迫っていた。順路を記した表示に従うと、やがてチャーチ・ストリートに出た。

「まもなくインディゴ・ティーショップの前だ」マックスが言った。

「最後の直線ね」セオドシアは言った。

そこからわずか数ブロックで出発点のホワイト・ポイント庭園に戻った。フィニッシュラインを通過すると、待ちかまえていた観客から喝采、歓声、どよめきがあがった。ゴールした全員にオレンジ色のリボンが渡され、犬たちには水の入ったボウルがプレゼントされた。

「こっちで写真を撮らせてちょうだい」ヘレンがセオドシアたちと、ゴールした数人に手を振った。

セオドシアが仲間を率いて野外ステージにあがると、カメラのシャッターが押され、フラッシュが光った。

そして当然ながら、ビル・グラスも写真を撮っていた。

「いったいなにをしてるの?」ぶちの巨大なグレート・デーン犬にカメラを向けたグラスにセオドシアは声をかけた。「あなたは大会の公式カメラマンじゃないでしょうに」〈ビッグ・ポウズ〉がグラスを雇ったとは思えない。少なくとも、セオドシアはそう思いたくなかった。

なにしろ、扱いにくい変人なのだから。

「いや、べつに」グラスは言った。「ちょっとぶらぶらしながら、犬っころと飼い主の写真を何枚か撮ってただけだ。おもしろいものを見つけたくてね」

「で、見つかった？」

「とくになんにも」しかしグラスはそこでふいに口をとがらせ、得意然とした顔になった。

「どうかしたの？」セオドシアは訊いた。

グラスの顔がほころびはじめた。「いや、なに、ウェブスター殺しの手がかりをいくつか見つけたみたいでね」

「どういうこと？」アール・グレイが犬と人間が大勢いるほうへとマックスを引っ張っていくのを見ながら、セオドシアは訊いた。

グラスは指を振ってみせた。

「おあいにくさまだな、ナンシー・ドルー。あんたにはなにひとつ教えるつもりはないよ。おれから探り出してみるんだな」

「そんなこと、するもんですか」ええ、探り出してみせるわ。「ねえ、いったいどういうことなの？　誰に目をつけてるの？」

「ちゃんと情報源があってね」

「気をつけたほうがいいわよ」セオドシアは言った。マックスの忠告がまだ頭のなかでこだましていた。「わたしたちにかなり近い人物が、捜査をつぶそうとしているから」

「ああ、おれなら心配いらない。なんたっておれは目端のきく男だからさ。自分の身ぐらいちゃんと守れるって」

そう言うなり、グラスは渦巻く霧と紫色のなかを走り去った。

シャーロック・ホームズのお茶会

明かりを落とし、ダークグリーンのテーブルクロスをかけ、テーブル全体をできるだけイギリスらしい雰囲気に飾りましょう。たとえば、本を何冊か積み重ねたり、虫眼鏡や真鍮の燭台をさりげなく置いてみたり。シャーロック・ホームズの本のページを拡大コピーしてランチョンマットにし、ナプキンは格子柄かヘリンボーンのものがいいでしょう。シャーロック・ホームズ・ハットがあれば完璧。お料理はレモンカードとジャムを添えたカラントのスコーンかオートケーキ、ローストビーフとチェダーチーズをはさんだボリュームたっぷりのサンドイッチに濃く淹れた紅茶を用意して。

23

「ハッピー・ハロウィーン！」ヘイリーが声高らかに言った。水曜の朝、セオドシアが裏口から入るなり、厨房からヘイリーが顔を出したのだ。彼女は鋲つきの黒い革ジャケット、ミニスカート、ブーツというガールズバイカー風の恰好で決めていた。

「ヘイリー」セオドシアは一瞬、言葉を失った。「それ仮装よね。ちょっと待って、たしかアン・ブーリン風の衣装を着るんじゃなかった？」

ヘイリーはにんまりとした。「彼女はお払い箱にしたわ。こっちのほうが断然かっこいいもん」

　セオドシアはなんと言っていいかわからず、店の入り口に目を向けた。

「わたしは……ちょっと待って。わたしもなにか衣装を着ることになってた？　話を聞きそびれちゃったかしら？」

「ううん、あたしは自分がしたかったからコスプレしてるだけ。ドレイトンに、きょうも船長の衣装を着てって説得したけど、一度着れば充分だって断られちゃった。ロンドン塔の衛兵の恰好をするのもいやなんだって。ほら、ロンドン塔のお茶会だから。衛兵のおしゃれな

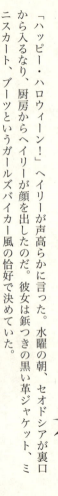

制服を着たらすてきだと思ったのに。でも、お断りだって言うんだもん」ヘイリーは見るからに残念そうな顔をした。「まったくノリが悪いんだから」

セオドシアは笑いを噛み殺しながら、ヘイリーと連れだってティールームに入った。

「そんなことを言うけど、ヘイリー、ドレイトンはコスプレしたり踊ったりテープを投げたりするタイプじゃないでしょ」

ヘイリーはセオドシアの言葉をしばらく考えた。「セオの言うとおりかもね。自由奔放で風変わりなタイプは、どこの……」

「酒場にもいる」ドレイトンが言った。彼はカウンターに立って、ふたりを非難するような目でにらんでいた。「わたしが仮装をしないせいで、ヘイリーはまだぶつぶつ言っているのかね？」

「オオカミ男のお面だけならどう？」ヘイリーは訊いた。

「ごめんこうむる。きょうのわたしは機嫌が悪いのだよ」ドレイトンが手をのばして紅茶の缶を取ったとき、プラスチックの黒い蜘蛛がカウンターに転がり落ちた。「ヘイリー！」ドレイトンは叫んだ。けれども彼女は大笑いしながら厨房に消えたあとだった。

この日はハロウィーンということもあってか、店内はいつも以上に華やいだ雰囲気に満ちていた。お客が次々と駆けこんでは席を確保する。黄色と赤をあしらった乗り合い馬車が外にとまり、あらたなお客を吐き出していく。コスプレした地元の店主たちが立ち寄ってはお茶とスコーンを買い求める。

ヘイリー考案のチェリーとバナナのブレッドとメープル・スコーンは爆発的な人気を博した。ドレイトンが選んだお茶も同様だった。

「本日の秘薬と呼ぶことにするよ」ドレイトンはセオドシアに言った。「きょうはハロウィーンだからね」

「で、どんなお茶を選んだの？」

ドレイトンは聖なる鳥と蝶が描かれた中国製のティーポットをかかげた。

「ジャスミン・マウンテンという名前のブレンドにした。中国の紅茶にジャスミンの花とイチゴの風味をくわえたものだ。それからわたしのオリジナル・ブレンド、オータム・コーヌコピアも用意した」

「ブラックチェリーとカランツが入っているお茶ね」セオドシアは言った。「あのブレンドは大好き」

「わたしはどちらかと言うと純粋主義者ではあるが、きょうのティールームの香りが格別にすばらしいことは認めるよ」

「お茶というアロマテラピーね」セオドシアはうなずいた。「本当に最高。そうそう、レディ・ジェーン・グレイ・ティーとバラ戦争のお茶は用意できてる？」

ドレイトンはほほえんだ。「ちゃんとできているとも」

「ハロー！　バイバイ、みんな！」聞き慣れた声が歌うように響きわたった。

セオドシアはこらえきれずに笑い出した。人好きのする、お茶好きな七十代の帳簿係で給仕係のミス・ディンプルが、乱れた白髪、血色のいい頬、ひだのたっぷりついた服で現われた。

「ミス・ディンプル」ドレイトンは言った。「ありがたい。きみこそわたしが求めていた女性だ」

ミス・ディンプルはぽっちゃりした短い足でちょこまかとカウンターに近づいた。

「なんのご用かしら、ドレイトン？」店に来たのはお茶を出す手伝いをするためだけど、ミス・ディンプルはドレイトンにはことさら優しくするようつとめている。彼女の頭のなかでは、ドレイトンこそがこのティーショップの実質的経営者だ。お茶にまつわる逸話をいくらでも語れる、いわば総元締め的な存在だった。セオドシアもべつに気にしていなかった。仕事がきちんとおこなわれ、お客が満足しているなら、誰が責任者かなんてどうでもいい。

「このお茶を味見してもらえないだろうか」ドレイトンは日本の手作りの小さな茶碗に熱々のお茶を注いだ。「きみの専門家としての意見が聞きたいのだよ」

ミス・ディンプルはくすくすと笑った。彼女はなににもまして意見を述べるのが好きだった。

「先に言っておくが」ドレイトンは言った。「これは台湾産の龍井という緑茶でね。きみがいつも好んで飲む日本の玄米茶とはかなりちがうと思う」

何事にも積極的なミス・ディンプルはひとくち飲んだ。一瞬だけ目をぎゅっとつぶり、すぐに大きくひらいた。「おいしいですね。コクがあるのに、濃すぎるという感じではなくて」

「いや、すばらしい」ドレイトンは言った。「きみもすっかりお茶のプロになったね」

「このわたしがですか？」ミス・ディンプルはうれしそうに言った。「本当に？」

「お客さまもあなたのアドバイスを頼りに、ぴったりのお茶を選んでるくらいだもの」セオドシアは割って入った。

「ここで働くのが楽しいのも当然ですね」ミス・ディンプルはそこでくるりと向きを変え、ようやくヘイリーの飾りつけに気がついた。「あら、まあ。魔女と幽霊にお店を荒らされちゃいましたね。ヘイリーがやったんですか？」

「デコレーションしようって提案したのはドレイトンよ」セオドシアは言ったが、すぐに声をあげて笑い出した。

「もう、あなたたちったら！」ミス・ディンプルも思わず噴き出したが、すぐに真顔になった。「そうそう、タイタニックのお茶会はお手伝いできなくて本当に申し訳なかったわ。マレルズ・インレットからいとこたちが訪ねてきたものだから」

「来てもらえたらとても助かったけど」とセオドシア。「でも、なんとかなったわ」

「船長の制服を着たドレイトンが見られると知っていたら、なにがなんでも駆けつけましたけどね」

ドレイトンは片方の眉をあげた。「誰に聞いたのだね？」

「へイリーですよ」ミス・ディンプルは言った。

「あの子以外にいないでしょうに」

「まったくだ」ドレイトンは言った。

「さぞかし見ものだったでしょうね」ミス・ディンプルは言った。

「制服姿の殿方ですよ、誰だって好きに決まってるじゃありませんか！」

お茶を出すのはミス・ディンプルにまかせ、セオドシアはちょっと時間を割いて、ニューヨークのクレンショウ美術館に電話をかけた。その美術館が中国の茶館の購入を考えているという話に好奇心がうずいたのだ。それに、仲介役がハーラン・デュークかどうかも知りたかった。

美術館につながると、その話はアラン・エイブラムズ氏としてほしいと言われた。けれども電話が転送されるや、エイブラムズ氏の留守番電話に切り替わった。セオドシアはピーッという音が鳴るのを待ってからメッセージを吹きこんだ。「できるだけ早くお電話をください。そちらの美術館で購入を検討されている中国の茶館についていくつかうかがいたいことがありまして」それから名前と電話番号を告げた。「お電話はいつでもかまいません。とても大事なことなんです」

茶館とハーラン・デュークのつながりについてあれこれ考えていると、電話が鳴った。ロンドン塔のお茶会を間際になって予約しようという電話だろうと思いながら受話器を取った。ちがった。

「セオドシアか?」しゃがれた声が尋ねた。聞き覚えのある声なのに、どうしても誰だか思い出せない。

受話器を耳に強く押しつけた。「どちらさま? もう少し大きな声でお願いします」

「おれだよ。グラスだ」

「ビル・グラス?」彼がいったいなんの用かしら。「なんの用なの? どうかしたの?」

「それをいまから話そうとしてんだって」グラスは急に怒ったように言った。「いま病院にいるんだよ!」

冗談でしょ?

「え? からかってるの? だったら、その手には——」

「からかってるもんか。この先何日かは松葉杖を使わなきゃいけないんだぜ!」

「本当に病院にいるの?」

「そうだよ!」

「なにがあったの?」まさか、そんな。あらたな襲撃、あらたな負傷者、そしておそらくは、あらたな殺人未遂?いったいなにが起こってるの?

「ちょっと来てくれないか?」グラスは言った。

「え? いますぐ?」

「ああ、いますぐだ。マーシー医療センターにいる。あんたに話があるんだよ。なんか妙なことになってるみたいなんでな」

「あなたでもそう思うのね」セオドシアは言った。

「皮肉はけっこうだ。ちょっとは同情してくれたっていいじゃないか」

「あのね、皮肉でも言われないよりましよ」

「とにかく、来てくれるんだろう？」

セオドシアはため息をついた。「すぐ行くわ」

セオドシアはいきおいよくティールームに飛び出し、あやうくミス・ディンプルと正面衝突しそうになった。

「ああ、驚いた」ミス・ディンプルは大きな声を出した。「あとちょっとで、ポット一杯分のイングリッシュ・ブレックファスト・ティーをあなたにぶちまけるところでしたよ。そうならなくて本当によかった」

ドレイトンが顔をあげた。「どうかしたのかね？」

「ちょっと出かけなきゃいけなくなったの」

「いまから？」彼は顔をしかめ、腕時計に目をやった。「二時間後にロンドン塔のお茶会が始まるのはわかっているのだろうね？」

「ビル・グラスが襲われたの」セオドシアは言った。「いま入院してるんですって」

ドレイトンはゆっくりとまばたきした。「なんたることだ」

「ビル・グラスさんというのは、例の不愉快なカメラマンですね？」ミス・ディンプルが訊いた。

「ええ」セオドシアは言った。「ちょっとひと走りして様子を見てくる。でも、ランチタイムには充分間に合うように帰ってくるわ。約束する」

ミス・ディンプルはセオドシアの肩を軽く叩いた。「心配いりませんよ。ちゃんと対処できますから」

でも、わたしは対処できるかしら？　セオドシアは自信がなかった。

コーチのローファーのヒールが病院のロビーの大理石の床にカツカツと軽快に響いた。あたりを見まわすと、誰もすわっていない車椅子が二台ぽつんと置かれ、あふれんばかりの花をのせたカートが押されていき、受付に係の女性がひとりすわっていた。

まずは受付よね、とセオドシアはひとりつぶやいた。早足で近づいていき、赤い巻き毛のいかめしい顔つきの女性にほほえんだ。つけているバッジには〝ＭＭＣボランティア　ライラ〟とある。

「すみません」セオドシアは声をかけた。「ビル・グラスさんの病室はどちらですか」

受付の女性はグラスの名前を聞いたとたん目をぎゅっと閉じ、それから冷ややかで値踏みするような視線をセオドシアに向けた。

「あなたもグラスさんのガールフレンドのおひとりですか？」女性の口調は侮蔑を含んでいた。「すでにふたりの女性が訪ねておいでになりましたけど」

「ええっ？」セオドシアは受付の女性の質問に少し当惑し、一歩あとずさった。「いいえ、ガールフレンドなんかじゃありません。とにかく急いでるんです」

「四六七号室です」受付の女性は一語一語、ゆっくり時間をかけて発音することに無上の喜びを感じているようだった。

セオドシアはエレベーターに急ぎながら、ビル・グラスにはいったい何人のガールフレンドがいるんだろうと考えた。そもそも、本当にその人たちはお見舞いに来たの？　これまでグラスを奔放な独身男という目で見たことは一度もなかった。これで、べつの一面があるとわかった。できればあまり知りたくない一面だ。

四階でエレベーターを降りたとたん、リネンカートに轢かれそうになった。セオドシアは糊のきいたシーツの山とのひき逃げ事故に巻きこまれてなるものかと、背中を壁にぴったり押しつけた。壁の表示に目をやり、目指す方向は左と判断して廊下を進んだ。

忙しく立ち働く看護師、がらがらいうカート、さらには不安そうな表情の見舞客数人をかわさなくてはならなかったが、とにかくグラスの病室にたどり着いた。

「四六七号室」セオドシアは小さくつぶやきながら、ドアをノックした。

「なんだ？」グラスがしわがれて耳障りな大声で言った。「鍵はかかってない。入っていいぞ」

セオドシアはビル・グラスの病室に入った。彼はアシュレー川をわずかに望むごく平均的な病室で、ベッドの上に起きていた。頭に白い包帯が巻かれているせいで、黒髪が四方八方に立っている。右目のまわりにひどいあざができていて、紫と黒に変色していた。サンドバッグがわりに殴られたようなありさまだった。

「このみすぼらしい病室を見ろよ」グラスはいきなり大声で言うと、抗議するようにセオドシアに向かって腕を振りまわした。「救貧院と五十歩百歩じゃないか。シーツはごわごわだし、そこらじゅう消毒のにおいがぷんぷんしてるときた。枕をふくらませてくれる看護師も、看護助手もいやしない」

「充分じゃないの」セオドシアは言った。本当に充分だと思えたからだ。こざっぱりしていてきれいだし、清潔感がある。まあ、消毒のにおいについてはグラスの言うとおりだけど。たしかにそうとうにおう。

「それだけじゃない」グラスは言った。「けさ、怪我したところや傷めた筋肉をぴくりとも動かせずにベッドに横たわってたら、どこかのばかが朝食をのせた盆を持ってずかずか入ってきたんだ」

「そう」セオドシアは数歩なかに入り、ビニールを張った椅子にそろそろと腰をおろした。とりあえず、グラスには好きなようにしゃべらせよう。ストレスを解消したほうがよさそうに見える。

「それでだな、そのばかたれは〝食事！〟と叫ぶなり、朝食をのせた盆をそこの戸棚に乱暴に置きやがった。見えるか？」グラスは腕を大きく動かした。「おれの朝めしはそこに置きっぱなしだ。だって、あそこまで歩いて取りに行けないんだから。ひでえだろ？　目の前にちゃんと置いてもらえない朝めしに、なんの意味があるってんだ」

セオドシアは笑いをこらえるのがひと苦労だった。

「具合はどう？」と訊いた。

「最低だ」グラスは言った。「こんなしんどい思いをしたのは生まれて初めてだよ」

「カフェテリアに行って、食べるものを持ってきましょうか？」セオドシアは申し出た。

「トーストとジュースでも」

「いや、いい」グラスは上掛けに手を置き、腹部をおそるおそるなでた。「なぜかって言うと、胃が異様に弱ってててな。粉末卵や冷めたトーストなんか食ったら、午後じゅうゲーゲー吐きっぱなしになっちまいそうなんだ」

「大変ね」ビル・グラスにこんな弱気な面があるとは思いもしなかった。いつも葉巻を嚙む、タフガイを気取っていたのに。

グラスは少し寄り目ぎみの視線をセオドシアに据えた。「おれ、どんなふうだ？」

「どんなふうって？」

「顔が傷だらけかどうかってことだよ。自分の目で確認したいから、鏡かなにか持ってないか？」

セオドシアはハンドバッグに手を入れ、小さなコンパクトを出した。ふたをあけ、グラスに差し出した。

グラスは鏡をのぞきこむなり、たじろいだ。「うげ！　これじゃまるで『ウォーキング・デッド』の役者じゃないか」彼は額に触れ、顔をしかめた。「しかも、本当にゾンビになった気分だ。内臓がそこらじゅうにまきちらされてないだけましだがな」

「つまり、ちょっとはいい面もあったわけね」セオドシアは言った。

「おいおい」グラスはまだ文句を言いながら、鏡のなかの自分の顔をながめていた。「前歯が一本欠けてやがる。ちくしょう。治すのにひと財産かかるぜ、こいつは」彼は視線をセオドシアへと向けた。「おれがしゃべるとヒューヒューって音がしないか？　いま聞こえた気がしたんだが、鼻からじゃないとは思うんだよな。ええい、くそ、もしも歯が……」

「なにがあったか話す気はあるの？」セオドシアは話をさえぎった。そもそも、なにもかも放り出して、いますぐ来いと言ったのはあなたじゃないの、と心のなかでつけ足す。

グラスはコンパクトのふたを閉め、セオドシアに返した。「おかしな話に聞こえるだろうが、ゆうべなにがあったのか、よく覚えてないんだ」

「自分の身になにがあったかわからないの？」

グラスは表情をゆがめた。「どこかのばかに、野球のバットみたいなので頭を殴られたのは覚えてる」

「強盗に遭ったの？　カメラを盗まれたの？」

「いや。救急車が来たときも、カメラは全部、ちゃんと首からさがってた」

「襲われたのは、エドガー・ウェブスターさんの事件を調査してるせいとは思わない？」

「そうだな」グラスはゆっくりと言った。「そんな気がする」

「犯人の顔は見た？」

「あいにく見えなかった」

「だいたいの感じくらいは覚えてる？」

「うーん、おれを殴ったやつは、けっこういかつい感じだったということくらいだな」

「いかつい感じ」セオドシアは言った。

グラスの顔に抜け目のない表情がひろがった。「だがな、救急車に乗せられたあと、おれがなにをしたと思う？」

「なにをしたの？」

「シャーロット・ウェブスターの家に電話したんだよ。いちおう……ま、言わなくても理由はわかるよな」

「彼女が自宅にいるか確認したのね」

グラスはうなずいた。「あの女は自宅にいたよ」

セオドシアは椅子にすわったまま身を乗り出した。「ゆうべ、犯人につながる手がかりが見つかったというようなことを言ってたでしょ」

「そうは言ってない」

「じゃあ、証拠を見つけたと言い直す。それをいまわたしに話す気はある？」

「うーん」

「ねえ、話してくれてもいいでしょ」

グラスは肩を丸め、誰かに聞かれているとでもいうように病室内を見まわした。

「どうしたの？」

「盗み聞きされないともかぎらないからな」

「ここにいるのはわたしとあなた、それにそこの点滴スタンドくらいなものよ。スタンドがふれまわるとは思えないし」

「要するにだな」グラスは言った。「美術館でそいつと話をしたところ……」

「そいつって？」

「美術館で働いてるやつさ」

「学芸員？」

「ちがう、ちがう。所属は保守管理部門だ。ほら、用務員みたいなさ」

「そう」歯を抜かれるときのように、思わず身もだえしたくなった。

「とにかく」とグラス。「そいつの話だと、あそこじゃ最近、深夜の会合がしょっちゅうおこなわれてるらしい」

「職員会議とか理事会とか？」

「それについてははっきり言ってなかった」

「じゃあ、どういう名目でおこなわれてるの？」

「わからない。だが、これまでそんなことはなかったって言うんだ」

「美術館で殺人事件が起こったのも、いままでなかったことよ」セオドシアは言った。「だから、やることがいくらか増えるのは筋がとおってる。夜間に集まったりしてもおかしくないわ」

「それで、おれはあちこち嗅ぎまわり、質問をしてまわった」グラスは言った。「職員のほか、話をしてくれるやつに片っ端からな」

「それで、あなたの推理は？」セオドシアは訊いた。「けっきょくどういうことなの？」

グラスは包帯を巻いた頭を指でしめした。「美術館のなかに、おれがうろうろしたり、質問をしてまわるのを気に入らないやつがいる」

「そのせいで襲われたと思うのね？」

グラスは歯ぎしりした。「そのせいで襲われたんだ、絶対」

24

やかんがさえずり、ティーカップが軽い音をたてるなか、ミス・ディンプルはカウンターとテーブルのあいだを忙しく行き来していた。

「ただいま」いつの間にかセオドシアが入り口を入ってすぐのところに立っていた。「わたしのいないあいだになにかあった？」

「おいしい食べ物と楽しい時間がありましたよ」ミス・ディンプルはいたずらっぽい目をドレイトンに向けた。「しかも、ドレイトンのすばらしい解説つき。まるでお茶のドキュメンタリー番組を観ているようでした」

「わたしとしてはプロモーションのつもりなんだがね」ドレイトンは言った。

時刻は十一時十五分すぎ。インディゴ・ティーショップは半分ほどの席が埋まっていた。あいているテーブルは正午きっかりに始まるロンドン塔のお茶会に向けて、ミス・ディンプルがすでにセットしてくれていた。おかげで、やることはさほど多くなかった。

「コールポートの食器を使うのね」セオドシアは言った。

「それ以外、考えられんだろう？」ドレイトンが言った。最初からそのつもりだったのだ。

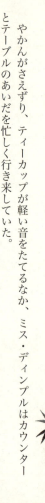

「グラスはエジンバラ・クリスタル社のものにするの？」

「アザミをかたどった上質のクリスタルグラスをつくれるメーカーがほかにあるなら、ぜひ教えてもらいたいものだね」

「ドレイトンのお宅には、カップやグラスのコレクションがたくさんあるんでしょうね」ミス・ディンプルが言った。

ドレイトンは口の両端をあげた。「きみには想像もつかないほどの数だとも」

「ティーポットもたくさんあるわよ」セオドシアは割って入った。「われらがドレイトンはそうとうのコレクターなの。しかも、整理が行き届いてて、神経質で几帳面なコレクターってわけ」

「すべてがあるべき場所におさまっているよ」ドレイトンは言った。「細心の注意を払ってきちんと分類し、しまってある」

「ラベルまでつけてね」セオドシアは言った。「ドレイトンはいまだに、旧式のプラスチック製のラベルガンを使ってるんだから」

「文字が打てて、小さなビニールのテープが出てくる機械ですか？」ミス・ディンプルが言った。「あらあら、それはそうとう大昔の代物ですね」

「まだ充分使えるからいいのだよ」ドレイトンは言った。

最後まで残っていた午前中のお客が帰ると、セオドシアは店内を飛びまわって残りのテーブルを片づけ、セットし直し、準備の追い込みにかかった。キャンドルに火が灯り、磨きあげられたクリスタルグラスや銀食器に陽が当たると、店内は小さな宝石箱のようにきらきら輝いた。

ドレイトンはいくつかのサプライズを用意していた。

まずはフロラドーラ生花店に注文したピンクのイングリッシュローズの小さなブーケ。これはクリスタルの花瓶にいけて、カードスタンドにはさんだユニオンジャックの旗と一緒に各テーブルに置かれた。それにおみやげも用意されていた。イギリスを代表するお菓子のショートブレッドとマーマレードの小瓶が、お客ひとりひとりに配られることになっている。

「まるで古きよきイギリスが再現されたみたいですねえ」ミス・ディンプルはうっとりして言った。「コッツウォルズにある、すてきなティーショップそのものですよ」

セオドシアは全テーブルをチェックした。「テーブルの飾りつけと店内のハロウィーンの飾りつけが、少しずれてるとは思わない?」幽霊と魔女が甘いマーマレードやティーローズと肩を並べるなんて、いったいどこの世界の話?

「でも、ロンドン塔のお茶会なんでしょう?」ミス・ディンプルは陽気な声で言った。「それもハロウィーンに合わせて。いい具合に両立しているんじゃないですか」

「そうね」セオドシアはすべて受け入れようと決めた。ロンドン塔というテーマはへイリーが気に入っているのだし、チケットは完売。ミス・ディンプルは永遠のチアリーダーだし、ドレイトンは……うん、ドレイトンはまだ、お茶のセレクションを自画自賛しているわ。

十一時四十五分、インディゴ・ティーショップの外に列ができはじめた。列はしだいにのびていき、十二時ちょうど、ドレイトンが正面のドアを大きくあけ、彼らしく元気いっぱいにお客を迎え入れた。何十人ものお客はどやどやと入るなり、昂奮ぎみに店内をまわりはじめた。ハロウィーン仕様の飾りつけを大声で褒めちぎり、きれいにセッティングされたテーブルに感嘆の声をあげ、自分の席札を探してうれしそうに歩いてまわった。

予約なしで訪れた数人が気の毒にも断られる一方、予約客が次から次へと入ってきた。

「セオ！」デレインが大声で呼んだ。黒いつるつるした生地のシフトドレス、黒革のブーツ、ひらひらした帽子で現代の魔女風に装った彼女は、ティールームの奥にいるセオドシアに手を振った。

セオドシアはデレインが手を風車のようにぶんぶん振っているのに気づき、手を振り返した。デレインのそばに行くと、アストラおばさんがあいかわらず猟犬にたかるノミのようにくっついていた。

「来てくれてうれしいわ」セオドシアは言った。

「あたしもよ」デレインは言った。「行けないかもと思ったときもあったけどね。もう、ひやひやだったわ」デレインは大きく息を吐き出した。「めちゃくちゃ忙しくて、超特急でいろいろ片づけてきたの。だってねえ……あなたもきのうの持ち寄りマーケットがどんなだったか知ってるでしょ。もう頭がどうかなりそうだったわよ！　おかげで募金のほうはばっちりだったけど」

「よかったわね」セオドシアは言った。「ご褒美として、こちらにあなたとおばさまの席を用意しておいたわ」そう言うと、デレインの肘をつかんでテーブルに案内した。

「ありがとう」デレインは言った。「ほら、いらっしゃいよ、おばさま」ふたりはそれぞれの椅子に腰をおろした。「そうそう、今夜のブラッディ・マリー・クロールとホーンテッド・ヘイライドの責任者にされたんですって?」

「そうなの」セオドシアは言った。

「シャーロットにごり押しされたんでしょ?」デレインは苦笑しながら言った。「あの女、本当にどうかしてるもの」

「シャーロットはいま、やることがたくさんあって大変なのよ。わたしはちょっと手を貸してるだけ」入り口に目をやると、見覚えのある二色染めの髪が見えた。あれは誰だったかしら? あら、やだ、ドリー・グリーヴズだわ。ロジャー・グリーヴズの奥さんの。「失礼するわね」

しかしドリーはすでにセオドシアに気づき、まっしぐらに向かってきていた。

「また来ちゃった!」ドリーは甲高い声で言った。それからセオドシアの両肩に指を食いこませると、引き寄せてきつく抱きしめた。

「ご来店ありがとう」セオドシアは抱擁から逃れようとして言った。

「実はね」ドリーは一緒に来たふたりの女性を肩ごしに振り返った。「日曜の夜は本当に楽しくて帰りたくないくらいだったの」彼女はそこでにこやかにほほえんだ。「だから、見て。親友ふたりも連れてきちゃった」

「来てくださって本当にうれしいわ」セオドシアは鉤爪に押さえこまれたような抱擁からようやく逃れた。「みなさんのお席は……ええと、こちらの五番テーブルにどうぞ」

五分後、お客は席につき、セオドシアとミス・ディンプルは淹れたてのお茶が入ったポットを手に、忙しく注いでまわっていた。

やがて全員がお茶を飲み、おしゃべりに興じ、これからなにがあるのかとあたりを見まわすなか、ようやくドレイトンが前方に進み出た。

「ようこそいらっしゃいました」彼はヘリテッジ協会で講演するときのような声で言った。「当店の第一回ロンドン塔のお茶会へようこそ」

ぱらぱらと拍手があがった。

「ロンドン塔はいつの時代も暗く、エピソードに富む歴史を持つ場所でした」ドレイトンはつづけた。「監獄であり処刑がおこなわれた場所でもあったため、おぞましい伝説には事欠きません。しかしながら、ロンドン塔をテーマにした本日のお茶会では、当店オリジナルの少しライトなものをお楽しみいただきます。そうです、今夜はあちこちでいたずらがおこなわれるハロウィーンです。みなさまのなかには、われらが低地地方の伝説の多くに登場する人魂、お化け、霊魂といったものに慣れ親しんでいる方もいらっしゃるでしょう」そこで、そばに来るようセオドシアに合図した。

セオドシアは前に進み出てほほえんだ。「しかし、きょうは上品なお茶会をお楽しみいただきます。当店の甘いものとしょっぱいものがみなさまをとりこにし、ロンドン塔のイメージが変わることを願っております」

あいさつが終わると同時に、ヘイリーとミス・ディンプルが食べ物をこれでもかと盛りつけた四段のトレイを手に現われた。見事な品の登場に、店内から割れんばかりの拍手が起こった。ヘイリーとミス・ディンプルがトレイをふたつの丸テーブルまで運んでいくのと入れ替わりに、セオドシアとドレイトンが厨房に入り、トレイをふたつ持って、残りのテーブルに届けた。

どのテーブルにも中央に四段のトレイが置かれると、あちこちから質問が飛んだ。

「これはなんのスコーン?」デレインが訊いた。

「ロンドン塔の最上段にあるのは王冠と宝石のスコーンよ」セオドシアは説明した。「クリームスコーンにおいしいフルーツの砂糖漬けをたっぷりはさんであるの」

「ほかのは?」どこからか声があがった。

「その下の段にあるのは」とセオドシア。「アン・ブーリン風イチゴのチョコフォンデュで、チョコはミルクとダーク、二種類を使っています」

「このおいしそうなティーサンドイッチは?」ドリー・グリーヴズが訊いた。彼女は指差しながら、やかましいカササギのようにぺちゃくちゃしゃべっていた。

「ハニーハムとイングリッシュマスタードをキャラウェイシードのパンにはさんでありま

す」ドレイトンが説明した。「もうひとつは、イギリス産スモークサーモンとクリームチーズとチャイブを黒パンではさんだサンドイッチになっております」

「上から順に食べていきますと、最後はデザートのトレイになります」セオドシアは最下段をしめした。「チャツネ入りクロワッサンと、ヴィクトリア・スポンジケーキをご用意しました」

俗に言う、お茶の子さいさいだった。お客はセオドシアたちの言いなりで、美しく盛りつけられたスイーツとサンドイッチをおいしそうに食べた。文句を言う人はひとりもおらず、全員が夢見心地で、お茶がものすごいいきおいで次から次へとおかわりされた。

「思っていたよりもずっと楽だったわね」セオドシアはドレイトンに耳打ちした。

彼はうなずいた。「ああいうトレイをもっと頻繁に利用するべきだな」

「お客さまをあっと言わせるのは見せ方ですね」カウンターに立ち寄ったミス・ディンプルが言った。「四段のトレイにスイーツを盛りつけ、エディブルフラワーをところどころにあしらえば、もうめろめろですよ。ほら、みなさん、まだにこにこしてらっしゃるじゃありませんか」

「笑気ガスを吸ったわけじゃないわよね？」セオドシアは冗談を言った。

「セオ！」ドレイトンがショックを受けたふりをした。

ミス・ディンプルは思わず噴き出した。

　セオドシアがお茶のおかわりを注ぎながら店内をゆっくりまわっていると、マギー・トワイニングの手がのびてきて引きとめた。マギーは地元の不動産業者で、セオドシアがいま住んでいるコテージを買う仲介をしてくれた人だ。人なつこくて実直そうな顔を白髪交じりのくしゃっとした髪が縁取っている。きょうはターコイズ色のネップヤーンで編んだセーター姿で、同系色のチェーンがついた半眼鏡をかけていた。

「セオ」マギーは言った。「とてもすてきなお茶会ね。もう言葉もないわ」

「ありがとう」セオドシアは言った。「準備するのも楽しかったわ」

「それに、この飾りつけも最高」マギーは頭上にただよう半透明の幽霊を指差し、ゆっくりウィンクした。「地元にある幽霊屋敷を思い出しちゃった」マギーは〝ブロードの下〟と呼ばれるブロード・ストリート以南にある住宅をおもに手がけているが、そこはチャールストンでも高級でセレブな界隈だ。

「いままでに幽霊屋敷を何軒か売ったことがあるんじゃない？」セオドシアは冗談めかして言った。

「もちろん、あるわよ。つい最近も、レンウッド・ストリートに建つイタリア様式の古い豪邸を売ったけど、そこは南北戦争で戦死した兵士の幽霊が出ると言われてるの。前の持ち主によると、夜中に拍車やサーベルのかちゃかちゃいう音が聞こえるそうよ」

「ふうん」セオドシアはくすくす笑いながら言った。

「ハロウィーンと言えば、今夜のブラッディ・マリー・クロールの責任者を押しつけられたんですってね」

「ホーンテッド・ヘイライドの責任者もよ」セオドシアは言った。「もう大変」

「でも」マギーは言った。「なんだか楽しそうな感じ」

セオドシアはマギーのカップにおかわりを注いだ。「じゃあ、会場で会うのを楽しみにしてる」

マギーはほほえみ返した。「すっかり行く気になっちゃったわ」


なごやかないい雰囲気はさらに一時間半、ドリー・グリーヴズが帰る直前までつづいた。彼女は友人や同じく帰ろうとしているほかの客と立ち話をしていたところ、セオドシアがいるのに気がついた。するとたちまち顔をしかめ、指を尊大に一本立てると、セオドシアをわきに呼び寄せた。

「主人に聞いたけど、先日、オフィスにいらしたそうね」

「ええ」セオドシアは、ここは真っ正直にいくのがいいと判断した。そのほうがしっぺ返しを食わずにすむ。

「そのときはとくにどうとも思わなかったけど」とドリー。「きょう、お隣のテーブルの話が聞こえてきたわ。そしたらあなた、ちょっとした素人探偵なんですってね」

「ううん、そんなたいしたものじゃないの」セオドシアは言った。まずい、もうしっぺ返しが始まっている。

「わたしが聞いた話とはちがうわね」ドリーはぞくりとさせるような、いびつな笑みを浮かべた。「実際にはたまたま耳に入ってきたわけだけど」

「どなたの話が聞こえてきたの?」

ドリーはデレインに向かって指を鳴らした。

「なるほどね」

ドリーの口調が高圧的になり、言葉づかいは辛辣になった。「そうなると疑問に思うじゃない——ひょっとしてあなたはエドガー・ウェブスター殺害事件を調べてるのかなって。だとしたら、主人に罪を着せようとしてるのかしらって」彼女は目を糸のように細めた。「いくらなんでもひどいじゃない。ロジャーは悲しみのあまり、すっかり元気をなくしてるというのに」

「ねえ、聞いて」セオドシアは言った。「わたしはシャーロットさんのために、いくつか質問をしただけなの」

「まあ、それはそれは。シャーロット・ウェブスターは有力な容疑者のはずでしょ」ドリーは舌をさっと出して唇をなめた。「夫が殺された場合、妻が真っ先に疑われることくらい、あなただって知ってるでしょう? 莫大なお金がからんでいればとくにね」

セオドシアがドリーの言葉に反論しようとしたとき、ドレイトンが突然、会話に割りこんだ。

「本日はおいでいただき、ありがとうございました」ドレイトンはドリーに言った。「お友だちともども、楽しいひとときを過ごされたのならばよいのですが」ほほえんだ彼は昂奮のせいか顔を上気させ、つま先立ちを繰り返している。

「とっても楽しませていただいたわ」ドリーは嫌みな口調で言った。さっきまではとげとげしかったが、いまは敵意を剥き出しにしていた。

「申し訳ない」ドレイトンは一歩うしろにさがった。「お邪魔でしたかな？」

「セオドシアに全部話してもらうといいわ」ドリーは一語一語、吐き捨てるように言った。

「彼女が打ち明け話をする相手はあなたなの？　それともティドウェル刑事？」そう言うと、ドリー・グリーヴズは答えを待たずにティーショップを出ていった。

「いったいなんだったのだね？」ドレイトンはドリーのうしろ姿を見つめながら訊いた。

「そうとう頭に血がのぼっていたようだが」

「ウェブスターさんを殺したのはご主人だとわたしが決めつけてると思ってるみたい」セオドシアは答えた。

ドレイトンはセオドシアを横目で見つめ、〝だから言わんこっちゃない〟と笑いたくなるのを必死でこらえた。「そう決めつけているのかね？　つまり、ロジャー・グリーヴズを犯人と考えるのが妥当だと？」

「わからない」セオドシアは言った。「問題なのはね、犯人と思われる人たちは大勢いるってことなの」

ドレイトンとミス・ディンプルにお茶会のあと片づけをまかせ、セオドシアはオフィスに引っこんだ。なんとしてもクレンショウ美術館のアラン・エイブラムズと連絡を取らなくてはならない。

しかし、あらためて電話をかけても、エイブラムズ氏はまたも電話に出なかった。しかたなく、留守電にもう一度メッセージを吹きこんだが、今度はどうか電話をくださいと、少し訴えかけるような口調になった。

やるべきことが終わらず、ウェブスター殺害事件の解決には一歩も近づいていない状態がつづいている。

けれどもなにか手がかりがつかめそうな気がした。それがなにか、はっきりとはわからないだけで。

「このふたつのティーポットはエアーパッキンでくるんだほうがいい？」セオドシアは訊いた。ドレイトンはきょうのお茶会用にと、黒色無釉《むゆう》のカプリのティーポットとマジョリカ焼のブルーベリー柄のティーポットを持ってきていた。確実にもとの状態で返したかった。つまり、壊さずにということだ。

「頼む」ドレイトンはカウンターのなかで、きょうの売り上げを計算していた。セオドシアとミス・ディンプルはドレイトンから借りたティーポット、皿、グラス類を梱包中だ。テーブルの上はすべて片づき、床はきれいに掃除され、あとはこまごました作業がいくつか残っているだけだ。

「トントン」遠慮がちな女性の声が聞こえた。

全員が作業の手を休め、入り口に目を向けた。ドアが半分ほどあいて、セシリー・コンラッドがのぞきこんでいた。

ドレイトンは鼈甲縁の半眼鏡を押しあげた。「いったい全体なんだね？」

「セシリー」セオドシアは声をかけた。「わたしたちになにかご用？」

セシリーはティールームに一歩入った。「なかに入ってもいい？　かまわない？」

ドレイトンがふたたびレシートに目を落としたので、判断はセオドシアにまかされた。

「ええ、セシリー。どうぞ入って。どんな用なの？」

セシリーは落ち着きがなく、少し怯えているように見えた。「ちょっと話せるかしら？」

「わたしに話があるの？」セオドシアはまわりを見まわしたが、ドレイトンもミス・ディンプルも力になってくれそうにない。仲間なのに、まったくもう。

「一分でいいの」セシリーは訴えた。

「そう」セオドシアは言った。「わかった。話をするなら……」と指を差す仕種をする。「わたしのオフィスにしましょうか」

セシリーはこっくりとうなずき、ひとことも言わずにセオドシアのあとにつづいた。

オフィスに入ると、セオドシアはドアを閉め、デスクについた。

「傷の具合はどう？　右目がまだあざになってるけど」

「そんなにひどくはないの」セシリーはセオドシアの正面に腰をおろした。「シャーロットもそれほど強く殴ったわけじゃないし」

「どうかしたの？」セオドシアは訊いた。ぐずぐずしている余裕はあまりない。明日の朝のために店をきちんと片づけておかなくてはいけないし、そのあとは急いで自宅に帰って着替え、そのままブラッディ・マリー・クロールに向かわなくてはいけないのだ。それに、そう、ホーンテッド・ヘイライドにも。

しかし、セシリーのほうはまったく急いでいないようだった。指に髪をからめたり、咳払いをしたりするばかりだ。

「なにか困ったことでも？」セオドシアはあまり時間がないのだと言外に伝えながら、もう一度訊いた。

「このあいだは力になってくれて本当にありがとう」セシリーは言った。「お見舞いを持って訪ねてきてくれたときのことだけど」

「べつにいいのよ」

「けさ、ティドウェル刑事とあらためて話をして初めて知ったけど、あなたってすごく頭が切れる探偵なんですってね」

セオドシアは弱々しくほほえんだ。「ティドウェル刑事は具体的にどう言ったの？」

「頭はいいけど、ときどき、首を突っこんじゃいけないところに首を突っこむって」

「ありがたいお言葉だわ」セオドシアは軽い皮肉をこめて言った。

「ううん、刑事さんは褒めたのよ。ただ、あの人は……そういうのが上手じゃないだけだと思う」

セオドシアは椅子の背にもたれ、指を尖塔のように組んだ。「わたしもそう思ってた」

「とにかく、ティドウェル刑事があなたのことを、なんて言うか……あなたの能力を買っているようだから、あなたを味方につけたほうがいいんじゃないかと思って」

「セシリー、なにが言いたいの？　なにかわたしに教えたい情報でもあるの？」セオドシアはちょっと間を置いた。「それとも、肩の荷をおろしたいとか？」

「そういうんじゃなくて」セシリーは言った。しかし、表情と答えはまったく合っていなかった。

セシリーはわたしに話したいことがあるけれど、なにかを恐れてるんだわ。

「あなた、なにか知ってるんじゃない？」セオドシアは言った。「自分で言ってる以上のことを知ってるんでしょう？」

「ううん、そんなことない」セシリーはいまにも泣き出しそうな顔になった。

「ティドウェル刑事と話したと言ったわね……」

「けさ」

「もっと突っこんだことを訊かれたんでしょう……襲われたときの状況について」

「エドガー・ウェブスター殺害についてもね」セシリーはむっつりと言った。

「そう」

「でも、事件のことはなんにも知らないと答えたわ。あの人のことなんか、早く忘れたいと思ってるって」

「でも、なにかあやしいと感じているのね」

セシリーは肩をすくめた。

「セシリー……」

「わかったわよ！」セシリーは大声を出した。「ずっとあやしいと思ってたけど、いまは……いまは怖くてなにも言えないの！」

「警察に言えばいいじゃない」

セシリーの頬を涙が伝い落ちた。

「無理よ、言えない。だって、もしわたしがまちがってたら？　それ以上に、わたしの不安が的中してたら大変だわ。犯人に襲われたらどうすればいいの？　だって、すでに一度襲われてるのよ。どうやって自分の身を守ればいいの？」

セオドシアは椅子から立ちあがり、デスクをまわりこんだ。横幅のあるふかふかの椅子にセシリーと並んですわった。

「セシリー、わたしにはどんなことでも話してくれていいのよ」

「だめ。怖い」

それでもセオドシアはたたみかけた。「セシリー、きょうここに来たのは理由があってのことなんでしょ。だったら、あなたがあやしいと思っていることを話して、あなたが危険な目に遭うかどうか、わたしに判断させてほしいの」

しかし、セシリーは口をぎゅっとすぼめ、告げ口なんかしないもんと言っている五歳児のように、首を横に振るばかりだった。

25

「今夜も母なる自然というスモークマシーンが稼働中のようね」

セオドシアは由緒あるヘイウッド・ハウスの前を走るミーティング・ストリートに立っていた。大きなギリシャ復興様式の住宅であるヘイウッド・ハウスだけれど、今夜は派手にライトアップされていた。家の両サイドを照らすオレンジ色のスポットライトが、真っ暗な夜にジャック・オー・ランタンのように浮かびあがっている。緑色の回転灯が家の正面に次々と図柄を映し出し、それに興味を惹かれた見学者たちがぞくぞくと玄関をくぐっていく。しかも、その大半はプラスチックのカップを手にしていて、ブラッディ・マリー・クロールはいまがたけなわだった。

メアリー・グレイスとカティーナというふたりのボランティアがセオドシアと並んで歩道に立ち、イベントの盛況ぶりに見入っていた。ミーティング・ストリートは三ブロックにわたって車両が封鎖されているため、歩行者しか通れない。それでも、人の数は増える一方だった。

「こんなにたくさんの人が来ているなんて思ってもいなかったわ」セオドシアはしみじみと

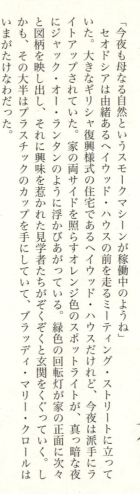

言った。シャーロットから託されたバインダーを命綱のようにしっかりと抱えていた。

「同感です」カティーナが言った。かわいらしい顔立ちとブロンドの髪の彼女は、赤いカブトムシのような恰好をしていた。「しかも、ほとんどの人がコスプレをしていますよ」

セオドシアはほほえんだ。「ええ」

「でも、ちょっと問題が……」メアリー・グレイスが言った。彼女は小柄で髪の色は黒、カティーナにくらべてきまじめな印象だ。コスプレはしていなかった。

「問題って?」セオドシアは訊いた。自分が今夜ここにいるのはそのため、つまり、問題をできるかぎり解決するためだ。

「干し草荷馬車がまだ着いていないんです」メアリー・グレイスは言った。

「まずいじゃない」カティーナが言った。「ヘイライドはイベントの目玉なのに。とくに家族連れにとって」

セオドシアは白いバインダーをひらいて、連絡先一覧を指でたどり、エキノクス乗馬センターの番号を見つけた。「電話で問い合わせてみるわね」

けれどもセオドシアが電話を手にしたとたん、パカッ、パカッという馬の足音が一ブロック先からはっきりと聞こえた。

三人が一斉に目を向けると、大きな黒い馬が二頭、巨大な干し草荷馬車を引っ張りながら、ずんずん近づいてくる。馬たちは頭をのけぞらせ、馬具の音を高らかに響かせながら、通りの真ん中を意気揚々と歩いていた。一台めの荷馬車のうしろに目をやると、べつの二頭の馬がもう一台の荷馬車を引っ張ってくるのが見えた。

「問題解決」セオドシアは言った。「無事、到着したわ」すべての問題がこんなふうに簡単に解決するなら、気楽で楽しい夜になるのに。

「ずいぶんと大きな馬」最初の荷馬車がゴトゴトと通りすぎていくのを見ながらカティーナが言った。

「ペルシュロンという品種なのよ」セオドシアは言った。「原産地はフランスで、昔は軍馬として使われていたの」干し草がぎゅうぎゅうに積まれた木の荷馬車は、見たところ二十五人か三十人は余裕で乗れそうだ。よかった、と思う。すでに子ども連れが大勢、並んでいた。

最初の荷馬車が〝ヘイライド乗り場〟という看板のついた大きな赤い樽の隣に停止した。

セオドシアは桁外れに大きな二頭をよく見ようと近づいた。

「いい馬ね」セオドシアは言って、御者を見あげた。手綱を握っているのが誰かわかり、思わず二度見した。ハーラン・デュークだった。

「いったいなにをしてるの？」セオドシアは尋ねた。デュークはウエスタンハットをかぶり、丈の長い白のドローバーコートを着ていた。

デュークはにやにやしながらセオドシアを見おろした。「このわたしがいるとは思いもしなかったようだね」

「ええ」セオドシアは言った。「でもいい意味で驚いたわ」

「馬車に乗るのはわたしの趣味でね」デュークは言った。「だから、今夜はひと肌脱ごうと思ったんだ。たしか、あなたもシャーロットに言いくるめられたんだったな」

「ええ」セオドシアは言った。「ところで、乗馬センターからずっと乗ってきたわけじゃないですよね」

「まさか。トレーラーで沿岸警備隊の庁舎の駐車場まで運び、そこでおろしたんだ。荷馬車のほうはトラクターで引っ張ってきた」

「さすがだわ」

「さてと……」デュークはうしろに目をやり、すでに乗客で満杯になっているのを確認した。帽子を軽く持ちあげ、セオドシアにあいさつした。「そろそろ出発だ」

「行ってらっしゃい」セオドシアは声をかけた。「気をつけて」

ヘイライドがようやく軌道に乗ったのに気をよくし、セオドシアはヘイウッド・ハウスをざっと見てまわることにした。銀色と金色の照明がずらりと並ぶアプローチをのんびり進み、なかに入った。

家の持ち主の手腕は目をみはるほど見事だった。

一階全部を使い、幽霊の結婚式というアトラクションが創り出されていた。控えの間では幽霊の新婦と四人の花嫁付添人が着替えの真っ最中。廊下は白いガーゼと作り物の蜘蛛の巣が、あちこちから垂れさがっている。図書室に足を踏み入れてみれば、白いビロードのロープの反対側で、幽霊の新郎とその付添人が黒と蛍光オレンジのタキシードで決めている。そして大きな居間では折りたたみ椅子に幽霊の親族――あるいは招待客かも――がすわっていた。式が始まるのをいまかいまかと、骨だけの指をとんとん動かしている姿が目に浮かぶようだ。

すばらしいのひとことだわ。この家の持ち主はそうとう手間をかけている。舞台美術の専門家でも雇ったんじゃないかと思うほどだ。

外はと見ると、広大な裏庭は何百という炎揺らめくキャンドルに照らされていた。細長い反射池のまわりには燃えさかるたいまつがいくつも置かれている。池の近くにブラッディ・メリーを出すバーが設けられていた。色とりどりのリストバンドをした見学客たちが飲み物を自由に取り、つまみとしてオリーブ、海老の串焼き、ピクルス、レタスなどを選んでいる。子どもたちが飲めるよう、アップルサイダーやソフトドリンクもいろいろ揃っているのを見て、セオドシアはほっとした。

なにもかも、働きもののボランティアたちのおかげだわ。どの会場もきちんと計画が練られているから、セオドシアは形ばかりの委員長でいればよかった。シャーロットがイベントのわずか二パーセントにしか関与していないとしても、やはり大絶賛に値する。

ヘイウッド・ハウスを出ようとしたセオドシアは、マックスとまともにぶつかった。

「やっと見つけた。ずっと探してたんだ」マックスはやさしくほほえんだ。「でも、あれ、仮装してないね。絶対、このあいだの魔女の衣装を着てくると思ってたのに」

「今夜はジーンズとスニーカーのほうがいいと思って」セオドシアは言った。「あちこち動きまわるのに楽だもの。そこそこ歩きまわるのにも」

マックスは両腕を大きく広げた。「ぼくはなにを手伝えばいいのかな?」

セオドシアはちょっと考えてから言った。「こうしましょう。まだゲイトウェイ遊歩道のほうは行ってないの。そっちに行って墓地ツアーの様子を見てきてくれる?」

「いいとも」

「助かるわ」

ふたりは並んでミーティング・ストリートを歩いていった。道行く人を右に左によけ、ときには人の肩にぶつかり、電飾をめぐらした街灯のあいだを背をかがめてくぐり抜けた。通りの混雑は激しさを増し、空気が昂奮でぴりぴりしていた。ハロウィーンの今夜、千人もが街に繰り出してきたかのようだった。目印のリストバンドを着けてない人も少しは交じっていたりして。ありうるだろうけれど、いちいち気にしないことにした。お屋敷の一般公開やヘイライド、墓地をめぐる肝だめしを楽しんでくれれば、セオドシアとしては充分だ。

セオドシアはフェザーベッド・ハウスがあるほうに曲がり、マックスはそのまままっすぐ墓地に向かった。美しい大きな玄関に向かって階段をあがりながら、セオドシアの顔に笑みがこぼれた。親友のアンジー・コングドンがオーナーのフェザーベッド・ハウスは、この界隈でもっともすてきで風情のあるB&Bだ。

玄関をくぐるや、気品と家庭的な雰囲気との完璧な融合が目を惹いた。パッチワークキルトのガチョウ、木彫りのガチョウ、石膏《せっこう》でつくったガチョウがそこらじゅうに置いてある。

ふかふかの更紗のソファと揃いの椅子に立てかけてあるのは、ガチョウの刺繍をしたクッションだ。ロビーは薄気味悪い感じはまったくしないが、等身大の魔女がやせこけた指で外のパティオの方向をしめしていた。首からかけた看板には〝幽霊庭園〟とある。

そこが会場ね。セオドシアはロビーを突っ切って、外に出た。とたんに、大声で笑ってしまった。

まるで『ヘンゼルとグレーテル』の物語に出てくる、悪い魔女がもてなす森のカフェだった。どの木もオレンジ色、紫、緑色の電飾がめぐらされ、あふれんばかりの花と緑の雰囲気を出そうと、ヤシの木も何本か運びこまれ、張り子のグレムリンやトロールがそこかしこの茂みから顔を出していた。

そして、隅の錬鉄のテーブルにドレイトンがいた。おまけになんと、シャーロット・ウェブスターとロジャー・グリーヴズも同じテーブルを囲んでいる！

セオドシアは大きく張り出した枝をくぐり、パルメットヤシが林立する一角を大きくまわった。

「こんばんは」三人のテーブルにひょいと顔を出す。

「きゃっ！」シャーロットが小さく悲鳴をあげた。セオドシアだとわかると、彼女は言った。「もう、心臓がとまるかと思ったじゃない」

「ハロウィーンらしくしただけなのに」セオドシアは言った。

ドレイトンが立ちあがって、椅子を引いてくれた。「さあ、かけたまえ。あっちの様子はどうなっているのだね？」

「なにもかも順調」セオドシアはテーブルごしに手をのばし、シャーロットの手に触れた。「あなたがきちんと企画してくれたおかげだわ」

「ありがとう」シャーロットは顔をほころばせた。「でも、とても有能なボランティアの協力があってこそよ。みんな本当によくやってくれたもの」

「見た感じ」セオドシアは言った。「大成功まちがいなしだと思う」

シャーロットは急に真顔になった。「引き受けてくれて本当にありがとう、セオドシア。心から感謝してる」

「いいのよ、そんな」セオドシアは言った。本当にたいしたことはしていないのだ。

シャーロットは横目でロジャー・グリーヴズをちらりと見てから、またセオドシアに視線を戻した。「わたしから出向いてお礼を言いたかったけど、ひとりで出かけるのが怖くて」

彼女は小さく体を震わせた。「人は大勢いるし、あちこちでいろいろやっているし……わかってくれるわよね」そこで震える手で胸を押さえた。「とにかく、ロジャーがエスコート役を買って出てくれて助かったわ」ようやくそこで笑顔に戻った。「ここで待っていれば、あなたはいずれ来ると思ったの」

「読みが当たったわね」セオドシアは言った。「会場を巡回する途中に寄ってみたの……」

椅子をうしろに引いて立ちあがった。「そろそろ、再開しないと」

「なにか飲むくらいの時間はあるでしょ？」シャーロットはすがるような目をグリーヴズに

向けた。「ねえ、あなたも彼女を引きとめて。せめて一杯くらいつき合ってもらわなきゃ」

けれどもセオドシアは首を縦に振らなかった。「ううん、まだ見てまわりたい場所が四つもあるから。すべてうまくいっていたら、あとでまた戻ってくる」

ドレイトンも立ちあがった。「わたしも失礼するよ」彼はシャーロットとグリーヴズに会釈し、楽しい夜をと告げた。それからセオドシアに向き直った。「途中まで一緒に行こう」


ミーティング・ストリートに戻ると、ますますにぎやかになっていた。仮面や衣装を着けた人が大勢いて、子どもが元気に走りまわっている。大西洋から霧が流れこんでくるせいか、かなり冷えこんでいるうえ、暗さがぐんと増していた。ビロードのケープをまとった吸血鬼が通りすぎ、緑色の宇宙人の仮面をつけた十代の少年が五人、元気に走っていき、ヴェネツィアの領主が家の玄関へと急いでいる。

「エームズ・パーカー・ハウスの様子を見ておかないと」セオドシアはドレイトンに言った。

「つき合うよ」ドレイトンは言った。「もう何年も行っていないが、玄関を入ってすぐの、宙に浮いているような階段が昔から好きでね」

なかに入ってみると、階段はちゃんとあったが、コウモリと蜘蛛で飾りつけてあった。

「なんとまあ」ドレイトンは言った。「これはまた、派手にべたべたと飾りつけたものだな」

「でも」とセオドシア。「これはこれでかわいいわ」

「この手のものが好きな人にはそうだろう」

ふたりはシャーロック・ホームズをテーマにデコレーションされた図書室を突っ切り、裏のパティオに向かった。裏に出ると、美術館長のエリオット・カーンの姿が目に入った。カーン館長は数人とひとつのテーブルを囲み、飲み物を飲んでいた。

うーん。あいさつぐらいはしたほうがいいわね。

しかし、足を踏み出したとたん、パーシー・ケイパーズと鉢合わせした。

「こんばんは」ケイパーズがふたりを見て顔をほころばせた。忍者風の黒い衣装に身を包み、手にはブラッディ・マリーが入ったプラスチックのカップを持っている。

「こんなところで会うなんて奇遇ね」セオドシアは言うと、ケイパーズの仮装をあらためてながめた。「このあとべつのパーティに行くのね?」

「ええ」ケイパーズは言った。「ご存じかどうかわかりませんが、学芸員仲間のひとりにドナルド・ロスというのがいて、そいつのところでパーティがあるんです。でも始まるまでにまだ時間があるので」

「大人のパーティか」ドレイトンが言った。

「ええ。リンゴを口でくわえて取るゲームなんかやりませんし、あちこちの家に行ってお菓子をくれなきゃいたずらするぞなんてこともやりませんよ」彼は手のなかのカップをかかげた。「大人用の飲み物と会話だけの会です」

「それは楽しいに決まってるわね」セオドシアは言い、ケイパーズとともに通りに戻った。彼がのんびり遠ざかっていくのと入れ違いに、デレインとアストラおばさんがやってきた。

「おや」ドレイトンは言った。「まさかこんな混雑した場所できみたちに出会うとは意外だな」

「フェザーベッド・ハウスに寄るだけよ」デレインが言った。「あそこの幽霊庭園は必見だって聞いたから」

「きっと気に入るとも」ドレイトンが太鼓判を押した。

「そのあとはヘイワゴンに乗りに行くからね」アストラおばさんが言った。

デレインは鼻にしわを寄せた。「本気なの、おばさん？　馬ってものすごく……なんて言ったらいいの？　においがきつくない？」

「くさいって言いたいのかい？」アストラおばさんはにやにやしながら言った。

「ええ、まあ」

「それでもわたしは乗りたいんだよ」

デレインはセオドシアに向かって肩をすくめた。「これだもん。どうしても乗りたいんですって」

「幽霊に取り憑かれないよう用心してくださいよ」ドレイトンの目がいたずらっぽく光った。

「取り憑いてきたら」アストラおばさんは言った。「催涙スプレーをお見舞いしてやるよ！」

「まったく、もう」デレインは言った。「おばさんってば、あたしのボディガードのつもりでいるんだから」

「楽しんできてね」セオドシアは小さく手を振ると、ドレイトンとともにリストにあるべつの家の方向に歩きはじめた。しかし、二十歩ほど進んだところで、マックスが駆け足で近づいてくるのに気がついた。ふたりの注意を惹こうと、両手を大きく振っている。

「なにかあったの？」息を切らしながら目の前までやってきたマックスにセオドシアは尋ねた。

「うん、墓地で大変なことがあってさ」マックスは言った。「ヘリテッジ協会から派遣されてたガイドの女性が体調を崩して帰宅しちゃったんだ。墓地の歴史を、おもしろく説明してくれてたんだけど」

セオドシアはすぐさまドレイトンに顔を向けた。「ドレイトン、かわりにやってもらえる？ツアーの案内を頼んでもいい？」

「なんだって？」ドレイトンは目を丸くし、胸を手で押さえた。「わたしがかね？　わたしにツアーの案内をしろと？　ゲイトウェイ遊歩道のことも、ガイドがどんな話をすることになっているのかもさっぱりわからないのに？」

「ばかなこと言わないで」セオドシアは思わず笑い出した。「ドレイトン、あなたはなんでも知ってるじゃない。だって、ヘリテッジ協会の理事なんだもの。この地域の伝説や言い伝えに関することなら、誰よりも知識が豊富だわ」

「そうだろうか？」

「そうよ」セオドシアは言った。「だから……やってもらえる？」

ドレイトンはうなずいた。

「きみのためなら、セオ、やるとも。がんばってみよう」

「ありがとう」セオドシアは言った。「マックス、ドレイトンをゲイトウェイ遊歩道まで連れていって、準備してあげてくれる?」

「了解」

浮かれ騒ぐ人々の波にふたりがのみこまれるのを見送っていると、携帯電話が振動音を発した。バッグの底から電話を出し、一回、お手玉してからようやく応答した。「もしもし?」

またべつの会場で問題が発生したんじゃありませんようにと祈る思いで。

「ミズ・ブラウニングでしょうか? セオドシア・ブラウニングさんですか?」

「はい、そうです」電話の声に聞き覚えはなかった。

「クレンショウ美術館のアラン・エイブラムズと申します。折り返し電話してほしいとのことでしたが」

「ええ、はい、ありがとうございます!」

「お忙しいときでなければいいんですが、留守電のメッセージのご様子では急を要する感じでしたので」

「お電話くださって本当に感謝しています」セオドシアは言った。

「お知りになりたいこととはなんでしょう?」エイブラムズは訊いた。

「基本的な情報をいくつかうかがいたいだけなんです。そちらの美術館では中国の茶館を購入される予定だとか。上海のマンダリン美術骨董から」

「購入に向けて努力をしているところです」エイブラムズは言った。「いまは美術団体からの支援をつのり、いくつもの募金活動を展開しています」彼はそこで言葉を切り、さびしげな口調になってつづけた。「しかしながら、百二十万ドルはそうとうな金額ですからね」

「いまなんとおっしゃいました？」セオドシアは言った。

エイブラムズは少し大きな声で繰り返した。「百二十万ドルはそうとうな金額だと言ったんです」

「そうですね」なんとなく、その数字はひかえめにすぎる気がした。ギブズ美術館は茶館を購入するのに、それをはるかにうわまわる金額を払ったのでは？　そのはずだ。「ご存じとは思いますが、ここチャールストンのギブズ美術館も茶館を購入したんです」

「存じています」エイブラムズは言った。「そちらの美術館のウェブサイトで写真を拝見しました。すばらしい茶館ですね。われわれが購入を検討しているものと、ほぼ同じです」

「ほぼ同じ、ですか」セオドシアの頭は急に混乱しはじめた。「あの、ありがとうございます。お電話くださって感謝します」

通話を切るボタンを押し、追い越していく人混みに身をまかせた。ふたつの茶館の値段がどうしてこうもちがうのか、頭を悩ませながら。

ギブズ美術館が払ったお金は……いくらだったかしら？　たしか二百三十万ドルくらいだったはず。でも、クレンショウ美術館が茶館購入のために集めようとしているのは、百二十万ドル程度だ。その差は百十万ドル。

金額の差はべつに意味はないのかもしれない。ふたつの茶館はまったくの別物なのかもしれない。それはおおいにありうる。昼と夜ほどちがうのかも。

あるいは、わたしの記憶がまちがっているとも考えられる。

ふと、シャーロット・ウェブスターはまだフェザーベッド・ハウスの幽霊庭園にいるだろうかと思いついた。大きく息を吸い、あたりを見まわす。たしかめる方法はひとつ。

セオドシアは通りを猛然と突き進み、フェザーベッド・ハウスに飛びこんだ。ロビーの左右を確認し、すぐに裏口から庭園に飛び出した。

シャーロットはまだいた。ロジャー・グリーヴズと裏のパティオで、二杯めだか三杯めだかのブラッディ・マリーを飲んでいた。悲しみに沈んでいるようには見えない。

セオドシアは彼女のテーブルに急いだ。

「シャーロット!」

シャーロットは怪訝そうに顔をあげた。「セオドシア?」驚きの表情はすぐに不安の表情に取って代わった。「なにかまずいことでもあったの? だって、ずいぶん取り乱してるみたいだから。まさか大問題が発生したわけじゃないんでしょうね?」

「ごめんなさい、こんなふうに駆けつけるつもりじゃなかったの」セオドシアは言った。「でもどうしてもあなたに訊きたいことがあって。とても大事なことよ」

シャーロットは身を乗り出した。「今夜のイベントのこと? わたしにできることならなんでも力になるけど——」

「そうじゃなくて」セオドシアは最後まで言わせなかった。「あなたとご主人が資金を援助した中国の茶館の件で質問があるの」

たちまち、シャーロットの目に涙がにじんだ。

「茶館」泣きそうになるのをこらえながら言った。「ようやくかなったエドガーの夢。彼の遺産」

セオドシアはシャーロットを現実に引き戻そうとした。

「茶館の購入に美術館が払った金額を覚えている？」

シャーロットはごくりと唾をのみこみ、はっとした顔をした。「金額？」

「ええ、美術館が払った正確な額を覚えてない？」

「もちろん覚えてるわ」シャーロットは言った。「数字を覚えるのは得意だもの」

「それでいくらだったの？」

シャーロットは即座に答えた。「全部ひっくるめて二百三十万ドルだったわ」

「そうとうな額だな、それは」ロジャー・グリーヴズがここでようやく会話に割りこんだ。

「そうね」セオドシアはテーブルからあとずさりした。「ありがとう。本当に助かったわ」

「セオドシア？」シャーロットは鋭い目でセオドシアを見つめた。「なにかあったの？　どうして茶館のことなんか訊くの？　それに、どうして幽霊《ゴースト》でも見たような顔をしているの？」

セオドシアは弱々しくほほえんだ。

「実際に幽霊《ゴースト》を見たかもしれないからよ」ちょっとした考えを思いついたのは事実だ。「それで、わたし……このあといくつか……やらなきゃいけないことがあるから」

　そう言うと、わけがわからないという顔をしたシャーロットを残し、大急ぎでその場をあとにした。

26

セオドシアは通りに戻ると、揺らめく街灯が落とす黄色い光の輪のなかに立って、頭のなかでもう一度、金額をさらった。念のために。

ギブズ美術館はクレンショウ美術館が中国の茶館に払う予定の金額より百十万ドルも多く払っている。この金額の差はあまりに大きい。無視できないほどだ。となると……誰かがその百十万ドルを着服した……とは考えられないだろうか。セオドシアはこぶしを固く握った。そうとしか考えられない。答えはそれだ。

すばやく向きを変えたせいで、足がもつれそうになった。百十万ドルものお金をちょろまかしたのはいったい誰？　そして――ここからが重要――横領した人物が、それに気づいたエドガー・ウェブスターを殺したのだろうか？

どうしよう。

話が大きくなりすぎた。とてもわたしひとりの手には負えない。応援が必要だ。ドレイトンだけじゃなく、マックスだけでもなく、もっと大物でないと。そう、ティドウェル刑事が率いる、刑事と制服警官のチームでなくては。

通りをゆっくり歩きながら、セオドシアはどうするべきか決めた。話を聞かれるおそれの少ない路地に折れた。ひんやりした風が吹きつけ、枯れ葉が舞うなか、うしろから足音が聞こえた。

さっと振り返ったが、誰もいないとわかって苦笑した。

誰もいないわ。いるのは幽霊だけ。

携帯電話を出して、ティドウェル刑事にかけた。刑事は出なかった。しかたなくメッセージを吹きこんだ。いま頃は自宅にいて、だぶっとしたバスローブ姿でプラトンかなにか、えらくむずかしい本を読んでいるにちがいない。あるいは、くだらないテレビ番組を観ているのかも。

吹きこむメッセージはできるだけ短く簡潔なものにした。声が裏返りそうになるのを必死にこらえたが、それでもある考えが頭をもたげてきていた——胸の奥で渦巻いていた不安とともに。

さて、どうしよう。

電話をバッグに突っこみ、ティドウェル刑事がメッセージを聞いて、できるだけ早く電話してくれるよう祈った。できるだけ早くここに駆けつけるのでもいい。

それまでは……。

横領したのが誰か、わたしなりに突きとめてみようか。

シャーロット、あるいはロジャー・グリーヴズが差額をふところに入れたとは思えない。

ふたりとも美術館が茶館の購入に際して極端に多く支払った事実をまったく知らないからだ。つまり、ふたりは容疑者リストから除外できる。

じゃあ、セシリーは？　世の中で誰よりも率直な人間というわけではないけれど、実際の取引には関与していないはずだ。美術館の関係者ではないから、どんなお金にしろ、彼女の手を経由することはない。彼女にあのお金をくすねるのは無理だ。

だとしたら、セシリーは誰をあんなに恐れていたの？

茶館の購入と移設に深く関わっていた人のうち、残るはあとふたり。ハーラン・デュークとエリオット・カーンだ。

ハーラン・デュークは干し草馬車を引いているから、いま話を聞くわけにはいかないけれど、エリオット・カーンはまだエームズ・パーカー・ハウスにいるだろうか。いたとして、セオドシアが乗りこんでいって、ずけずけと問いただしたらどうなるだろう？

もちろん、向こうは否定するだろう。だけど化けの皮を剝いでやると脅したら事態が動き始めるかもしれない。逃亡する、弁護士を雇う、全面否定する、あるいは泣き落とし作戦に出る。要するに、どんな展開になってもおかしくない。

ならば……そのリスクを負う覚悟がわたしにある？　カーン館長と真っ向から対決し、相手がどんな反応を見せるかたしかめたいと本気で思ってる？

なんとも言えなかった。

だけど、それとなくにおわせて、反応を見るくらいはいいかもしれない。

まだあそこにいるのなら。

セオドシアは向きを変えて、エームズ・パーカー・ハウスに急いで戻りはじめた。どうするかはまだ決めていなかった。もし、やるとしての話だけれど。胸がざわつき、誰かにあとをつけられている気がしてしょうがなかった。しかし、振り返っても、誰の姿もなかった。

目指すお屋敷まで戻ると、コウモリだらけの階段のそばを忍び足で過ぎ、シャーロック・ホームズがテーマの部屋を抜けた。裏庭に飛び出し、カーン館長と真っ向からぶつかり合う覚悟であたりを見まわした。

いなくなっていた。さっき館長がいたテーブルはにぎやかな女性グループが占領していた。

セオドシアはがっくりし、重い足取りで通りに戻った。カーン館長はパーシー・ケイパーズが向かったのと同じハロウィーン・パーティに行ったのかもしれない。住所さえわかれば、あとを追いたいところだ。そして、海千山千のあの男を徹底的に問いつめてやりたい。でも、肝腎の住所がわからない。誰に訊けばいいだろう？　マックス？

だめ。彼は数日前から美術館と縁が切れているから、知っているとは思えない。

セオドシアはふてくされた思いで、通りをゆっくり歩いた。

「セオドシア？」

その声に顔をあげた。友人の不動産業者、マギー・トワイニングがほほえんでいた。けれどもセオドシアの浮かない表情を見たとたん、マギーの顔から笑みがいくらか引いた。

「セオ、大丈夫？」マギーは訊いた。

「ちょっと……ううん、なんでもない」セオドシアは言った。「考え事をしてただけ」

「ずいぶん様子がおかしいわよ。ぱっと見てわかるもの」マギーは少しためらった。「なにか調べてるのね、そうでしょう？」

セオドシアは眉をひそめた。「なぜそう思うの？」

マギーはやさしくほほえんだ。「だって、いつもそうしてるじゃない、ハニー。それがあなたの得意なことだもの。もちろん……お茶以外でよ。ついこのあいだ、お茶とスコーンをいただきに寄ったときにドレイトンから聞いたの。あなたの調査能力を、とても高く評価してたわ」

「そう」セオドシアは言った。「正直に言う。あることについて手がかりを追ってるのは事実よ」

マギーはやっぱりね、という顔をした。「エドガー・ウェブスター殺害事件を調べてるんでしょ。最近はその話題でもちきりだもの。あとは、ウェブスターさんの尽力で美術館が所蔵することになった美しい茶館の話題くらいなものだし」

セオドシアはマギーをまじまじと見つめた。「さすがね」

「わたしの勘は当たったた？」

セオドシアはうなずいた。

マギーはセオドシアの腕に手を置いた。「お友だちのマックスが巻きこまれないといいわね」

セオドシアは体を硬くした。「どうしてそんなことを？」

「あら、だって、美術館で広報を担当してるんでしょ。彼が魔女狩り騒動に引きずりこまれるところなんか見たくないわ」

マギーは知らないんだわ、とセオドシアは胸のうちでつぶやいた。

マックスはくびになったのよと言いたくてたまらなかったが、目の前の人のいい女性を失望させたくなかった。

「実はね」マギーは言った。「いまちょうど、マックスの職場の人を担当してるの」

「ふうん、そう」セオドシアはてきとうに聞き流した。頭をサイクロンのようにフル回転させながら、茶館購入によってもっとも得をしたのは誰だろうかと考えていた。上海の斡旋業者？

「その人ね、セイント・マイケルズ・アリーに建つ豪勢なタウンハウスを買おうとしてるの」マギーの話はつづいていた。「高いけど、長い歴史がある家だし、壁で囲まれた中庭まであるんだから。で、まもなく前金の五十万ドルを入金してもらうことになってるの。美術館のお給料ってそんなにいいのかしらね」

セオドシアの好奇心が突如として目覚めた。

「え？　ねえ、誰がその家を買うって？」

「パーシー・ケイパーズ」マギーは言った。「ほら、アジア美術専門の学芸員がいるでしょ？」

一瞬にして明かりのスイッチが入った（実際、頭のなかでカチッと音がし、電球が灯るのが感じられるほどだった）。

セオドシアはひとつ深呼吸をして一歩さがり、遠くに目をやった。パーシー・ケイパーズ。たしかに彼はアジア美術専門の学芸員だ。横領を画策した者がいるとすれば、彼にほかならない。

完全にではないにしろマックスの容疑が晴れたと感じながら、あたりに目をやると、パーシー・ケイパーズの黒い目がまっすぐこっちを見ているのに気づき、セオドシアの頭のなかは真っ白になった。ケイパーズは壁にはさまれた細い路地から個人の庭に入る手前の暗がりに身をひそめていた。しかし、爬虫類のような感情のない目をセオドシアとマギーにひたと据え、一心不乱にふたりの会話に聞き耳をたてている！

ケイパーズが少し体の位置を変え、そのまま観察をつづけても、セオドシアはひたすら平静をよそおった。気づいているのを悟られるわけにはいかない。

恐怖が熱い溶岩のごとく煮えたぎり、耳のなかでシューシューという大きな音がする。どうしよう？　どうやって助けを呼ぼう？　危険な事態を招いて、大勢の家族連れを巻き添えにするわけにはいかない！

セオドシアは必死に考えた。肩を怒らせ、顎に力を入れた。心の内をケイパーズに伝えるつもりも、ラスヴェガスのカードプレーヤーたちが〝テル〟と呼ぶ癖を見抜かれるつもりもなかった。けれどもまずいことに、頭にあふれる不安と恐怖が伝わってしまったらしい。

勘は当たった。パーシー・ケイパーズは隠れていた場所から飛び出して、猛スピードで逃げはじめた。

それで充分だった。セオドシアは持っていたバインダーを唖然とした顔のマギー・トワイニングの手に押しつけ、考えるより先にケイパーズを追って駆け出した。

ケイパーズは次々と人をかわし、年配女性ふたりとまともにぶつかりながら歩道を走っていき、芝生に入り、花壇を飛び越えた。それから通りの真ん中を、アスファルトに靴音を響かせながら猛然と走っていった。

「とまりなさい！」セオドシアは追いかけながら大声で呼びとめた。「いますぐとまりなさい！」

ケイパーズはセオドシアにすぐうしろを追いかけられながら、ひたすら走りつづけた。人々は突然の追跡劇に驚きながらも魔法でもかけられたかのようにさっと道をあけ、セオドシアを――左右の足を交互に前に出し、髪を振り乱しながらケイパーズを追うセオドシアを通してやった。

相手のほうが歳は若いが、セオドシアは追いつけると見ていた。自分のほうが鍛えているし、毎日のように走っているから筋肉がしっかり発達して引き締まっている。肺活量だって過去最高をマークしているほどだ。

パーシー・ケイパーズは足をがむしゃらに動かし、腕を横に振りながら、おそるおそる顔をうしろに向けてセオドシアをうかがった。彼女がぐんぐん距離を詰めているとわかると、その顔が恐怖でゆがんだ。ケイパーズのほうが半ブロック先んじていたはずだが、セオドシアは百ヤード後方にまで迫っていた。冷静で決然とした表情を崩すことなく、トップスピードを維持しつづけた。胸のなかで戦いの歌を口ずさむ。なにがなんでも捕まえてやる。地面にひっくり返してやる。

パーシー・ケイパーズは臆病者なら誰でもすることをした。うろたえたのだ。口をあんぐりあけ、やつれた顔に追いつめられたネズミのような表情を貼りつけた。彼は干し草荷馬車の乗り場をしめす赤い樽のひとつをすごいいきおいでまわり、人々を右に左に押しのけた。ちょうど荷馬車からお客が降りたばかりで、御者は通りに立って、子どもたちに話しかけているところだった。ケイパーズは足取りをゆるめることなく突っこんでいくと、御者が唖然とするのもかまわず、荷馬車の前輪に飛び乗り、木のシートにどすんと腰をおろして手綱をつかんだ。手綱を乱暴に振り動かし、大声で叫びながら馬車を出した。

二頭の大きな馬たちはひづめで玉石を引っかくようにしながら、必死に荷馬車を引っ張った。おとなしい性格だし、速く走るための馬ではないから、今夜はほどよいペースで馬車を引いてきた二頭だが、あらたな御者によって馬のなにかに火がついた。

「やめなさい！」セオドシアは叫び、ケイパーズに向かってこぶしを振りあげた。

セオドシアはろくに周囲を確認もせず、二台めの荷馬車に乗りこんだ。深さ一フィートほどの束ねていない干し草に足を取られながらも御者台に急ぎ、ハーラン・デュークの隣にすばやく腰をおろした。

「前の馬車を追って！」セオドシアは大声で指示した。

こんなにも危険でなければ、ドタバタ喜劇の『キーストン・コップ』とテレビドラマの『ワイルド・ワイルド・ウエスト』が合体したような光景だっただろう。

ケイパーズを乗せた干し草荷馬車はミーティング・ストリートを疾走し、誰も彼もを怯えさせ、無害な第三者を蹴散らした。

「絶対に逃がさないで！」セオドシアはデュークに大声で言った。「ケイパーズがウェブスターさんを殺した犯人よ！」

デュークの荷馬車はぐんぐんスピードをあげた。「本当か？」デュークは大声で訊いた。

セオドシアは歯をくいしばってうなずいた。「多額のお金を着服したのをウェブスターさんに知られたのよ」

デュークは状況をのみこんだ。「たしか、やつが担当していたんだったな、購入価格の……」彼は口をぎゅっと引き結んで身を乗り出し、二頭のペルシュロンをさらにけしかけた。

「購入価格の最終決定を」と苦々しい口調で言った。

セオドシアはデュークの腕をつかんだ。「慎重にお願い。死人を出したくないわ」

「しっかりつかまってろ」デュークは言うと、角を曲がった。

ケイパーズはサウス・バッテリーに折れ、馬を全速力で走らせた。未熟で乱暴な御者に手綱を握られた経験の少ない馬たちは、怯えて右に左にふらふらし、車線をあっちこっち変えはじめた。荷馬車は大きく振られ、車輪が縁石を乗り越え、花壇を踏みつぶした。揺れはますます大きくなり、ついには駐車中の車二台に激突した。

「あっ」セオドシアは言った。「いまボルボにぶつかったわ」

「お次はBMWときた」デュークが言った。

「わきに寄ってとまりなさい!」セオドシアはケイパーズに大声で命じた。けれども彼はそれを無視し、あいかわらず乱暴で破壊的な操縦をつづけている。

「いったいどこに行くつもりなんだ、あいつは」デュークが言った。

「まっすぐホワイト・ポイント庭園に向かってるわ」セオドシアは言った。実際、そうだった。ケイパーズは二頭の馬をあやつって歩道に乗りあげると、公園に侵入し、マグノリアの枝を折り、南北戦争時代の砲台の列にあやうくぶつかりかけた。

両方の荷馬車の馬がひづめで芝生を強く蹴るたび、土のかたまりがセオドシアとデュークのほうに飛んでくる。

「もう、逃げ切れないわよ、ケイパーズ!」セオドシアは彼のうしろ姿に声を張りあげた。「あきらめなさい!」

それに応えるようにケイパーズは乱暴に手綱を引き、馬を右に向けさせた。急激に曲がったものだから、荷馬車があやうくひっくり返るところだった。

「マレー・ブールバードに戻るつもりだわ」セオドシアは叫んだ。

「進めー!」うしろから声がした。

セオドシアがびっくりして振り返ると、荷馬車のうしろの隅にアストラおばさんが横たわっていた。おばさんは必死でつかまりながら笑いころげている。

「乗ってる人がいるわ」セオドシアはデュークに伝えた。

しかしデュークはけわしい表情を崩さなかった。「しっかりつかまっていろと言ってくれ」

「いまの聞こえた？」セオドシアはアストラおばさんに声をかけた。「ちゃんとつかまってなきゃだめよ」

「進めー！」老婦人はまたも素っ頓狂な声をあげた。

「前に見えるあれはなんだ？」デュークが訊いた。馬車はフルスピードで走っていて、ケイパーズの馬車との距離がしだいに縮まってきていた。

「あら、大変」セオドシアは言った。「WCTV局のバンだわ。インタビューをしてるんじゃないかしら」

二台の馬車はてっぺんに衛星用パラボラアンテナがついたテレビ局のぴかぴかの白いバンに、猛然と向かっていた。ちょうど、ステファニー・ヘイワードがハロウィーンのひとコマを伝えるためだろう、インタビューをしていた。腰をかがめ、仮装した子どもたちにマイクを向けている。テレビ局で〝人もの〟と呼ばれるコーナーの取材だろう。

ステファニー、カメラマン、子どもたちは一台めの荷馬車に気づき、間一髪のところでわきにとびのいた。その直後、セオドシアたちの荷馬車が猛スピードで通りかかった。

「ステファニー！」セオドシアは前を突っ切りながら叫んだ。仕事をわきまえているベテランカメラマンが、即座にセオドシアたちの荷馬車にカメラを向け、走り去る姿をばっちりとらえた。

「やった！」デュークが声をあげた。「テレビに映ったぞ」

「ああ、神様」セオドシアがつぶやくと同時に荷馬車は上下に大きく揺れ、ぎしぎし音をさせながら、夜の闇に突っこんだ。

その瞬間を待ちかまえていたように、ティドウェル刑事が折り返しの電話をかけてきた。

セオドシアは踏ん張り、しっかりつかまりながら電話を取った。「なんでこんなに時間がかかったの？」

「あなたの要求にもよります」ティドウェル刑事は不機嫌に言った。

「応援が必要なの！」そう叫んだとき、荷馬車が斜めに傾きながらアシュレー・ストリートに入り、セオドシアは必死の思いで体を支えた。

「なんの話です？」刑事は言った。そしてすぐにいぶかしそうな声になって怒鳴った。「いま、どこにいるんです？」

「いますぐ、テレビのチャンネルをＷＣＴＶに合わせて」セオドシアは言った。「荷馬車の追跡劇が生中継されてるはずだから」

「荷馬車？」刑事の声が裏返った。「生中継？」

「ホーンテッド・ヘイライドの会場よ」セオドシアは大声で言った。「お願いだから、とにかく大急ぎで警察の車をかき集めてこっちに来て。モンタギュー・ストリートにバリケードかなにか設置してほしいの。カルフーン・ストリートでもいい。とにかく、ものすごい馬力をとめなきゃいけないんだから！」

「ミス・ブラウニング！」刑事は叫んだが、すでにセオドシアは電話を切ろうとしていた。

「あいつめ、また曲がろうとしてるぞ」デュークが叫んだ。

「まいったわね」セオドシアは言った。歴史地区に戻るつもり？　またどんな損害が生じることやら。

しかし、角を曲がったところで、ケイパーズの荷馬車の右の前輪が錬鉄のフェンスの一端に引っかかった。金属同士がこすれ合う不快な音につづいて荷馬車全体が大きく揺れ、少しずつ傾きはじめた。

「やめろー！」ケイパーズが叫んだ。

その絶叫にセオドシアは背筋が凍る思いがした。

デュークは手綱を引いて荷馬車の速度を落とし、セオドシアとともに慄然としながら目をみはった。ケイパーズの荷馬車の片側がゆっくりと、否応なく持ちあがった。一瞬、ためらうようにぐらぐら揺れたように見えた。そのとき、馬たちがぐいと強く引っ張ったのが運のつきだった。荷馬車はものすごい音とともに横倒しになった。干し草の俵が転がり落ち、板がめりめりと割れ、パーシー・ケイパーズは玉石敷きの通りに真っ逆さまに転落した。

荷馬車はそのあともキイキイきしみながら二十フィート進んだ。そこで馬たちは、もう充分走ったと思ったのだろう、ぴたりと脚をとめた。

デュークが馬をしっかりとめるのを待たずに、セオドシアは飛びおりた。ケイパーズのそばまで駆けていって急停止し、彼を見おろした。

ケイパーズは無事とは言いがたかった。ひどい落ち方をしたせいで、わき腹を強く打っていた。しかも、めそめそと泣いている様子から察するに、骨が何本か折れているようだ。

ケイパーズは体の向きを変えようとして、セオドシアがいるのに気がついた。「助けて」か細くかすれた声で訴えた。「怪我してるんだ」視線を少しずつ上に移動させていき、セオドシアの無表情なまなざしをとらえた。「どうか助けて」

セオドシアは彼のそばに膝をつくと、顔の前に携帯電話を突き出した。「わたしを助けてくれたら、あなたを助けてあげる」と感情のこもらない声で言った。「ちょっとした取引よ。悪くないと思うけど」

「なにをすれば？」ケイパーズは苦しそうに言った。

「あなたがエドガー・ウェブスターさんを殺したの？」

「助けて」ケイパーズは涙声になっていた。「救急車を呼んで」

「呼んであげるわ、必ず」セオドシアは言った。「でも引き換えに、なにか差し出してもらわなきゃ」

ケイパーズは歯ぎしりした。「いいよ、わかった」

「あなたがウェブスターさんを殺したの？」

「あれは事故だった、本当だ」

「耳をアイスピックで刺すのが事故？」セオドシアはかぶりを振った。「それで、お金は……」

「お願いだ」ケイパーズはうんうんうなりながら訴えた。「痛くてがまんできない」

デュークがやってきて、セオドシアの隣に立った。「おやおや、これはまたひどいありさまだな」

「もうちょっとで終わるから」セオドシアは言うと、ケイパーズのほうに顔をぐっと近づけ、その耳にささやいた。「あなたが仲介したんでしょう？　あなたが茶館の購入を担当したんでしょう？」

「そ、そうだ」声がかすれていた。

「そして大金に手をつけた。百十万ドルものお金を着服した。そうなんでしょ？」

ケイパーズは玉石敷きの道の上で身をよじり、歯ぎしりした。「そうだ、そのとおりだよ！」

「でも、ウェブスターさんがそれに気づいた」セオドシアは言った。

「たまげたな」デュークはベルトに親指を引っかけた。「本当にこいつが金を盗んだのかい？」

セオドシアはうっすらとほほえんだ。「ウェブスターさんはあなたがお金を着服したのを突きとめた、そうでしょ、パーシー？　だから彼を殺したのね」

ケイパーズはなにやらうめいた。

「いまのは、そうだと言ったの？」

「うん」

「これでよし、と」セオドシアは立ちあがり、携帯電話のレコーダーのスイッチを切った。五秒後、その電話が鳴った。またティドウェル刑事からで、彼は早口でまくしたて、質問をぶつけてきた。

セオドシアはしばらく耳を傾けていたが、やがて言った。「もう終わったわ。パーシー・ケイパーズが乗った荷馬車がひっくり返って、彼は道路に投げ出されたの」

それを聞いたとたん、ティドウェル刑事はわめきちらすのをやめた。「やつは負傷してるのか？」

「救急車を呼んでやったほうがよさそう」セオドシアは言った。「それに武器を持った警備の人も。なにしろ危険人物だもの。エドガー・ウェブスターさんを殺したんだから」

「ケイパーズが犯人ですと？」ティドウェル刑事は怒ったカラスのようにキーキー声で言った。「本人がそう言ったのですか？」

セオドシアはあたりを見まわした。デュークは馬の様子を見るために、いなくなっていた。

「全部、白状したわ。録音してある」

「ほかには？」刑事は言った。「ケイパーズはほかになんと言っているんです？」

突然、ケイパーズが身をよじった。カミツキガメかと思うようなすばやさで、片手をさっとのばし、セオドシアの足首をがっちりつかんだ。鉄のような手でぐいと引き、セオドシアの足をすくった。

セオドシアは歩道に倒され、骨がガタガタいうほどの衝撃を受けた。

「ざまあみろ！」ケイパーズは憎々しげな声をあげた。「さあ、その電話をよこせ！」

そのとき、アストラおばさんが大胆にも割って入り、ケイパーズの顔面に愛用の催涙スプレーをシューッと噴きかけた。「これでもくらえ！　わたしの大事なお茶レディに悪さをするんじゃないよ！」

「痛ってー！」それがケイパーズの最後の言葉だった。

27

二分後、救急車が到着した。その五分後、ティドウェル刑事がクラウン・ヴィクトリアで現場に現われた。彼は怒った熊のようにぶつぶつ言い、苦虫を嚙みつぶしたような顔であたりをどたどた歩きまわった。

しかし思慮深い刑事は、セオドシアとハーラン・デュークが一部始終をできるだけくわしく説明するのに辛抱強く耳を傾けた。ティドウェル刑事はいくつか質問をしたのち、エリオット・カーンに電話をかけ、パーシー・ケイパーズに関する話をすべて話して聞かせた。館長はティドウェル刑事にたっぷり礼を言ったか、お世辞をこれでもかと浴びせたのだろう。というのも、刑事がわずかなりとも人間らしい表情をしたからだ。

一方、セオドシアはマックスに電話をした。「全部終わったわ」長いため息とともに、そう告げた。

「まだ完全に終わってないよ」マックスは言った。「ドレイトンが最後のツアーを終えるまで、もう少しかかる」

セオドシアは思わず噴き出した。マックスは知らないのだ。もちろん、知らなくて当然だ。

「ツアーのことじゃないわ。殺人事件とそれにまつわる謎のすべてが終わったの」

「なんだって！」マックスの声が裏返った。

「ねえ、こうしない？　すぐに一部始終を説明するわ。ドレイトンと一緒にチャーチ・ストリートまで歩いてくれれば、乗せてあげる」

「乗せてくれるって？」マックスはわけがわからないという声で言った。「なにに乗せてくれるんだい？」

「干し草用の荷馬車」


セオドシアは約束を守った。十分後、彼女とハーラン・デュークを乗せた馬車は馬のひづめの音も高らかにチャーチ・ストリートを進み、待っていたマックスとドレイトンを拾った。その途中、半狂乱だったデレインも拾ったが、いまは荷台にすわって元気いっぱいのおばの相手をしていた。

「わたしにこれに乗れと？」ドレイトンは荷馬車を目にするなり言った。

「さあ、乗った、乗った」デュークが言った。「ティーショップ行きの急行だよ」

ドレイトンは乗りこんだものの、少し不安そうだった。「本当にティーショップに行くのだろうね」

「ティドウェル刑事とそこで会う約束をしてるの」セオドシアは言った。

「お茶を飲むのかい？」アストラおばさんが訊いた。「そりゃうれしいね」

かくして全員でお茶を飲んだ。ドレイトンはあわただしく動きまわって、カモミール・ティーとブラック・プラム・ティーをそれぞれポットに用意した。二階に住むヘイリーが物音を聞きつけ、あわてて手伝いにおりてきた。カップとソーサー、それに取り皿を並べ、チェリーのスコーンを温めた。

ティドウェル刑事が到着する頃には、残念な物語は語られつくしたあとだった。

「ぼくの容疑が晴れたなんて信じられないな」マックスが言った。

「あなたの容疑はとっくの昔に晴れていましたよ」ティドウェル刑事が言った。彼はテーブルの上座で、大きなキャプテンズチェアにすわっていた。「ここにいるミス・ブラウニングのおかげでね」

「シャーロットとは連絡が取れた？」セオドシアは訊いた。

刑事はうなずいた。「ええ。それにロジャー・グリーヴズとも話ができました。言うまでもありませんが、ミスタ・グリーヴズはビジネスパートナーを殺した犯人がようやく捕まって、たいへん安堵している様子でした」

「セシリー・コンラッドにも連絡しなくちゃね」セオドシアは言った。「ウェブスターさんを殺し、自分を襲ったのは美術館の関係者だと、信じて疑ってない様子だったもの」

「パーシー・ケイパーズめ」ドレイトンが憎らしそうに言った。「おそらく、セシリーがなにか知っていると思ったのだろう。それで彼女を襲ったんだな」

「そうね」セオドシアは言った。「ケイパーズはほかにもいろんな人を脅したわ。シャーロットの家の窓から火炎瓶を投げこんだり、ビル・グラスを痛めつけたり」

「でかい煙幕を張ったわけだ」マックスは言った。

セオドシアは刑事にスコーンをまわした。「ケイパーズを事情聴取するときは、フロリダ産オレンジみたいにぎゅうぎゅうにしぼってやってね。本当は、わたしも立ち会いたいくらい」

「勘弁してください、ミス・ブラウニング」刑事はうろたえたふりをしたが、演技はあまりうまくなかった。眉根を寄せ、無理にいかめしい表情を装っている。「もう充分首を突っこんだでしょう。おまけに無謀にも荷馬車で歴史地区を追跡してまわったではありませんか。まったく困ったものですな。言い訳があるなら聞きますよ」

セオドシアはティーカップを持ちあげ、さわやかにほほえんだ。

「くわしいことはのちほど、とか？」

＊作り方＊

1　大きめのソースパンでソーセージを色づくまで炒め、そこに水、ニョッキ、ビーフブイヨン、水煮トマトをくわえる。

2　沸騰したら火を弱め、5〜6分、またはニョッキが浮かんでくるまでぐつぐつ煮る。

3　スープ皿によそい、パルメザンチーズを振りかける。

※米国の1カップは約240ml

ソーセージとニョッキのスープ

＊用意するもの（4皿分）＊

イタリアン・ソーセージ（スイート、皮なし）……220g

水……2カップ

真空パックのニョッキ（ベリーノかヴィゴのもの）……1パック

ビーフブイヨン……2カップ

イタリアントマトの水煮缶（角切りのもの、400g入り）

……1缶

パルメザンチーズ（おろしたてのもの）……½カップ

生ハムとイチジクのティーサンドイッチ

＊用意するもの（12個分）＊

サンドイッチ用の食パン……6枚

バター……適宜

イチジクのジャム……適宜

生ハムの薄切り……6枚

洋梨……1個

＊作り方＊

1　洋梨は皮を剥いて薄くスライスする。

2　3枚のパンにバターを塗り、残りの3枚にイチジクのジャムを塗る。

3　バターを塗ったほうに生ハムと**1**の洋梨のスライスをのせ、イチジクのジャムを塗ったパンではさむ。

4　**3**の耳を落とし、三角に切り、それをさらに三角に切る。

クリームチーズと
イチゴのサンドイッチ

＊用意するもの＊

ナツメヤシとナッツのパン……1斤

クリームチーズ……適宜

イチゴ……適宜

＊作り方＊

1 クリームチーズはやわらかくしておく。イチゴはへたを取ってスライスする。

2 パンをスライスし、それぞれにクリームチーズを塗る。

3 **2**の上にイチゴの薄切りを見映えよく散らす。オープンサンドイッチとして出す。

チャーチ・ストリート風
ピーナッツバターのクッキー

✳用意するもの（48個分）✳

バター……1カップ

ピーナッツバター……1カップ

白砂糖……1カップ

ブラウンシュガー……1カップ

卵……2個

小麦粉……2カップ

ベーキングソーダ……小さじ1

バニラエッセンス……小さじ½

✳作り方✳

1 わらかくしたバター、ピーナッツバター、白砂糖とブラウンシュガー、卵をよく混ぜ合わせ、そこに小麦粉、ベーキングソーダ、バニラエッセンスをくわえて混ぜる。

2 油をしいた天板に**1**の生地を小さじ1杯ずつ、少なくとも1インチの間隔をあけて落とす。

3 **2**を160℃のオーブンで10〜12分焼く。

ブルーベリーとサワークリームのマフィン

＊用意するもの（12個分）＊

卵……2個

砂糖……1カップ

植物性油……½カップ

バニラエッセンス……小さじ½

小麦粉……2カップ

食塩……小さじ½

ベーキングソーダ……小さじ½

サワークリーム……1カップ

ブルーベリー……1カップ

＊作り方＊

1 大きめのボウルに卵を割りほぐし、そこに砂糖を少しずつくわえる。さらに油とバニラをくわえながらかき混ぜる。

2 べつのボウルで小麦粉、　食塩、ベーキングソーダを混ぜて**1**のボウルにくわえ、サワークリームを少しずつ混ぜる。ここにブルーベリーをそっとくわえる。

3 油をしいたマフィン型に**2**の生地をすくい入れ、200℃のオーブンで20分ほど焼く。

チキンとアボカドのティーサンドイッチ

＊用意するもの（12個分）＊

全粒粉パン……6枚

グリーン・ゴッデス・ドレッシング……適宜

鶏肉……適宜

アボカド……適宜

食塩・コショウ

＊作り方＊

1 鶏肉はゆでて薄切り、アボカドは皮を剥いて実を薄くスライスする。

2 パンにグリーン・ゴッデス・ドレッシングを塗り、そのうちの3枚にスライスした鶏肉をのせる。その上にアボカドのスライスをのせ、好みで塩とコショウを振る。

3 残りの3枚のパンで2をはさみ、耳を切り落として三角に切り、それをさらに三角に切る。

チェリーと
バナナのブレッド

＊用意するもの＊

砂糖……1カップ

バター……½カップ

卵……2個

バナナ……3本

小麦粉……2カップ

ベーキングパウダー……小さじ1

マラスキーノチェリー……1瓶（約280g）

＊作り方＊

1 バナナはつぶしておく。マラスキーノチェリーは細かくきざんでおく。

2 やわらかくしたバターに砂糖をくわえ、かきたてるように混ぜる。

3 **2**に割りほぐした卵とつぶしたバナナもくわえて混ぜ、さらにきざんだマラスキーノチェリーとシロップもくわえる。

4 小ぶりのパン型3個に油をしいて**3**の生地を流し入れ、175℃のオーブンで45分焼く。

＊作り方＊

1　小麦粉、砂糖、ベーキングソーダ、塩、抹茶をボウルに入れて混ぜる。べつのボウルでサラダ油、バターミルク、卵、白ワインビネガー、バニラエッセンスをよく混ぜる。

2　**1**の液体の混合物を粉類のボウルに注ぎ入れ、よく混ぜ合わせる。

3　ドーナッツ型に油をしき、3分の2の深さまで**2**の生地を流し入れる。

4　175℃のオーブンで12～14分焼く。好みのフロスティングまたはグレーズでトッピングする。

抹茶のドーナッツ

＊用意するもの（12個分）＊

小麦粉……1¼カップ

砂糖……¾カップ

ベーキングソーダ……小さじ½

塩……小さじ½

抹茶……小さじ½

サラダ油……⅔カップ

バターミルク……½カップ

卵……1個

白ワインビネガー……小さじ½

バニラエッセンス……小さじ½

＊作り方＊

1　バターはサイコロ切りにし、よく冷やしておく。

2　小麦粉、ベーキングパウダー、食塩を混ぜ、そこに**1**のバターをナイフで切るようにして混ぜる。全体がぽろぽろした感じになったらサワークリームを入れて混ぜる。

3　小さなボウルで1カップの生クリームと蜂蜜をよく混ぜ、それを**2**にくわえ、全体がまとまるまで混ぜる。

4　薄く小麦粉（分量外）を振った台に**3**の生地を置き、厚さが2㎝になるまでのばす。丸い抜き型で16個分をくりぬく。

5　クッキングシートをしいた天板に**4**のスコーンを並べ、刷毛を使って表面に大さじ3の生クリームを塗る。上から砂糖を散らし、175℃のオーブンで15～18分、表面がキツネ色になるまで焼く。

ヘイリー特製
蜂蜜のスコーン

＊用意するもの（16個分）＊

小麦粉……2カップ

ベーキングパウダー……大さじ1

食塩……小さじ¼

バター……大さじ5

サワークリーム……¼カップ

蜂蜜……大さじ4

生クリーム……1カップおよび大さじ3

砂糖……適宜

＊作り方＊

1 ボウルにナツメヤシ、砂糖、食塩、バターを入れ、熱湯を注いで混ぜる。冷めたら割りほぐした卵をくわえて混ぜる。

2 大きなボウルで小麦粉、ベーキングソーダ、クリームターターを混ぜ合わせ、**1**のナツメヤシが入った液体を注ぎ入れる。バニラエッセンスとくるみもくわえる。

3 **2**の生地を23㎝×13㎝のパン型に流し入れ、175℃のオーブンで15分焼く。焼きあがったら型のなかで充分冷ましてから、ケーキクーラーに移す。

4 スライスしてクリームチーズを塗る。保存する場合はアルミ箔でくるみ、冷蔵庫に入れる。

英国風ティーブレッド

＊用意するもの＊

ナツメヤシの実（種を抜いてきざんだもの）……1½カップ

砂糖……1½カップ

食塩……小さじ1

バター……大さじ2

熱湯……1½カップ

卵……1個

小麦粉……2¾カップ

ベーキングソーダ……小さじ1

クリームターター……小さじ1

バニラエッセンス……小さじ1½

くるみ（きざんだもの）……1カップ

＊作り方＊

1　小麦粉はふるっておく。バターとクリームチーズはやわらかくしておく。

2　バターとクリームチーズをよく練り、そこへ小麦粉を入れて、なめらかな生地になるまでよく混ぜる。アルミ箔にくるみ、冷蔵庫でひと晩寝かせる。

3　使う30分前に**2**の生地を冷蔵庫から出し、厚さ2㎝になるまでのばす。直径8㎝弱の丸型で抜く。

4　**3**の生地の中央にチャツネを小さじ1杯ずつのせて半分に折り、端を重ね合わせて押さえる。

5　天板に油をしかずに**4**をのせ、190℃のオーブンで15分焼く。よく冷ましてから、砂糖とシナモンを合わせたものを振りかける。

チャツネ入りクロワッサン

＊用意するもの＊

バター……½カップ

クリームチーズ……小さなパックのもの1個(85gくらい)

小麦粉……1カップ

市販のチャツネ……½カップ

砂糖……⅓カップ

蜂蜜……大さじ4

シナモン粉末……小さじ1

column and recipe illustration by GOTO Takashi
artwork by KAMIMURA Tatsuya (**l'autonomie!**)

訳者あとがき

〈お茶と探偵〉シリーズ第十六作『アジアン・ティーは上海の館で』をお届けします。ご主人と中国や日本をよく旅行しているローラさんは、これまでにも台湾の緑茶や日本の煎茶を登場させるのはもちろん、料理や小道具にもアジアン・テイストをのぞかせてきましたね。今回は中国の明朝時代に建てられたという茶館が登場します。

ハロウィーンを目前にひかえたある日、セオドシアはボーイフレンドのマックスのお供でギブズ美術館で開催されたパーティに出席します。中国の茶館が上海から美術館内に移設され、一般公開に先立って、移設費用の寄付に応じてくれた人々を招いてのお披露目パーティです。二胡の音色が流れ、中国のドラゴンが勇壮な舞を披露するさなか、殺人事件が起こります。茶館のそばに置かれた写真ボックスのなかで男性が死んでいたのです。

亡くなったのはエドガー・ウェブスター。美術館の理事のひとりで、茶館の移設に多大な貢献をした人物です。そんなりっぱな人がなぜ殺されたのでしょう。警察による捜査が始まり、セオドシアもその行方を見守るつもりでした。しかし、事件を理由にマックスが休職処分となり、さらには解雇が濃厚となったのをきっかけに、独自の調査を開始します。最近わかれたばかりの不倫相手、お金持ちで頭に血がのぼりやすいたちの妻、ＩＴ企業の共同経営者、さらには事件現場となった美術館の館長……と疑わしい人が次々と登場し、セオドシアはひとりひとりから話を聞いてまわりますが、どの人物も決め手に欠けます。さらには事件関係者が襲撃されたり、自宅に火炎瓶を投げこまれたりする事件も発生し――。

ハロウィーンは日本でもイベントとしてすっかり定着した感がありますが、チャールストンのハロウィーンは街全体がハロウィーン色に染まり、仮装はもちろん、各種のイベントが盛りだくさんで、みんながこの時期を楽しみにしていて、街全体で盛りあげていこうという気運がよく伝わってきますね。

そんなハロウィーンの時期にインディゴ・ティーショップが開催したお茶会はタイタニック号をテーマにしたものと、ロンドン塔をテーマにしたもののふたつ。どちらもハロウィーンとの直接的な関係はありませんが、前者は初の航海で沈没して大勢の死者を出した豪華客船で、後者は政敵や反逆者が処刑された場所。つまり死と強く結びついています。ハロウィーンはもともと秋の収穫を祝う日であり、生者と死者を隔てている扉があいて、成仏できない魂が一日だけ家に帰れる日でもあったとか。小説のなかではっきりとは書かれていませんが、このふたつをお茶会のテーマに選んだのは、ハロウィーン本来の趣旨に立ち返り、死者へ思いをはせようという意図だったのではないでしょうか。

ところで本筋とは関係ないのですが、今回、とても印象に残ったのは十五章でのヘイリーのこの言葉でした。

「(前略) マックスってば、野菜の皮をむくピーラーと、トウモロコシの身をはずすジッパーの区別がちゃんとつくんだから」

マックスは料理が苦手なんだろうと勝手に思いこんでいましたが、インディゴ・ティーショップの厨房での活躍ぶりからすると、意外に料理男子の素質があるのかもしれません。今回は美術館から理不尽な仕打ちを受けて、かわいそうなくらい落ちこんでいましたが、次巻以降ではまた、いつものマックスに戻ってほしいものです。でも、彼が選ぶ道、そしてセオドシアとの今後の関係が気になりますね。

それは次のお楽しみ……というところで次作のご紹介です。シリーズ十七作めのタイトルは *Devonshire Scream*。セオドシアの親友のブルック・カーター・クロケットが経営するハーツ・ディザイア宝石店で展示会がひらかれます。宝石商、美術館関係者、個人のバイヤーなどが多数つめかけるなか、覆面をした強盗一味が突然現われ、展示された宝石を根こそぎ奪ってしまいます。強盗が去ったあと、ブルックの姪のケイトリンが死体となって発見され……。

アクション映画のワンシーンのような冒頭から一気に引きこまれそうなお話ですね。邦訳は二〇一七年十二月刊行予定です。どうぞ楽しみにお待ちください。

二〇一七年二月

コージーブックス

お茶《ちゃ》と探偵《たんてい》⑯

アジアン・ティーは上海《シャンハイ》の館《やかた》で

著者　ローラ・チャイルズ
訳者　東野《ひがしの》さやか

2017年　2月20日　初版第1刷発行

発行人　成瀬雅人
発行所　株式会社　原書房
〒160-0022 東京都新宿区新宿1-25-13
電話・代表　03-3354-0685
振替・00150-6-151594
http://www.harashobo.co.jp
ブックデザイン　atmosphere ltd.
印刷所　中央精版印刷株式会社

落丁・乱丁本はお取り替えいたします。
定価は、カバーに表示してあります。
 ISBN978-4-562-06062-7 Printed in Japan